W0215395

plaisir d'amour

FSC
www.fsc.org
MIX
Papier aus verantwortungsvollen Quellen
Paper from responsible sources
FSC® C105338

SAWYER BENNETT

RIGGS

ARIZONA VENGEANCE

Ins Deutsche übertragen
von L.O. Summers

plaisir d'amour

Sawyer Bennett
Arizona Vengeance Teil 11: Riggs

Aus dem Amerikanischen ins Deutsche übertragen von L.O. Summers

© 2021 by Sawyer Bennett unter dem Originaltitel „Riggs (Arizona Vengeance, Book #11)"
© 2023 der deutschsprachigen Ausgabe und Übersetzung by Plaisir d'Amour Verlag, D-64678 Lindenfels
www.plaisirdamour.de
info@plaisirdamourbooks.com
© Covergestaltung: Sabrina Dahlenburg (www.art-for-your-book.de)
ISBN Print: 978-3-86495-612-6
ISBN eBook: 978-3-86495-613-3

Alle Rechte vorbehalten. Dies ist ein Werk der Fiktion. Namen, Darsteller, Orte und Handlung entspringen entweder der Fantasie der Autorin oder werden fiktiv eingesetzt. Jegliche Ähnlichkeit mit tatsächlichen Vorkommnissen, Schauplätzen oder Personen, lebend oder verstorben, ist rein zufällig.
Dieses Buch darf ohne die ausdrückliche schriftliche Genehmigung der Autorin weder in seiner Gesamtheit noch in Auszügen auf keinerlei Art mithilfe elektronischer oder mechanischer Mittel vervielfältigt oder weitergegeben werden. Ausgenommen hiervon sind kurze Zitate in Buchrezensionen.

Kapitel 1

Riggs

„Denkst du, du kannst dir ein Lächeln ins Gesicht zaubern?“, raune ich meiner Schwester zu, als wir durch die riesige und fantastisch eingerichtete Villa gehen, in der Dominik Carlson seine Arizona-Vengeance-Weihnachtsfeier abhält.

Ich will genauso wenig hier sein wie Janelle, aber mir ist von meinen Mannschaftskameraden, Trainern und anderen Betreuern immer wieder gesagt worden, dass ich mich mehr anstrengen muss, um auch auf persönlicher Ebene Teil des Teams zu sein. Das bedeutet, dass ich an der jährlichen Weihnachtsfeier teilnehmen muss, und da Dominik die Kinder gern mit Geschenken überhäuft, müssen auch die Familienmitglieder mitkommen. Natürlich ist es ein Kampf gewesen, Janelle zu überreden.

Ich bin frustriert wegen ihr und weiß einfach nicht mehr, was ich tun soll. Janelle, meine schöne, kluge, einst witzige und aufgeschlossene Schwester, ist heute nicht mehr dasselbe Mädchen, das ich kannte, bevor sie vor fast sechs Monaten bei mir eingezogen ist. Natürlich kann ich nicht behaupten, dass ich sie überhaupt gut kannte, denn unser Altersunterschied beträgt elf Jahre. Ich bin mit sechzehn von zu Hause weggegangen, da war sie fünf Jahre alt.

Aber wir sind im Laufe der Jahre immer in Kontakt geblieben. Zuerst waren es nur Telefonanrufe von mir zu ihr. Als sie älter wurde, waren es Briefe und mehr Telefonate. Und als sie alt genug war, kaufte ich ihr ein Handy, weil meine Mutter es sich nicht leisten konnte, und wir telefonierten und schrieben uns Kurznachrichten. Während meiner Teenagerzeit und auf dem College gab es sporadische Besuche, und als ich in die NHL gekommen bin, nahm ich sie jeden Sommer mit in den Urlaub. Wir haben nicht viel Zeit persönlich miteinander verbracht, aber jahrelang viel miteinander kommuniziert.

Ich fühlte mich ihr so nahe, wie es einem Bruder nur möglich ist, angesichts der Art, wie wir aufgewachsen sind, der Umstände, die uns auseinandergerissen haben und der Barrieren, als wir versuchten, eine Beziehung aufzubauen.

Vor ungefähr sechs Monaten half ich ihr, ohne zu zögern, aus einer gefährlichen Situation heraus und sie wollte mit mir kommen. Sie war dankbar dafür, und es ist klar, dass sie hätte sehr leiden müssen, wenn ich sie nicht aufgefangen hätte. Aber im Laufe der Monate, in denen sie versuchte, sich an das Leben mit mir zu gewöhnen – während ich mich an das neue Team, in das ich wechselte, angepasst habe –, ist sie mürrisch und verschlossen geworden. Manchmal sogar geradezu zickig. Eigentlich bin ich nicht sicher, ob „zickig" das richtige Wort für eine siebzehn-, fast achtzehnjährige Frau ist, die ihre Unabhängigkeit beweisen will und mit großen Umbrüchen in ihrem Leben zu kämpfen hat, denn sie wird von ihren Gefühlen geleitet.

Deshalb bin ich normalerweise nachsichtig mit ihr und lasse sie alle Diskussionen gewinnen.

Aber nicht heute Abend. Wir sind wegen dieser Party extrem aneinandergeraten. Und es besteht kein Zweifel daran, dass wir verwandt sind, wenn auch nur Halbgeschwister. Wir sind beide jähzornig und haben nicht immer unter Kontrolle, was aus unserem Mund kommt. Sie hat nicht mitkommen wollen. Aber ich brauche sie, weil ich unter Druck stehe, mich persönlich mehr einzubringen. Das ist eine Familienveranstaltung, und ich würde zu sehr auffallen, wenn ich ohne sie auftauchen würde.

Irgendwann kam der Punkt, an dem sie gesagt hat: „Ich würde lieber zurückgehen und bei Mom leben. Ich war dort viel glücklicher."

Am liebsten hätte ich sie erwürgt, aber ironischerweise – obwohl ich ein Defenseman bin, der es liebt, zu kämpfen – kann ich Gewalt außerhalb des Eises nicht ausstehen.

Natürlich würde ich niemals Hand an die einzige Person auf dieser Welt legen, die den größten Teil meines Herzens beschlagnahmt, aber das hat mich nicht daran gehindert, mich dicht vor sie zu stellen und zu knurren: „Das ist eine verfickte Lüge."

Ich habe kein Problem damit, meiner siebzehnjährigen Schwester solche Worte entgegenzuschleudern. Wir sind in einem Haus aufgewachsen, in dem diese Ausdrucksweise zur normalen Konversation unter den Erwachsenen gehörte.

Obwohl sie unbeeindruckt von meiner Flucherei gewesen ist, hat Janelle schwer geschluckt, als ich sie auf ihre Unehrlichkeit angesprochen habe. Wir wissen beide, dass das Zusammenleben mit unserer Mutter und die unhaltbare Situation, in die sie Janelle gebracht hat, meiner kleinen Schwester ziemlich zugesetzt hat. Sie war kein bisschen glücklich, bis ich sie dort rausholte.

Um es kurz zu machen, ich habe ihr die Wahl gelassen. Entweder sie würde mit zu der Party kommen oder ich würde ihr das Taschengeld für die nächsten vier Wochen streichen.

Janelle hat sich für die Party entschieden und leise vor sich hin geflucht, aber angesichts unserer Erziehung und dessen, was sie in letzter Zeit durchgemacht hat, darf sie fluchen, so viel sie will. Sie hat sich ein hübsches rotes Kleid mit schwarzen Stiefeln ausgesucht. Ich habe mich für eine graue Hose und ein weißes Hemd entschieden, aber nur, weil ich sehr wenig Gespür für Mode habe und die meisten meiner Kleidungsstücke grau, schwarz oder weiß sind.

Janelle und ich finden schließlich einen relativ ruhigen Platz im Wohnzimmer und beobachten das Geschehen. Keiner von uns wagt es, sich zu den Leuten zu gesellen, die in Grüppchen herumstehen, extravagante Canapés essen und

Champagner schlürfen. Es schmerzt, Teil dieses Teams zu sein und doch nicht dazuzugehören.

Das Schlimme, zumindest für mich, ist, dass ich nicht immer so gewesen bin. Als ich für die San Diego Renegades gespielt habe, hatte ich eine enge Kameradschaft mit meinen Teamkollegen. Ich hatte eine engere Verbindung zu meinen Line-Kameraden, und es war hart für mich, nach Arizona zu gehen. Aber ich wollte mir die Chance nicht entgehen lassen, in einem Team zu spielen, das hervorragende Chancen hat, wieder den Stanley Cup zu gewinnen.

Unglücklicherweise fiel der Einzug von Janelle in mein Zuhause mit meinem Wechsel zu den Arizona Vengeance zusammen. Ich hatte keine andere Wahl, als mich den gesellschaftlichen Regeln zu entziehen, die mit der Zugehörigkeit zu einem professionellen Eishockeyteam verbunden sind.

Es war rundum schwierig. Janelle wurde entwurzelt, um bei einem Bruder zu leben, den sie zwar kannte, aber nur oberflächlich. Sie verließ ihre Mutter – unsere Mutter –, die sie liebt, aber Mom konnte sie nicht beschützen. Und das alles geschah, nachdem ich in eine neue Stadt gezogen war und versucht hatte, mich in ein neues Team zu integrieren.

Wir waren beide nicht wir selbst, und offen gesagt war es einfacher, uns zurückzuhalten, bis wir uns zurechtgefunden hatten. Ich habe das Gefühl, dass ich mich langsam in das Team einlebe, aber Janelle ist manchmal immer noch verschlossen.

Obendrein habe ich keine Ahnung, wie man einen weiblichen Teenager an der Schwelle zum Erwachsensein erzieht. Ich improvisiere, denn unsere Situation ist einzigartig. Sie würde natürlich Fragen aufwerfen, aber unsere Angelegenheiten gehen nur uns etwas an. Ich will keine Fragen beantworten müssen. Ich will meinen Teamkollegen nicht sagen müssen, dass sie sich verpissen und aufhören sollen, neugierig zu sein. Es ist also einfacher, mich zurückzuziehen, um die Leute, die mehr über mich wissen wollen, abzuschrecken.

Und trotzdem ... hier sind wir auf der Vengeance-Weihnachtsfeier, und ich kann es kaum erwarten, dass sie vorbei ist.

„Ich sehe Lucy da drüben", sagt Janelle, ihr Tonfall ist tatsächlich leicht und nicht mürrisch. „Hast du etwas dagegen, wenn ich mit ihr abhänge?"

„Nein", sage ich ein wenig erleichtert. Ich habe keine Lust, sie alle fünf Minuten daran zu erinnern, zu lächeln, wenn sie neben mir steht. „Nur zu."

Janelle schenkt mir ein halbes Lächeln, das aber so schnell wieder verschwunden ist, wie es gekommen ist. Sie wendet sich ab, aber dann fällt mir etwas ein.

„Hey", rufe ich und sie blickt zurück. „Was genau erzählst du deinen Freunden, warum du bei mir wohnst?"

Sie zuckt mit den Schultern. „Ich habe keine Freunde."

Das kann nicht wahr sein. Ich weiß, dass sie in der Schule einige Freunde der zwielichtigen Sorte hat, wie mir ein Lehrer mitgeteilt hat.

Und Janelle kennt Lucy.

Aber ich verstehe, was sie sagen will. Sie kennt niemanden gut genug, als dass sich jemand für ihren Background interessieren würde.

„Nur aus Neugier", bohre ich weiter und übergehe die Bemerkung, dass sie keine Freunde hat. „Was würdest du sagen, wenn dich jemand fragen würde?"

Sie legt den Kopf schief und lächelt. „Was würdest du antworten?"

„Mich hat auch noch keiner gefragt", antworte ich.

„Da siehst du es." Ihr Grinsen verwandelt sich in ein breites Lächeln. „Wir haben beide keine Freunde."

Da kann ich nicht widersprechen, und das weiß sie auch. Sie dreht sich um und verschwindet in der Menge, um mit Lucy, der Tochter von Jim und Ella, abzuhängen. Sie steht in einer Gruppe von anderen Kids, aber ich erkenne keins von ihnen. Kein Wunder, denn ich gehe nicht auf Veranstaltungen.

Jetzt, wo Janelle mich verlassen hat, stehe ich wie ein Trottel ganz allein in der Ecke da. Mein Blick schweift durch den Raum, der voller Menschen ist. Zu dieser alljährlichen Party ist nicht nur das Team mit Familienmitgliedern eingeladen, sondern auch jeder Mitarbeiter des Vengeance-Konzerns mit

Familie. Das sind verdammt viele Leute, die mit teuren Speisen und Getränken sowie mit Geschenken für die Kinder verwöhnt werden müssen, aber Dominik Carlson ist milliardenschwer. Er kann es sich leisten, großzügiger zu sein als die meisten.

Ich schaue mich nach einem bekannten Gesicht um und finde hoffentlich einen meiner Line-Kameraden, mit dem ich im besten Fall ein bisschen Small-Talk machen, im schlimmsten Fall mich schweigend in dessen Gruppe stellen kann. Niemand wird viel mehr von mir erwarten als das.

Mein Blick streift zufällig einen Mann, den ich als einen der stellvertretenden Ausrüstungsmitarbeiter erkenne – ich glaube, sein Name ist John. Neben ihm steht eine sehr hübsche Frau.

Seine Schwester.

Ich kenne ihren Namen nicht, obwohl er ihn mir bei mehr als einer Gelegenheit gesagt hat. Er hat mich in der Umkleidekabine aufgehalten und mir erzählt, was für ein großer Fan seine Schwester ist, und er hat angedeutet, wie cool es wäre, wenn ich sie zu einem Date einladen würde.

Er versicherte mir, sie sei süß, lustig und wunderschön. Ich weiß nicht, wie es um das Süße und Lustige steht, aber er hat nicht gelogen, was ihre Schönheit angeht.

Fuck … er winkt mich zu sich, nachdem ich Blickkontakt hergestellt habe. Seine Schwester strahlt.

Ich habe keine Lust, mit ihm zu reden oder mich vor ihr gegen seine Anspielungen zu wehren, dass wir miteinander ausgehen sollten. Der Kerl ist taktlos genug, um das zu tun, und ich würde ihre Gefühle verletzen, wenn ich sie abweise. Denn obwohl ich sicher bin, dass sie innerlich so hübsch ist wie äußerlich, habe ich absolut kein verficktes Verlangen nach einem Date. Ich habe weder die Zeit noch die Energie dafür, denn ich gebe alles, was ich habe, Janelle.

Um ehrlich zu sein, selbst wenn Janelle nicht hier wäre, hätte ich kein Interesse. Ich habe gesehen, wie toxisch Beziehungen sein können. Ich habe das absolut Schlimmste erlebt und will nichts damit zu tun haben. Ich bin nicht der Typ Mann, der auf etwas Besseres hofft, denn ich habe noch nie einen Beweis dafür gesehen, dass es etwas Besseres gibt.

Widerwillig gebe ich zu, dass einige der Männer in diesem Team mit den Frauen in ihrem Leben glücklich zu sein scheinen. Schön für sie. Wahrscheinlich wird es nicht von Dauer sein.

John winkt wieder, und ich gerate in Panik, doch dann tippt mir jemand auf die Schulter. Ich drehe mich um und sehe Jim und seine Frau Ella vor mir stehen.

Gott sei Dank.

Jim Steele ist einer meiner Line-Kameraden und Ella scheint ziemlich cool zu sein. Es ist ihre Tochter Lucy, mit der Janelle im Moment zusammen ist. Zugegeben, Lucy ist vier Jahre jünger als Janelle, aber sie schienen sich sehr gut zu verstehen, als sie sich letzten Monat auf dem Fan Day trafen. Das war das einzige andere Mal, dass Janelle mich zu einer Teamveranstaltung begleitet hat.

„Wie ich sehe, hast du dein Date verloren“, sagt Ella mit einem strahlenden Lächeln und nickt zu den Kids hinüber.

Ich erwidere ihr Lächeln, obwohl meines momentan meistens gezwungen ist. „Ja … es ist anscheinend nicht cool, mit seinem Bruder auf Partys abzuhängen.“

Jim klopft mir auf die Schulter und scherzt: „Du hättest ein richtiges Date mitbringen können. Ich könnte dich auch verkuppeln, wenn du Interesse hast.“

Ich verziehe das Gesicht. „Definitiv kein Interesse. Ich habe alle Hände voll zu tun mit meiner Schwester.“

Ich zucke innerlich über meinen Ton zusammen, weil es so klingt, als wäre Janelle eine Last, und das ist sie ganz eindeutig nicht. Aber es gibt Enttäuschungen, während wir lernen, zusammenzuleben, und eine Menge Schuldgefühle meinerseits, weil ich sie nicht schon früher dort weggeholt habe.

Ella ist scharfsinnig, und sie merkt es, bevor ich etwas sagen kann, was mich wegen meines Tonfalls verraten könnte. Ihr Gesichtsausdruck wird mitfühlend. „Mit Teenagern kann es schwer sein.“

Und ich kann mir nicht verkneifen, zu sagen: „Ich bin mir nicht einmal sicher, ob schwer das richtige Wort ist. Es ist eher wie Kopfschmerzen, die kommen und gehen und mich dazu bringen, meinen Schädel gegen die Wand schlagen zu wollen, was sich vielleicht sogar besser anfühlt.“

Jim johlt vor Lachen. Ella schlägt leicht nach ihm, ihr Gesicht ist weise und verständnisvoll.

Sie stellt eine Frage, mit der sie sich auf ein Terrain begibt, auf das sich noch niemand bei mir gewagt hat. „Ist sie schon lange bei dir?"

Ich will nicht ins Detail gehen, aber ich schaffe es, zu erklären: „Sie kam, nachdem ich nach Arizona gezogen bin, Ende Juli. Es fällt ihr ein bisschen schwer, sich daran zu gewöhnen."

Ella hat einfach Klasse. Sie nickt und stellt keine weiteren Fragen zu unseren Umständen, wofür ich ihr unendlich dankbar bin.

Stattdessen wendet sie sich wieder den Schrecken der Erziehung eines Teenagers zu. „Welche Art von Teenagerverhalten zeigt sie?", erkundigt sich Ella. „Gibt sie sich geheimnisvoll? Redet sie respektlos? Ist sie mürrisch und verschlossen?"

„Alles davon", murmle ich bedauernd. „Und ungefähr noch fünf andere Dinge."

Ellen nickt weise, ebenso wie Jim, der verkündet: „Herzlichen Glückwunsch! Du hast definitiv ein Teenagermädchen im Haus."

Eine Welle der Erleichterung durchfährt mich. Ich wurde darin bestätigt, dass Janelle sich so verhält, wie es ein normaler Teenager tun sollte, und das bedeutet, dass es vielleicht noch Hoffnung für mich gibt, herauszufinden, wie ich die Dinge für sie leichter machen kann.

Doch offenbar macht mich meine Erleichterung zu einem geschwätzigen Idioten, denn ich schieße einfach drauf los: „Janelle befindet sich in einer schwierigen Lage. Sie hat keine richtigen Freunde gefunden, und die, mit denen sie befreundet sein will, sind genau die, von denen ich nicht möchte, dass sie sich in ihrer Nähe aufhalten. Es fällt mir schwer, den Überblick zu behalten, weil wir die Hälfte der Saison unterwegs sind. Die Frau, die ich eingestellt habe, um auf sie aufzupassen, ist sehr streng, und Janelle reagiert nicht gut darauf, nachdem sie unter der Aufsicht meiner Mutter viel zu viele Freiheiten genossen hat. Ich habe keine Antworten, und Janelle ist so verschlossen, dass ich nicht einmal weiß, wie ich ihr die richtigen Fragen stellen soll. In einem Moment scheint sie glücklich zu sein, und im nächsten habe ich das Gefühl, dass sie mich hasst. Es ist sehr verwirrend."

Ella verschränkt die Arme und neigt den Kopf, als wäre sie ganz in das Gespräch vertieft. „Was genau erwidert sie, wenn du sie danach fragst?"

Ich blinzle und dann gleich noch mal, als würde ich die Frage nicht ganz verstehen. Als ich ein drittes Mal blinzle, durchfährt mich eine Welle der Scham und ich gebe zu: „Ich habe sie nicht gefragt. Es ist nicht leicht, mit ihr zu reden."

In diesem Moment wird mir klar, dass ich als Elternteil absolut versage, ohne dass man es mir sagen muss.

Ella und Jim runzeln beide die Stirn und zum ersten Mal meldet sich Jim zu Wort. „Du hast nicht mit ihr über ihr Verhalten gesprochen oder darüber, was sie bekümmert?"

Ich zucke hilflos mit den Schultern. Offensichtlich habe ich alles falsch gemacht.

„Du musst dich hinsetzen und mit ihr reden, Riggs“, sagt Ella sanft. Vielleicht sanfter, als ich es brauche, aber sie versucht, die Tatsache zu mildern, dass ich vermutlich ein Idiot in dieser Sache bin. „Sie wird dir vielleicht überhaupt nichts erzählen, aber du musst sie fragen. Und wenn sie dich wirklich an gar nichts teilhaben lässt, musst du immer wieder nachbohren.“

Ich nicke und komme mir wie ein Narr vor. „Verstanden“, murmle ich.

Ella legt ihre Hand auf meinen Arm und drückt ihn. „Vergiss nicht, sie ist ein Teenager, da ist die Kommunikation schwierig. Du musst weiter daran arbeiten und irgendwann wird es besser werden. Aber denk auch daran, dass manches einfach nicht in deiner Hand liegt, weil man Teenager manchmal überhaupt nicht verstehen kann.“

Ein Anflug von Zuneigung für Ella fegt über mich. Weil sie sich in meine mangelnde Erfahrung als Elternteil einfühlen kann und mir diese offen und ehrlich vermittelt. Ich kann nicht gut damit umgehen, wenn jemand etwas beschönigt.

Ich schätze es sogar, dass sie sich in meine Angelegenheiten einmischt.

Ein bisschen.

„Nimmt sie an irgendwelchen außerschulischen Aktivitäten teil?“, fragt Ella. „Manchmal ist ein beschäftigtes Kind ein glücklicheres Kind.“

Ich schüttele den Kopf. „Sie interessiert sich für nichts außer für Kunst, und das ist eine ziemlich einsame Aktivität. Sie weigert sich, Sport zu machen oder an einem anderen Angebot der Schule teilzunehmen, und ich weiß nicht, ob ich sie dazu drängen soll. Ich möchte sie nicht zu etwas zwingen, was sie nicht mag, aber ich denke, dass sie sich langweilt. Wie ich schon sagte, habe ich über einen Dienst eine ältere Frau eingestellt, die auf sie aufpasst, wenn ich weg bin, aber Janelle hat nicht viel mit ihr gemeinsam, und die Frau ist nicht sehr mütterlich. Eher wie eine strenge Babysitterin."

Jim schnaubt und ich frage ihn, was so lustig ist. „Du musst mit Reagan reden", sagt er mit einem wissenden Lächeln.

„Reagan? Die Frau von Dax?"

Jim nickt. „Ihr Bruder hat für die New York Vipers gespielt, und als ihre Eltern gestorben sind, ist sie zu ihm gezogen. Sie musste das durchmachen, was Janelle durchmacht, also hat sie sicher einen guten Rat für dich."

Ich bezweifle ernsthaft, dass sie das durchgemacht hat, was Janelle durchgemacht hat. Aber ich bin dankbar für den Hinweis, dass Reagan Erfahrung hat. Ich werde mich über Dax an sie wenden.

Ellas Gesicht erhellt sich und sie sagt: „Ich habe da eine Idee. Du hast gesagt, Janelle würde sich langweilen. Nun, Clarke sucht nach jemandem, der in Teilzeit nachmittags in ihrem Buchladen arbeitet. Vielleicht wäre Janelle daran interessiert. So hätte sie etwas zu tun. Und es würde ihr helfen,

Kontakte zu Leuten aus dem Team zu knüpfen. Sie wäre so ein bisschen von ihrem Babysitter abgelenkt, wenn du weg bist, nachdem die beiden sich ja nicht so gut verstehen."

Ich habe gewusst, dass Aarons Freundin einen Buchladen in der Innenstadt besitzt, und mir sogar schon vorgenommen, mal mit Janelle dorthin zu gehen, da es nicht weit von unserem Zuhause entfernt ist. Ich hatte nur noch keine Gelegenheit dazu, und Janelle scheint sowieso nichts von dem machen zu wollen, was ich vorschlage. Aber meine Schwester liebt den Englischunterricht und liest gern Klassiker, die ihr in der Klasse zugeteilt werden. Arbeiten zu gehen ist ihr auch nicht fremd, da sie seit ihrem vierzehnten Lebensjahr immer irgendwo gejobbt hat. Eine Sache, die meine Schwester versteht, ist der Wert einer soliden Arbeitsmoral.

Bevor ich dieser Idee zustimmen kann, hat mich Ella am Handgelenk gepackt und zieht mich durch dic Mcngc. Ich werfe einen Blick über die Schulter und sehe, dass Jim uns folgt. Er schüttelt amüsiert den Kopf, denn seine Frau ist zwar klein, aber ein Kraftpaket. Ich habe keine andere Wahl, als mit ihr mitzugehen.

Sie führt mich zu Aaron und seiner Freundin Clarke, die sich gerade mit Kane und seiner Verlobten Mollie unterhalten. Als wir uns nähern, höre ich Kane über die Verkostung von Hochzeitstorten plappern, während Mollie interessiert nickt. Seit seiner Verlobung ist es zu einem

Running Gag geworden, dass er seine Männlichkeit verloren hat, weil er in jegliche Planungsschritte seiner Hochzeit involviert ist. Jeder – außer mir, denn sonst bin ich genötigt, weitere Scherze mitzumachen – macht ihm die Hölle heiß, weil er sich in dieser Sache wie ein Mädchen verhält.

Aber ein Teil von mir bewundert diesen Kerl, weil er sich einen Dreck darum schert, was alle anderen über ihn denken, und diese Art von Selbstvertrauen ist in meinen Augen etwas ganz Besonderes. Der Typ ist einfach so aufgeregt darüber, sein Leben mit Mollie zu verbringen, dass er anscheinend jeden Aspekt dieser Erfahrung auskosten will. Mehr Stärke für ihn.

Aus rein männlicher Sicht verstehe ich nicht, was das ganze Getue um Monogamie, Ehe und lebenslange Bindung soll. Wie ich schon sagte, irgendwann bricht alles zusammen und geht vermutlich zum Teufel. Solange es genügend Frauen gibt, die sich in meinem Bett wiederfinden und kapieren, dass das alles ist, was sie jemals bekommen werden, wüsste ich nicht, was ich noch mehr in meinem Leben benötige.

„Clarke“, ruft Ella und mischt sich in das Hochzeitsgespräch ein, als wir den kleinen Kreis der Gruppe betreten, der sich automatisch erweitert, um uns einzulassen. „Suchst du immer noch jemanden, der nachmittags in der Buchhandlung arbeitet?“

„Das tue ich", antwortet sie und wendet sich an Ella. „Meine rechte Hand hat beschlossen, noch einmal zu studieren, um ihren Abschluss zu machen, also werde ich Hilfe brauchen."

„Oh, wirklich?", ruft Ella überrascht aus. „Wo wird Veronica ihren Abschluss machen?"

Die Ladys beginnen, über jemanden namens Veronica zu plaudern, und ich schalte sofort ab. Ich sehe mich nach Janelle um und entdecke sie immer noch an der gleichen Stelle bei den anderen Kids, aber sie spricht mit niemandem. Sie hört einfach nur zu.

Wie ich.

„Es wären vielleicht zwei bis drei Stunden pro Tag, Riggs."

„Hm?" Ich richte meine Aufmerksamkeit auf Clarke, die gerade etwas gesagt hat, aber ich habe nicht alles mitbekommen.

Clarke nickt Ella zu. „Sie sagte, deine Schwester hätte vielleicht Interesse, nach der Schule in der Buchhandlung zu arbeiten."

„Ähm, ja", antworte ich, obwohl ich keine Ahnung habe, ob das eine gute Idee ist. „Ich meine … ich muss erst mal fragen, ob sie daran interessiert ist."

„Natürlich", sagt sie fröhlich. „Gib mir einfach Bescheid, dann kann sie loslegen, sobald sie will. Vielleicht sogar über die Feiertage."

Ich nicke, aber niemand beachtet mich, als Kane sagt: „Wir haben uns also auf drei Sorten Kuchen geeinigt …"

Desinteressiert an Kuchensorten schaue ich mich um, um einen Fluchtweg zu finden.

Jim klopft mir auf die Schulter. „Komm. Lass uns Bier und testosterongesteuerte Gespräche suchen."

Ich kann mir mein Lachen und meine Dankbarkeit nicht verkneifen. Obwohl ich Kane als Teamkollegen verdammt respektiere und mich zähneknirschend für seine neu gefundene Liebe freue, kann ich keine weitere Sekunde mehr über die Hochzeit hören.

Jim und ich verschwinden, obwohl Aaron panisch aussieht, weil wir ihn zurücklassen. Leider hat Clarke ihren Arm fest um seinen gelegt, während sie Kane zuhört, wie er über Kuchen spricht. Ich lache in mich hinein, und Jim und ich gehen zur Bar.

„O. Mein. Gott."

Die Stimme ist erschrocken und außer Kontrolle. Laut genug, um sie über die Geräuschkulisse der Menge und der Weihnachtsmusik im Hintergrund zu vernehmen, und wir drehen uns in die Richtung. „Jemand soll einen Krankenwagen rufen."

Das ist Eriks Stimme.

Jim und ich bewegen uns zusammen mit einer Schar von Leuten auf den Grund für seine dringliche Bitte zu. Wir drängen uns, zusammen mit einigen anderen Vengeance-Spielern, durch die Menge – was uns gelingt, weil wir breitschultrig sind und jemanden bei Bedarf aus dem Weg schubsen könnten – und finden Erik, der bei Blue steht. Erik sieht blass aus, als würde er gleich ohnmächtig werden.

Blue hält ihre Hand unter ihren sehr großen Bauch. Sie ist leicht nach vorn gebeugt, als ob sie sich unwohl fühlen würde, hat eine Hand auf Eriks Arm. Im Gegensatz zum alarmierten Gesichtsausdruck ihres Mannes sieht sie völlig ruhig aus, und ich bin nicht sicher, ob sie ihn beruhigen will oder was auch immer, aber sie wirft ihm einen genervten Blick zu.

„Ich brauche keinen Krankenwagen", schnauzt sie gereizt. „Nur eine ruhige, vernünftige Person, die mich ins Krankenhaus fährt. Ich habe Wehen."

Alle Anwesenden rufen ihre Freude und Glückwünsche aus, dass Blue in den Wehen zu liegen scheint. Erik sieht aus, als müsste er sich übergeben, und es ist unmöglich, dass er sie sicher ins Krankenhaus bringt.

Jett erscheint an seiner Seite und ruft eindringlich: „Atme … atme einfach, Erik. Tief einatmen, lange ausatmen."

Blue verdreht die Augen wegen Jett, aber Erik fängt an, tief zu atmen, was offen gesagt nicht schaden kann.

Jemand drängt sich gegen meinen Arm, und ich schaue nach unten und sehe Janelle, die ihren Kopf an mir vorbeistreckt. „Was geht hier ab?"

„Blue hat Wehen. Erik flippt aus."

Janelles Gesichtsausdruck verändert sich nicht. Keine Freude. Keine Belustigung. Kein Interesse.

Ich trete aus der Menge heraus und ziehe meine Autoschlüssel aus der Tasche. „Komm“, sage ich zu Blue, mit einem Seitenblick auf Erik. „Ich fahre euch beide. Erik kann bei dir auf dem Rücksitz sitzen.“

Das ist ein Code für: „Erik ist zu durcheinander, um Auto zu fahren“, und wenn jemand nach einer tieferen Bedeutung in mir sucht, würde er folgende Stimmung vorfinden: „Ich habe genug von der Weihnachtsfeier und will gehen.“ Und noch ein bisschen tiefer: „Vielleicht kommt Janelle aus ihrem Tief heraus.“

Ich schaue über meine Schulter zu meiner Schwester. „Auf geht's. Wir haben einen Auftrag.“

Sie blinzelt überrascht, weil sie weiß, dass ich mich nie mit dem Team abgebe. Und das ist der erste aufrichtige Gesichtsausdruck, den ich den ganzen Abend über an ihr entdecken konnte.

Kapitel 2

Riggs

„Das lief viel reibungsloser, als ich dachte“, sage ich beiläufig zu Janelle, als wir wieder in mein Auto steigen – einen mittelgroßen Lexus, der nach den Maßstäben der meisten Eishockeyprofis eher unauffällig ist. Ich gebe kein Geld für protzige Dinge aus. Ich lege es zur Seite, weil ich genau weiß, wie flüchtig bestimmte Situationen sein können und wie sich das Leben im Handumdrehen ändern kann.

Janelle antwortet nicht, sondern schnallt sich leise an. Sie scheint völlig ruhig zu sein, während mein Herz immer noch rast. Auch wenn auf dem Rücksitz meines Autos kein extremer Handlungsbedarf einer bevorstehenden Geburt geherrscht hat, ist es dennoch eine aufregende Fahrt durch den Phoenix-Verkehr gewesen, um zu Erik und Blues bevorzugtem Krankenhaus zu gelangen.

Blue ist ziemlich still gewesen und hat die meiste Zeit der Fahrt damit verbracht, Eric zu beruhigen, der zumindest nicht so sehr ausgeflippt ist, wie ich angenommen habe. Janelle hat jedes Mal fast ihren Hals verrenkt, nur um neugierig in den Fond schauen zu können, wenn Blue von einer neuen Wehe überrollt wurde. Ich habe mich unterdessen auf die Straße konzentriert und Eriks sanften Ermutigungen zugehört sowie Blues Schnaufen und Keuchen, um durch die Schmerzen zu kommen.

Von Zeit zu Zeit hat Erik seine Aufmerksamkeit von Blue auf mich gelenkt und gebrummt: „Kannst du nicht schneller fahren?"

Daraufhin hat Blue erwidert: „Schatz, wir haben noch viel Zeit, um ins Krankenhaus zu kommen."

Eric hat gemurrt, sich halbherzig entschuldigt und dann wieder seiner Frau zugewandt, um sie zu beruhigen, wenn die nächste Wehe sie erfasst hat.

Wir haben direkt vor dem Eingang gehalten und ich wies Janelle an: „Geh rein und hol einen Rollstuhl."

Sie hat mich erstaunt angeblickt, dass ich ihr eine so wichtige Aufgabe anvertraue, aber dann hat sie sich von ihrem Sicherheitsgurt befreit und ist im Nu verschwunden. Ich bin ausgestiegen und habe die Tür für Blue geöffnet. Janelle ist flugs wieder zurückgekommen, mit nicht nur einem Rollstuhl, sondern auch mit einer Krankenschwester im Schlepptau. Eric und ich haben Blue geholfen, sich in den Stuhl zu setzen.

Die Krankenschwester hat die Griffe des Rollstuhls übernommen und ist auf die Schiebetüren zugesteuert. Blue hat mir ihre Hand entgegengestreckt und mir den Kopf zugedreht. Ich habe realisiert, dass sie meine Hand will, also habe ich meine in ihre gelegt.

Sie hat sie gedrückt und gesagt: „Danke fürs Fahren."

Ich habe genickt und gemurmelt: „Ich hoffe, du hast eine gute Geburt." Und dann bin ich zusammengezuckt, weil das so ein peinlicher Spruch gewesen ist.

Eric hat zum Abschied hastig gewunken und im nächsten Moment sind sie im Inneren des Krankenhauses verschwunden.

Und schon ist das ganze Drama vorbeigewesen.

Nun, nicht für Erik und Blue. Sie könnte stundenlang in den Wehen liegen, und ich fühle mit ihr angesichts des Leids, das sie zu ertragen hat.

Ich lege den Gang ein, als Janelle fragt: „Fahren wir zurück zur Weihnachtsfeier?“

Ich werfe ihr einen kurzen Blick zu, als ich auf die Straße hinausfahre. „Willst du das?“

„Nicht wirklich“, sagt sie und lässt sich tiefer in den Sitz fallen, um auf ihrem Handy zu surfen.

Manchmal möchte ich das verdammte Ding am liebsten aus dem Fenster werfen, aber es ist wichtig, dass ich eine Möglichkeit habe, mit ihr in Verbindung zu bleiben, vor allem, wenn ich für Auswärtsspiele unterwegs bin. Es scheint für sie zu einer Art Krücke geworden zu sein, um nicht mit mir reden zu müssen, und da unsere Gespräche die Hälfte der Zeit unbeholfen und gestelzt sind, habe ich ihr diese Krücke gelassen.

Aber nicht jetzt. „Kannst du das kurz weglegen, damit wir reden können?“

Janelle seufzt dramatisch und legt ihr Handy mit dem Display nach unten auf ihren Schoß.

Sie rutscht auf ihrem Sitz umher, und ich richte meinen Blick kurz von der Straße auf sie, um mich zu vergewissern, dass sie sich auf mich konzentriert. Ich wende meine Aufmerksamkeit wieder der Straße zu und sage: „Ich habe auf der Party mit Clarke gesprochen …"

„Wer ist Clarke?", unterbricht Janelle.

„Wyldes Freundin", sage ich.

„Wer ist Wylde?"

Ich habe keine Ahnung, ob sie wirklich so begriffsstutzig ist. Ich werfe ihr einen kurzen Blick zu, und ihre Aufmerksamkeit ist jetzt auf das Beifahrerfenster gerichtet.

„Aaron Wylde. Er ist Defenseman in der First Line." Ich warte darauf, dass sie etwas sagt, aber sie schweigt. „Ehrlich, wie kann es sein, dass du nicht weißt, wer das ist? Du hast doch alle Spieler gekannt, als ich bei den Renegades war."

Natürlich war das, als Janelle noch bei unserer Mutter wohnte und nicht unter meiner Fuchtel stand. Da war es cool, einen großen Bruder zu haben, der Profi-Eishockey spielt. Sie kannte die Namen aller Spieler, ihre Positionen und sogar ihre Statistiken. In unseren Telefongesprächen, E-Mails und Textnachrichten erzählte ich ihr alles über die Frauen und Freundinnen der Spieler und den anderen Klatsch und Tratsch aus dem Team. Ich ließ sie nach San Diego fliegen, und sie hing mit mir und meinen Mannschaftskameraden ab, die sie erbarmungslos neckten, wie es ältere Brüder mit kleinen Schwestern tun.

Janelle zeigt wenig Interesse an den Arizona Vengeance, und ich komme nicht dahinter, ob sie meine Vorgehensweise nachahmt oder ob sie sich wirklich nicht mehr für meine Karriere interessiert. Sie hat keine Ahnung, dass ich nur deshalb alle auf Abstand halte, damit unser Privatleben, vor allem ihres, keiner Überprüfung standhalten muss. Und das kann ich ihr nicht sagen, weil ich sie nicht in Verlegenheit bringen oder ihr das Gefühl geben will, dass ich mich für unsere Situation schäme.

Denn das tue ich nicht.

Ich bin stolz darauf, dass wir es geschafft haben, über uns hinauszuwachsen, aber ich möchte nicht, dass sie für irgendjemanden eine Außenseiterin ist.

Ich atme tief ein und langsam aus. „Wie auch immer, Clarke besitzt eine coole Buchhandlung …"

Ruckartig sieht Janelle mich an, und ich denke, ich habe ihr Interesse geweckt. Aber ihr Ton ist bissig. „Woher willst du das wissen? Warst du schon einmal dort?"

Ich ermahne mich, Geduld mit meiner Schwester zu haben, und bleibe ruhig. „Nein, ich war noch nicht dort. Aber ich habe gehört, wie Aaron darüber gesprochen hat, genau wie einige der anderen Spieler. Jedenfalls sucht sie jemanden, der nach der Schule für ein paar Stunden aushilft, und ich dachte, du hättest vielleicht Lust dazu."

Janelle spottet: „Du meinst, du willst, dass ich mich mit etwas beschäftige, damit ich nicht in Schwierigkeiten gerate."

Ich knirsche mit den Zähnen. Aber sie hat nicht ganz unrecht. Mein Gespräch mit ihrer Lehrerin ein paar Tage vor den Winterferien hat mir Sorgen gemacht. Sie hat gesagt, Janelle würde sich weigern, am Unterricht teilzunehmen oder sich zu engagieren.

„Sie ist eine unglaublich kluge junge Frau, wie Sie sicher wissen“, erzählte die Lehrerin mir.

Das habe ich bereits gewusst. Aber sie hat das nicht durch ihre Noten gezeigt, und das hatte sich zu einem furchtbaren Streit zwischen uns entwickelt.

Die Lehrerin hat mir weiterhin berichtet, dass sie Janelle mit einer Gruppe von Jugendlichen gesehen hat, die sie als fragwürdige Vorbilder betrachtete. Ich habe erwidert, dass sie mir genauer erklären müsse, was damit gemeint sei, weil ich als Kind auch mit allen möglichen fragwürdigen Gestalten rumgehangen hatte.

Die Lehrerin hat mir erklärt, dass einige der Kinder wegen Marihuanabesitzes verhaftet worden waren und häufig die Schule schwänzen.

Mehr hatte ich nicht hören müssen.

Seitdem versuche ich, herauszufinden, wie ich Janelle dazu bringen kann, sich auf etwas anderes zu konzentrieren, damit sie sich nicht mit einem Haufen von Versagern einlässt.

Zum Glück habe ich die Winterferien, um ihr dabei auf die Sprünge zu helfen. Und noch besser ist es, dass diese Gelegenheit mit Clarke genau das sein könnte, was sie braucht.

„Hast du Lust darauf?“, frage ich.

Ihre Antwort ist mürrisch. „Eher nicht.“

„Warum nicht?“ Ich schaue zu ihr hinüber, und es ärgert mich maßlos, dass sie mir nicht einmal ihre volle Aufmerksamkeit schenkt, sondern ihren Blick wieder das Fenster hinauswirft. „Ich verstehe nicht, warum du hier so unglücklich wirkst. Du ziehst dich immer nur in dich selbst zurück und redest nicht mit mir. Wenn ich es nicht besser wüsste, würde ich sagen, du hasst mich dafür, dass ich dich hierhergebracht habe.“

Anstatt zu verstehen, was ich sagen will und auch mal meine Gefühle anzuerkennen, gibt Janelle ein herablassendes Geräusch von sich und wendet ihren Blick endlich mir zu. Ich halte einen Moment inne und schaue ihr in die Augen, bevor ich mich wieder auf die Straße konzentriere.

„Hier ist es zum Kotzen“, spottet Janelle. „Ich musste alle meine Freunde zurücklassen und du bist die Hälfte der Zeit nicht mal da. Ich sitze bei Mrs. Blair fest, die sauer wird, wenn ich nur falsch niese. Zu Hause hatte ich wenigstens meine Freihcit.“

Meine Geduld ist erschöpft, und leider kocht meine Wut dann recht schnell hoch. Janelles auch, deswegen enden unsere Streitereien meist sehr hitzig.

Ich schlage mit der Hand auf das Lenkrad und knurre: „Verdammt noch mal, Janelle. Was verfickt soll ich denn tun? Du hast mich angefleht, dich von dort wegzubringen. Ich habe dich aus einer beschissenen Situation geholt, und anstatt dankbar zu sein, kritisierst du mich nur. Ist es hier wirklich so schlimm, dass du echt lieber zu Mom zurückgehen willst?"

Janelle antwortet nicht. Sie weiß, dass sie nicht sagen kann, dass sie zurückgehen möchte. Die Situation im Haus unserer Mutter war unzumutbar. So sehr, dass ich sie nicht zurückgehen lassen würde, selbst wenn sie es wollte. Ich habe jetzt das Sorgerecht für sie und ich werde sie auf keinen Fall in die Obhut unserer Mutter zurückkehren lassen.

Ich dränge sie nicht dazu, mir eine Antwort auf eine Frage zu geben, die sie in Verlegenheit bringen würde, weil sie zugeben müsste, dass ich recht habe und sie im Unrecht ist. Stattdessen lenke ich vom Thema ab. „Ich weiß, wie sehr du das Lesen und Bücher liebst. Clarke ist supercool, und ich bin mir sicher, dass es dir gefallen würde, dort zu arbeiten. Ich glaube, es würde Spaß machen und wäre interessant, aber ich werde dich nicht dazu zwingen."

Janelle schweigt eine Minute, bevor sie murmelt: „Wie viel zahlt sie?"

„Genug, dass du anfangen kannst, Miete zu zahlen", scherze ich.

Wieder sieht sie mich ruckartig an.

Ich zwinkere ihr zu. „War nur ein Scherz. Ich weiß ehrlich gesagt nicht, was sie bezahlt. Aber wenn du Interesse hast, werde ich mich heute Abend mit ihr in Verbindung setzen und die Details erfragen."

„Da wir Winterferien haben", beginnt Janelle zögernd, „kannst du sie fragen, ob ich mehr Stunden arbeiten kann, bis die Schule anfängt?"

„Wirklich?", frage ich, erstaunt über ihr plötzliches Interesse.

„Dann muss ich nicht so oft bei Mrs. Blair bleiben, wenn du in den Ferien unterwegs bist."

„Ich weiß, dass sie keine ideale Lösung ist", sage ich. Janelle überrollt mich mit einer Tirade, die ich schon oft gehört habe, seit wir nach Phoenix gezogen sind und ich beschlossen habe, jemanden einzustellen, der auf sie aufpasst, wenn ich weg bin.

Ich muss mir einiges über Mrs. Blair anhören, die Ende fünfzig ist. Sie ist Witwe und ihre Kinder sind erwachsen und über die ganzen Vereinigten Staaten verstreut. Um sich die Zeit zu vertreiben, hat sie sich auf einer Website als Kindermädchen angemeldet, und von allen Bewerberinnen, die ich eingehend befragt habe, ist sie die beste Wahl gewesen. Auch wenn Janelle verärgert darüber ist, dass ich jemanden beauftragt habe, der auf sie aufpasst.

„Ich bin fast achtzehn, Riggs. Ich brauche keinen Babysitter mehr", beschwert sie sich immer wieder.

Sie hat nicht ganz unrecht, aber ich sorge mich zu sehr darüber, wie sie sich in dieses neue Leben mit mir in Phoenix einlebt, als dass ich sie einfach allein lassen würde, während ich auf Reisen bin. Sie braucht jemanden, der sich um sie kümmert und der sie beschützt, wenn ich nicht da sein kann. Das ist für mich nicht verhandelbar.

Mrs. Blair macht ihre Arbeit gut. Sie sorgt dafür, dass Janelle von der Schule nach Hause kommt, einen Snack erhält und ihre Hausaufgaben macht. Sie kocht gesunde Mahlzeiten. Sie sorgt dafür, dass Janelle rechtzeitig in der Schule ist. Sie ist pünktlich und organisiert, wenn nicht sogar etwas militant.

Aber das ist alles, was sie ist. Für sie ist es ein Job, ein Weg, einen Gehaltsscheck zu bekommen. Janelle ist ihr egal und sie streiten sich ständig. Zugegeben, Janelle kann eine richtige Zicke sein, wenn sie will. Aber ich habe Janelles Klagen oft genug gehört, um zu wissen, dass, wenn Mrs. Blair ein wenig Freundlichkeit, Wärme und Interesse an meiner Schwester zeigen würde, es viel dazu beitragen würde, die Spannungen zwischen ihnen abzubauen.

Ich nehme mir zum hundertsten Mal vor, mich hinzusetzen und mit Mrs. Blair zu reden. Außerdem mache ich mir eine innere Notiz, dass ich mit Reagan sprechen werde. Vielleicht hat sie ein paar gute Ideen, wie ich Janelle versorgen kann, während ich weg bin, anstatt sie unter der Fuchtel von jemandem wie Mrs. Blair zu lassen.

„Wollen wir auf dem Heimweg einen Burger essen?“, frage ich.

„Sicher“, sagt sie leise und ich kann keinen Hauch von Ärger in ihrem Tonfall entdecken.

Das bedeutet wohl, dass die Aussicht, in Clarkes Buchhandlung zu arbeiten, für sie von Interesse sein könnte. Im Moment richtet sich ihre Verbitterung über all die beschissenen Dinge, die im letzten Jahr passiert sind, nicht auf mich.

Selbst, wenn sie sich dafür entscheiden würde, würde ich trotzdem weiterhin die Last tragen. Janelle hat viel gelitten, und ein Teil von mir fühlt sich schuldig, weil ich meine Traumkarriere gelebt habe, während sie die Bürde eines Elternteils trug, das nicht erziehen kann.

Bis ans Ende meiner Tage werde ich jede Feindseligkeit ertragen, die sie für unsere Mutter hegt, eine Feindseligkeit, die sie nirgendwo anders hinlenken kann als auf mich, wenn es das ist, was sie von mir braucht.

Kapitel 3

Veronica

Der alte Herr, der vor mir steht, lächelt wehmütig, während er zur Seite blickt. Er trägt Kakihosen, die für seine schmale Figur ein wenig zu ausladend sind, aber von einem eng geschnürten braunen Ledergürtel gehalten werden, sowie ein weißes Hemd und eine Fliege mit blau-grünem Paisleymuster. Während ich ihm zuhöre, lächle ich innerlich darüber, dass die Zeiten, in denen man die wahre Liebe findet und für immer festhält, vorbei sind. Er hatte vielleicht die letzte große Liebesaffäre unserer Zeit.

„Und sie hat zu meinem Geburtstag die wunderbarsten Kuchen gebacken, alles von Grund auf frisch zubereitet. Heutzutage macht man das nicht mehr. Alles kommt aus einer Schachtel."

Ich beuge mich vor und tätschle Mr. Beasley die Hand. „Diese Backmischungen sind für Leute wie mich, die leider kein bisschen backen können."

Mr. Beasley gluckst, seine blauen Augen funkeln mich an. Seine Hand, trocken und papierartig, mit Altersflecken übersät, legt sich auf meine. „Lerne, wie man einen Kuchen komplett frisch backt, junge Veronica, und die Männer werden Schlange stehen."

Ich lache, lege meine freie Hand auf seine und drücke sie. „Es ist lieb von Ihnen, dass Sie das vorschlagen, aber die Zeiten, in denen ich einen Mann gesucht habe, sind vorbei."

Mr. Beasley spottet. „Blödsinn. Jeder braucht jemanden, den er liebt und auf den er sich verlassen kann."

Ich nehme meine Hände weg und schnappe mir die Quittung aus der Kasse, die von seinen Einkäufen stammt, welche ich soeben abgerechnet habe. Ich lege sie zu den drei Büchern, die er gekauft hat, und schiebe ihm die Papiertüte mit den Schnurgriffen über den Tresen zu.

Mr. Beasley ist einer unserer besten Kunden und ich freue mich über seine Besuche. Deswegen spreche ich ganz offen, während ich meine Arme auf dem Tresen verschränke und mich nach vorn lehne. „Ich verlasse mich auf mich selbst. Auf diese Weise lässt mich niemand im Stich."

Der alte Mann sieht mich an, seine Augen funkeln nicht länger amüsiert, sondern sind düster und von großer Weisheit geprägt. Er hat seine Frau vor etwa zehn Jahren verloren, und ich weiß, wie leer er sich ohne sie fühlen muss. Deshalb lebt er so sehr in seiner Vergangenheit.

Ich bin das Gegenteil davon.

Ich bin glücklich darüber, mein Liebesleben weit hinter mir gelassen zu haben, und ich blicke auch nicht mehr zurück.

„Gib die Hoffnung nicht auf, Ronnie", sagt Mr. Beasley, der einzige Mensch in meinem Leben, der diesen Spitznamen je benutzt hat.

Es ist rührend, dass er einen Namen für mich hat, was meiner Meinung nach darauf hindeutet, dass wir im Laufe der Zeit, seit er den Buchladen frequentiert, gute Freunde geworden sind.

Er zeigt mit einem Finger auf mich. „Ich habe den leisen Verdacht, dass das Glück gleich um die Ecke auf dich wartet."

Ich schüttele verneinend den Kopf und richte einen Finger auf ihn. „Ich habe keinen Platz für Ihre romantischen Vorstellungen, Mr. Beasley. Und jetzt ab mit Ihnen. Ich muss mich um andere Dinge kümmern."

Er bricht in schallendes Gelächter aus, nimmt seine Tasche, winkt mir mit einer Hand über seiner Schulter hinweg zu und verspricht, nächste Woche wiederzukommen. Als er geht, läuten die kleinen Glöckchen oben an der Tür, die ankündigen, dass jemand kommt oder geht. Ich werde dieses Geräusch vermissen, wenn ich von hier fortgehe.

Ich lasse die Schultern sinken, als sich die Tür schließt. Mr. Beasley ist ein so liebenswerter Mann, und es ist nicht abzusehen, wie lange er Clarkes Buchhandlung noch beehren wird. Leider ist er an Krebs erkrankt – zunächst im Dickdarm und jetzt in Leber und Lunge –, und ich werde ihn und die schönen Erinnerungen, die er immer mit mir teilt, vermissen.

„Mann, er ist genau der Grund, warum ich diesen Buchladen habe", sagt Clarke hinter mir.

Ich werfe einen Blick über meine Schulter. Sie kommt aus ihrem Büro, wo sie die Buchhaltung erledigt hat, während ich die Kasse bediene.

Ich nicke. „Menschen wie er sind der schönste Teil meines Tages. Übrigens, habe ich dir jemals dafür gedankt, dass ich hier arbeiten darf? Das ist so ziemlich das Einzige, was meinem Leben einen Sinn gibt."

Clarke schnaubt. „Du hast Millionen von Dollar, um dein Leben sinnvoll auszufüllen."

Ich zucke mit den Schultern, denn ich hatte einen fantastischen Ehevertrag, den ich während der besseren Tage unserer Ehe mit meinem Ex-Mann abgeschlossen hatte – auf sein, nicht auf mein Drängen hin. Lange bevor sich die Dinge mit ihm drastisch verändert haben.

„Apropos Erfüllung", sage ich gedehnt, während ich auf meine Uhr schaue. „Deine neue Mitarbeiterin ist fünf Minuten zu spät."

Clarke wirft einen besorgten Blick zur Tür. „Ich hoffe, es ist alles in Ordnung."

„Warum sollte irgendetwas nicht in Ordnung sein?", frage ich.

Sie schüttelt zerstreut den Kopf. „Es ist nur … Ella sagte, es fällt ihr schwer, sich an das Leben in Phoenix zu gewöhnen. Sie sagte, sie sei sehr ruhig und verschlossen. Ich dachte, vielleicht gibt ihr das etwas, worauf sie sich freuen kann, und lockt sie etwas aus ihrer Deckung heraus. Ich meine, wir sind doch lustig, oder?"

„Wir sind total lustig“, stimme ich zu. „Aber wir können uns nicht an sie binden, wenn sie unseren Spaß vielleicht gar nicht haben will.“

Es ist eine deutliche Mahnung an Clarke, dass ihr Herz zu offen und weich ist. Meins war früher auch so, aber ich habe gelernt, es vor der Mehrheit zu verschließen und nur besondere Menschen hereinzulassen. Wie zum Beispiel Clarke. Und zugegebenermaßen hat nun auch Aaron einen Platz darin, nachdem ich gesehen habe, wie glücklich er sie macht.

Allerdings, dass Janelle im Laden arbeitet, ist für Clarke eine ebenso gute Gelegenheit wie für das junge Mädchen. Ich werde nicht mehr so oft da sein, um sie zu vertreten, da ich nach den Ferien mit dem Studium anfange. Es wird Zeit, dass ich lerne, etwas anderes zu sein als eine reiche Geschiedene.

Die Glocken über der Tür bimmeln, bevor Clarke etwas erwidern kann, und ein junges Mädchen mit hellblondem Haar kommt herein. Sie blickt sich im Laden um, bevor ihr Blick an mir und Clarke hängen bleibt.

„Es tut mir so leid, dass ich zu spät komme“, sagt sie entschuldigend, während sie mit ihrem Rucksack über der Schulter in unsere Richtung läuft. „Mrs. Blair hat darauf bestanden, mich mit dem Auto zu bringen, obwohl wir nur fünf Straßen vom Laden entfernt wohnen, und sie hat sich verfahren. Wie kann man sich bei nur fünf Straßen verfahren? Ich verstehe das nicht. Ich komme vom

Land und finde mich trotzdem in der Stadt zurecht, aber sie hat mir einfach nicht zugehört, als ich ihr den Weg weisen wollte, und ist in die falsche Richtung abgebogen. Ich werde mit Riggs darüber reden müssen, dass ich zu Fuß gehen kann, denn es ist lächerlich, dass sie mich nicht laufen lässt. Ich werde in vier Monaten achtzehn. Ich habe doch gesagt, dass es mir leidtut, oder? Denn damit hätte ich anfangen sollen. Ich komme nie zu spät, schon gar nicht zu einem Job."

Janelle holt tief Luft, denn das hat sie alles ohne Punkt und Komma heruntergeleiert. Als sie den Atem hastig wieder ausstößt, weht er ihr den langen Pony aus dem Gesicht.

Clarke und ich tauschen einen Blick aus und grinsen. So viel zu ruhig und verschlossen.

Clarke geht um den Tresen herum auf Janelle zu und hält ihr die Hand hin. „Ich bin Clarke und ich werde mit Riggs über deinen Arbeitsweg sprechen. Ihr wohnt im selben Gebäude wie Aaron, richtig?"

Janelle nickt. „Riggs hat gesagt, dass wir uns für die nächste Saison ein Haus suchen, aber auf die Schnelle war es einfacher, eine Wohnung in der Nähe des Stadions zu mieten."

„Ich finde es völlig in Ordnung, wenn du am helllichten Tag zur Buchhandlung läufst, aber das muss dein Bruder entscheiden", sagt Clarke. „Und wenn du bis nach Einbruch der Dunkelheit arbeitest, bringe ich dich nach Hause."

„Vielen Dank“, sagt Janelle mit einem dankbaren Seufzer. „Mrs. Blair ist diejenige, die mir nicht mal zutraut, dass ich mir ohne Aufsicht selbst die Zähne putzen kann.“

Clarke lacht, legt den Arm um das Mädchen und führt sie an den Tresen, wo ich stehe. „Das ist Veronica, meine beste Freundin und meine Teilzeitkraft, die mich im Stich lässt, weshalb ich dich einstellen muss.“

Ich schnaube und rolle mit den Augen. Ich werde sie nicht im Stich lassen. Sie ist diejenige, die mich am stärksten dazu drängt, etwas aus meinem Leben zu machen.

Ich reiche Janelle über den Tresen hinweg die Hand. „Schön, dich kennenzulernen. Ich werde dich in den nächsten Wochen einarbeiten.“

Janelle schüttelt meine Hand, und etwas flackert in ihren Augen, als sie mich betrachtet. Ich weiß, was sie sieht. Blonde Haare mit perfekten Highlights, Make-up, das so sorgfältig aufgetragen wurde, dass man es nicht sieht, und das doch jeden Winkel meines Gesichts betont, als hätte ein Künstler seinen Pinsel geschwungen. Sie nimmt mein Designerkleid wahr, und obwohl sie die Marke Burberry vielleicht nicht erkennt, erkennt sie ganz sicher den teuren Preis. Ihr Blick gleitet zu meiner goldenen Halskette, den goldenen Armreifen und zu der Fülle an Gold an dreien meiner Finger.

„Donnerwetter.“ Sie atmet voller Ehrfurcht aus. „Du bist so … so … herausgeputzt.“

Ich weiß nicht, ob ich zusammenzucken oder lachen soll, aber ich verdränge es auf die einzige Art, die ich kenne – indem ich mich über mich selbst lustig mache. „Die Vorteile, wenn man reich heiratet und einen tollen Ehevertrag hat. Heirate niemals ohne einen."

Janelle schaut auf ihre Kleidung hinunter. Sie hat gesagt, sie sei auf dem Land aufgewachsen, aber ich weiß nicht, was das bedeuten soll. Sie trägt keine Latzhose und Cowboystiefel. Im Gegenteil, sie ist so modisch gekleidet, wie es junge Mädchen nur sein können, mit Röhrenjeans, einer lockeren Bluse, die nur auf einer Seite eingesteckt ist, sowie Ballerinas. Sie trägt eine dünne Strickjacke, und ihre Handtasche ist zwar keine Haute Couture, aber von Kate Spade.

Entweder stammt sie aus reichem Elternhaus oder Riggs sorgt jetzt für ihre Ausstattung.

„Bin ich passend angezogen?", fragt sie und schaut von mir zu Clarke. „Riggs hat gesagt, legere Kleidung sei okay."

Ich versichere ihr: „Du bist perfekt angezogen. Ich bin overdressed, aber ich arbeite daran, mir diese unangenehme Gewohnheit abzugewöhnen."

Janelle sieht mich stirnrunzelnd an, wahrscheinlich verwirrt darüber, dass ich offensichtlich Geld habe und es offensichtlich auch nutze, mich aber gleichzeitig dafür verurteile, reich zu sein. Ich bin ganz schön durcheinander wegen meiner Stellung in dieser Welt, jetzt, da ich nicht mehr mit einem

Livingston verheiratet bin, dessen Familiennamen für „reicher als Gott" steht.

„Veronica ist schon so lange meine rechte Hand, dass sie wahrscheinlich mehr darüber weiß, wie man die Buchhandlung führt, als ich", erklärt Clarke und wirft mir einen missbilligenden Blick zu, weil ich mich mal wieder selbst schlechtmache. Für Janelle war es wahrscheinlich zu subtil, um es zu bemerken, aber Clarke sieht es mir immer an – meine Beschämung darüber, dass ich zu der Frau geworden bin, die ich jetzt bin.

Sie fährt fort. „Veronica wird dich einarbeiten, da du ihre Arbeit hier übernehmen sollst."

Janelles Blick huscht mit einem zaghaften Lächeln zu mir und dann wieder zu Clarke. „Und was genau ist das?"

Ich beschließe, zu antworten, da ich diejenige bin, die sie einarbeiten wird. „Wir fangen mit meiner unliebsamsten Aufgabe an. Ich kann kaum abwarten, dass du sie übernimmst. Nämlich die Reinigung der Toilette."

Janelle rümpft die Nase. „Ich dachte, ich würde Bücher einräumen oder so."

Ich lache und kneife sie in die Wange. „Oh, liebes Kind, es gibt so viele Dinge zu tun hier in der Buchhandlung. Wir fangen mit den Toiletten an."

***

Ich stütze mich mit den Unterarmen auf dem Kassentresen ab und starre auf die Regale, in die

Janelle die Bücher einräumt. Es macht mir Spaß, sie zu beobachten. Sie ist eine junge Frau, die bei allem, was sie tut, sehr wissbegierig ist und die für ihr Alter eine erstaunlich gute Arbeitsmoral hat.

Es stimmt, dass ich ihr zuerst gezeigt habe, wie man den Toilettenraum putzt. Mit der Toilette habe ich übertrieben, denn Clarke hat dafür eine Hausmeistercrew, die abends kommt. Aber wir müssen jeden Tag dafür sorgen, dass genügend Handtücher und Seife vorhanden sind und dass der Sanitärbereich generell ordentlich aussieht. Sollte Janelle erleichtert gewesen sein, dass sie keine Toiletten schrubben muss, hat sie sich das jedoch nicht anmerken lassen. Sie hat aufmerksam zugehört, als ich ihr erklärt habe, was zu tun ist und wo sich die Reinigungsprodukte befinden. Alles, worum ich sie bisher gebeten habe, hat sie ohne eine einzige Beschwerde erledigt.

Sie ist allerdings sehr still. Seit ihrer überschwänglichen Entschuldigung, warum sie sich verspätet hat, ist sie definitiv keine quirlige Plaudertasche wie Clarke und ich, auch wenn wir versucht haben, sie in Gespräche zu verwickeln. Sie ist höflich, aber gibt freiwillig nichts von sich preis. Offensichtlich zeigt sie anderen nur langsam, wer sie wirklich ist.

Mit anderen Worten: Sie könnte eine harte Nuss sein, die es zu knacken gilt.

Ihr Verhalten hat sich jedoch leicht geändert, als wir zu den eigentlichen Dingen gekommen sind, die mit der Arbeit in einer Buchhandlung einhergehen. Als Erstes habe ich ihr beigebracht, wie man eine wöchentliche Inventur durchführt, damit wir diese Zahlen mit dem elektronischen Bestand abgleichen können, der mit einer auf den Verkäufen basierenden Software erfasst wird. Ich habe ihr erklärt, dass die Zahlen nur sehr selten abweichen, und wenn, dann meist nur um ein einziges Buch, und das auch nur alle Jubeljahre. Abweichung bedeutet normalerweise, dass jemand etwas gestohlen hat, was leider vorkommt.

Neulich haben Clarke und ich darüber diskutiert, wie man den Laden besser gegen solche Diebstähle absichern könnte. Wir könnten Detektoren installieren und Diebstahlsicherungen an den Büchern anbringen oder wir könnten Kameras installieren. Letztendlich hat Clarke entschieden, und ich stimme ihr zu, dass, wenn jemand ein Buch so dringend braucht und kein Geld hat, um es zu kaufen, er das Buch auch bekommen sollte. So ist Clarke eben – und deshalb ist sie meine beste Freundin.

Jetzt, wo ich Janelle dabei zusehe, wie sie Bücher aus einem Rollwagen ablädt, freue ich mich über das Staunen in ihren Augen bei jedem einzelnen Buch, das sie herauszieht. Diese Bücher wurden bereits von mir oder Clarke auf ihre Makellosigkeit geprüft und als aktueller Bestand in unser System eingepflegt. Jetzt werden sie auf den Weg vom Lagerraum zu den Stapeln gebracht, wo die Kunden sie kaufen können.

Janelle betrachtet jeden Einband, fährt mit den Fingern am Buchrücken entlang und dreht das Buch um, um den Klappentext auf der Rückseite zu lesen. Manchmal runzelt sie die Stirn, als ob das Buch keinen Sinn ergeben würde. Manchmal lächelt sie amüsiert, und einmal ertappe ich sie dabei, wie sie wehmütig auf ein Buch starrt, was ich als Zeichen dafür werte, dass sie es gern lesen würde.

Ich lächle, als sie das letzte Buch auf dem Wagen in die Hand nimmt, nur einen flüchtigen Blick darauf wirft und den richtigen alphabetischen Platz sucht. Bevor sie es jedoch ins Regal stellt, studiert sie den Einband und dreht es dann um, um den Klappentext zu lesen. Ihre Augen funkeln anerkennend und wieder kann ich mir ein Lächeln nicht verkneifen. Es ist ein Liebesroman von Melissa Foster. Die Art von Buch, in dem sich eine Frau verlieren kann, mit all den Möglichkeiten, nicht nur sich selbst, sondern auch die wahre Liebe zu finden.

Ich lese diese Art Bücher nicht mehr. Ich bin nicht nur eine reiche Geschiedene, sondern auch eine abgestumpfte. Aber ich bin Optimistin genug, um zu wissen, dass Janelle ihren eigenen Weg gehen kann, wenn es um Herzensangelegenheiten geht, und würde nie etwas sagen, was ihre Illusionen zerstört. Ich frage mich, ob sie schon einmal etwas von Melissa Foster gelesen hat oder überhaupt einen Liebesroman. Als ich in ihrem Alter war, habe ich alles gelesen, was ich in die Finger bekam, sogar Bücher, die ich nicht hätte lesen sollen. Das hat mich mehr über Sex gelehrt, als meine Mutter oder der Aufklärungsunterricht es jemals hätten tun können.

Ich bin neugierig genug auf dieses schweigsame Mädchen, um sie zu fragen, stoße mich vom Tresen ab und gehe zu den Stapeln, zwischen denen sie arbeitet.

Janelle hört mich kommen, hebt den Kopf und errötet, als ich auf das Buch in ihrer Hand hinunterschaue.

„Magst du Melissa Foster?“, frage ich.

Janelle zuckt mit den Schultern, ein kleines Lächeln umspielt ihre Lippen. „Ich habe bisher nur ein einziges Buch von ihr gelesen. Eine Freundin hat es mir letztes Jahr geliehen.“

Ich nehme ihr das Buch aus der Hand und schaue auf den Titel. *Running on Diesel.*

Ich bewundere das sexy Paar auf der Vorderseite, vor allem die Unmenge an Tätowierungen des Helden, von denen ich vermute, dass sie die Geschichte seines Lebens erzählen. Diese Tattoos sind weit entfernt von dem, was sich ein Livingston wagen würde, auf seinen Körper tätowieren zu lassen.

Ich drehe das Buch um und lese den Klappentext. *Ein geheimnisvoller, grüblerischer Biker trifft auf eine misstrauische Kellnerin. Reicht die explosive Chemie zwischen den beiden aus, um ihre schmerzhafte Vergangenheit zu überwinden?*

Klingt gut. Meiner Meinung nach ist es unwahrscheinlich, dass man die wahre Liebe finden kann, aber es hört sich trotzdem sexy an.

„Liest du viel?“ Ich gebe ihr das Buch zurück.

Janelle schüttelt den Kopf, während sie das Exemplar in das Regal schiebt, wo es hingehört. „Ich hatte nie Geld, um mir Bücher zum Vergnügen zu kaufen. Riggs hat mir zwar Geschenkgutscheine für Bücher bei Amazon geschickt, aber die musste ich immer für Dinge wie Shampoo und Tampons verwenden. Ich musste mich mit dem Lesestoff begnügen, den die Highschool während des Schuljahres zur Verfügung gestellt hat. Wir haben weit draußen auf dem Land gewohnt und meine Mutter wollte mich nicht in die Bibliothek in der Stadt fahren.“

Ich runzle die Stirn, weil mir nicht gefällt, was ich in diesen wenigen Sätzen über Janelle erfahre. Sie ist in ärmlichen Verhältnissen aufgewachsen, was wahrscheinlich auch auf ihren Bruder zutrifft. Ich habe genug über den menschenscheuen Riggs gehört, um mich zu fragen, ob er sich deshalb nicht näher an die Kollegen heranwagen will.

Janelle ist also einer der grundlegendsten Freuden beraubt worden, die ein Mensch im Leben haben kann – der Möglichkeit, zu lesen und zu lernen und ihren natürlichen Wissensdurst mit jedem Buch zu stillen, das sie aus Neugier aus einem Bibliotheksregal zieht. Und das alles nur, weil ihre Mutter sie nicht in die Stadt fahren wollte.

Und ja … im Herzen ist sie definitiv eine Romantikerin.

Ich lehne mich gegen die Ecke des Bücherregals, das zum Glück festgeschraubt ist. „Wo bist du aufgewachsen? Ich höre einen leichten Akzent, aber ich kann nicht sagen, woher er stammt."

Janelle lacht. „Und dabei gebe ich mir alle Mühe, ihn zu verbergen. Ich komme aus West Virginia, aber direkt südlich von Pittsburgh. Es ist also eine seltsame Mischung."

„Morgantown?", rate ich.

Janelle lächelt freudlos. „Der ärmere Teil von West Virginia."

Ich runzle die Stirn und neige den Kopf zur Seite. „Ich weiß nicht, wo das ist."

„Es ist so ziemlich überall", sagt Janelle und errötet über ihre Aussage.

Aber sie hört sich nicht wehleidig an, wenn sie über ihre Erziehung oder ihre Herkunft oder den Mangel an Dingen spricht. Wenn überhaupt, dann spüre ich bei dieser jungen Frau eine starke Widerstandskraft. Ich vermute, dass sie nicht das beste Elternhaus hatte, und ich vermute auch, dass das der Grund ist, warum sie jetzt bei ihrem Bruder lebt. Doch ich weigere mich, tiefer nachzubohren, um sie besser zu verstehen. Wenn sie sich irgendwann von allein öffnen möchte, wäre das großartig. Wenn sie lieber verschlossen bleiben will, ist das für mich ebenfalls in Ordnung.

„Und, wie gefällt dir dein erster Tag hier?", frage ich, um das Thema zu wechseln. Es ist fast

Feierabend, und ich gehe davon aus, dass Mrs. Blair bald vor der Tür stehen wird. Janelle hat sie vor einer Weile angerufen und ihr erklärt, sie sei durchaus in der Lage, selbst nach Hause zu laufen, aber Mrs. Blair wollte nichts davon hören.

Janelles Augen leuchten bei meiner Frage auf. „Ich liebe es hier. Sogar das Saubermachen des Toilettenraums. Ich würde gern weiterarbeiten, und in den Weihnachtsferien mache ich gern so viele Stunden, wie Clarke mir geben will."

Ich grinse. „Lass uns mit Clarke reden, aber ich würde sagen, dass du sehr gut zu uns passt."

Janelle lächelt und geht mit dem Rollwagen in den Lagerraum. Ich folge ihr, halte dann aber inne. Ich greife nach dem Buch von Melissa Foster und beschließe, es ihr als Willkommensgeschenk für den Job zu kaufen.

Kapitel 4

Riggs

Normalerweise bin ich einfach nur sauer auf die Welt im Allgemeinen, hauptsächlich wegen meiner Kindheit und der schlimmen Erfahrungen. Aber als wir nach unserem Sieg gegen die Phantoms ins New Yorker Hotel gehen, bin ich nur auf mich selbst sauer.

Ich habe eines der schlechtesten Spiele meines Lebens abgeliefert. Wir haben die Phantoms trotzdem besiegt, allerdings nicht dank mir. Also sind alle anderen gut gelaunt und so ziemlich jeder geht etwas trinken. Wie üblich vermeidet es fast jeder im Team, mich einzuladen, außer meinen Line-Kollegen.

Heute ist Bain der ernannte Vertreter, der mir auf die Schulter klopft und sagt: „Los, komm! Trink einen mit uns."

Ich schüttle den Kopf. „Heute nicht."

Bain lässt sich nicht beirren und wirft mir einen bohrenden Blick zu. „Das sagst du jeden Abend."

Ich möchte fragen: „Warum lädst du mich dann noch ein?", aber ich bin von Natur aus kein Arschloch. Außerdem bin ich zu müde, um meine Gründe zu beschönigen, also sage ich einfach: „Ich bin erschöpft und mein unterer Rücken tut weh. Ich werde jetzt eine heiße Dusche nehmen und ins Bett gehen."

„Im Gegensatz zu der heißen Dusche, die du schon nach dem Spiel in der Arena hattest?" Sein Grinsen verrät, dass er mir den Schwachsinn nicht abkauft.

Ich schnaube. „Dann sagen wir einfach, ich bin erschöpft."

Bain zuckt mit den Schultern und macht auf dem Absatz kehrt, um aus der Lobby zu gehen. Der Rest meiner Kollegen wartet draußen, keiner von ihnen mit einem enttäuschten Blick, weil ich nicht mitkomme. Sie wirken eher, als hätten sie nichts anderes erwartet.

Die andere Lüge war, dass ich keinen Drink möchte. Tatsächlich würde ich nichts lieber tun, als in Ruhe ein Bier zu trinken, während ich mein lausiges Spiel abschüttle. Also mache ich mich auf den Weg zur Hotelbar.

„Hey, Riggs … warte mal", ruft Baden.

Ich sehe ihn inmitten der anderen Spieler, die immer noch herumstehen und diskutieren, wohin sie nun gehen wollen.

Erst ist es schwer, ihn zu entdecken. In seinem Rollstuhl verliert er sich zwischen den hoch aufragenden Vengeance-Spielern. Aber er manövriert sich um Bishop herum, dem er im Vorbeifahren spielerisch einen Klaps auf den Hintern gibt, und weicht mit einer scharfen Linken aus, um zu verhindern, dass Bishop ihm zur Vergeltung einen Schlag auf den Hinterkopf verpasst.

Ich kann mir das Lächeln nicht verkneifen, das mir ins Gesicht geschrieben steht. Der Junge kann das Ding inzwischen hervorragend steuern, und obwohl er täglich Fortschritte im Laufen macht, ist es für ihn im Moment immer noch sicherer, im Rollstuhl zu sitzen. Vor allem, wenn er mit uns unterwegs ist und sich an Orten aufhält, die unbekannt sind oder nicht allzu sicher erscheinen, um zu laufen.

Baden und ich haben eine seltsame Beziehung, wie ich finde. Er ist die einzige Person in diesem Team, mit der ich mich wirklich verbunden fühle, und das liegt daran, dass er nicht tagein, tagaus mit uns unterwegs ist. Nachdem er sich eine schreckliche Wirbelsäulenverletzung zugezogen hatte, hat er sich in Krankenhäusern und Rehabilitationseinrichtungen verkrochen, um sich zu erholen. Es ist, als bestünde unsere Freundschaft aus diesen Gründen auch außerhalb des Teams, was es mir ein wenig leichter macht, sie zu ertragen. Es ist fast so, als hätte ich nicht diese erdrückende Verpflichtung zur Kameradschaft, nur weil wir gemeinsam auf dem Eis stehen. Bei Baden gibt es keine gegenseitige Abhängigkeit nur wegen unserer Spitzenleistungen.

Ein weiterer Grund ist, wenn ich ganz ehrlich bin, dass mir der Kerl leidtut. Die Leute können sagen, was sie wollen, wie, dass ich mich nicht diesem Team anschließe. Aber von dem Moment an, als ich das Eis als Vengeance-Spieler betreten habe, habe ich Badens Verletzung und seine Genesung ernst genommen. Jeder Spieler des Teams besuchte ihn regelmäßig im Krankenhaus und während seiner stationären Reha. Ich war neu im Team und kannte Baden überhaupt nicht, aber ich zwang mich dazu, ihn zu besuchen.

Das erste Mal war im Sommer, nachdem ich mich mit Janelle in Phoenix niedergelassen hatte. Baden befand sich zwischen zwei Operationen, und der Besuch hätte nicht peinlicher sein können. Er kannte mich nicht und ich kannte ihn nicht und er war sowohl körperlich als auch seelisch gefangen in einer Welt des Schmerzes. Nachdem ich mich vorgestellt hatte, verbrachten wir den Rest des ersten Besuchs schweigend, während er so tat, als würde er dösen, und ich so tat, als wäre ich bereit, zu reden, wenn er es wollte. Es war vielleicht die längste halbe Stunde meines Lebens.

Aber ich bin immer wieder zurückgekommen. Zu sagen, dass ich bei vielen dieser Besuche nicht willkommen war, wäre eine Untertreibung. Ich habe es nicht persönlich genommen, weil Baden jedem das Gefühl gegeben hat.

Langsam, aber sicher blüht er regelrecht auf.

Vor allem seit seiner letzten Operation im Oktober, nach der er einen Teil des Gefühls in seinen Beinen wiedererlangt hat.

Baden hat sich seither auch stärker in das Team eingebracht. Vor einem Monat hat er mithilfe engagierter Physiotherapeuten begonnen, wieder laufen zu lernen. Und seit er in ein behindertengerechtes Haus gezogen ist, das Dominik für ihn organisiert hat, kann er selbstständig mit einem umgeschnallten Gestell und mit Krücken gehen, aber nicht sehr lange und schon gar nicht an überfüllten Orten wie diesem. Baden besucht alle unsere Heim- und Auswärtsspiele, und die meiste Zeit sitzt er aus Sicherheitsgründen im Rollstuhl. Neben der Teilnahme per Zuschauer an den Spielen und der ambulanten Reha verbringt er den Tag manchmal stundenlang im Fitnessstudio, um seinen Körper so stark wie möglich zu machen.

Ich respektiere das sehr, denn seine Zukunft ist ungewiss. Sie ist ein dunkles, noch unbeschriebenes Blatt. Er muss den härtesten Kampf von allen kämpfen, wenn er jemals wieder diesen Sport ausüben will. Und doch lässt er sich nicht abschrecken.

Ich warte, bis Baden mich erreicht. Mit einem Driften nur auf den Hinterrädern hält er grinsend an. Manchmal ist er eine Gefahr mit diesem Rollstuhl, und ich habe mehr als einmal bei diesem Manöver mit der Fußstütze einen Schlag ans Schienbein abbekommen, was mir derbe Flüche entlockte.

Er reagiert völlig ungerührt. „Du bist Eishockeyspieler. Stell dich nicht so an."

Weitere Spieler verlassen die Lobby nach draußen und ich schaue zu Baden in seinem Stuhl hinunter.

„Wohin gehst du?", fragt er.

Wäre er jemand anderes, würde ich lügen und sagen, dass ich auf mein Zimmer gehe, aber stattdessen nicke ich in Richtung der Hotelbar. „Ich gehe ein Bier trinken."

Baden wirft einen Blick über die Schulter zu den Türen der Lobby, bevor er seinen Blick wieder auf mich richtet. „Du gehst nicht mit den Jungs weg?"

Ich ziehe eine Augenbraue hoch. „Du etwa?"

Baden grinst. „Ich sitze im Rollstuhl. Was ist deine Ausrede?"

Ich grinse zurück. „Dein Rollstuhl ist keine verfickte Ausrede, und das weißt du auch. Wenn du mit ihnen ausgehen wolltest, würdest du es tun. Du bist Eishockeyspieler, stell dich nicht so an."

Das hat sich gut angefühlt. Das wollte ich ihm schon lange mal an den Kopf werfen.

Baden lacht und nickt wieder in Richtung der Bar. „Kann ich mitkommen?"

Ich zucke mit den Schultern und wende mich von ihm ab, während ich sage: „Wie du willst. Aber nach diesem Spiel bin ich eine beschissene Gesellschaft."

Baden antwortet nicht, sondern rollt stumm hinter mir her.

Es gibt keine Bedienung, die einem den Platz zuweist, und freie Platzwahl. Ich entdecke sofort einen Tisch, an dem ich einen Stuhl wegziehen kann, damit Baden dort parken kann. Sobald wir Platz genommen haben, kommt die Kellnerin herüber. Wir bestellen beide Bier, und Baden ordert einen riesigen Teller mit Chicken-Nachos dazu.

Als die Kellnerin geht, sehe ich ihn direkt an. „Ich würde ja sagen, dass du besser aufhörst, diesen Scheiß zu essen, sonst wirst du noch fett, aber du musst sicher zwanzigtausend Kalorien am Tag verbrennen, so wie du trainierst."

Baden neigt den Kopf zurück und lacht, und seine starken Halsmuskeln treten hervor. Das harte Training, das er für Brust und Arme macht, hat ihn mit soliden Muskeln ausgestattet. Ich wette, der Kerl könnte einen Panzer stemmen.

Wir unterhalten uns über sein derzeitiges Trainingsprogramm. Er hofft, dass er in den nächsten Wochen auf Unterarmgehstützen und danach auf einen Stock umsteigen kann. Dann wird er die Beinschienen loswerden, und es ist dann hoffentlich nur noch eine Frage der Zeit, bis er wieder in seine Schlittschuhe steigen kann.

Bei Gott, ich wünsche ihm wirklich, dass er es schafft, und ich hoffe, dass ich dabei sein werde, wenn er zum ersten Mal das Eis betritt. Ich wette, da wird kein Auge trocken bleiben.

Die Kellnerin kommt mit unseren Bieren zurück, verspricht Baden, dass seine Nachos bald fertig sind, und verschwindet wieder. Er hebt sein Bierglas, nimmt einen langen Zug und stellt es vor sich ab.

„Ich darf nur eins davon trinken, sonst wird mein Fahrstil gefährlich."

Ich schnaube, während ich mein Glas hebe. „Du bist jetzt schon eine Bedrohung in dem Ding."

Er spart sich ein Lachen, während er erneut sein Bier auf dem Tisch abstellt, aber als sein Blick auf meinen trifft, sagt er: „Du hast heute Abend echt scheiße gespielt."

Ich zucke zurück, überrascht, wie unverblümt er sich ausdrückt. Ich widerspreche ihm nicht, aber er hat noch nie mein Spiel kritisiert. So hat unsere Beziehung bisher nicht funktioniert, abseits des Eises und der Spielpolitik.

„Ich habe persönlich viel um die Ohren", murmele ich und nehme einen Schluck.

„Willst du darüber reden?", fragt Baden.

Ich verziehe den Mund und gebe ihm meine ehrlichste Antwort. „Auf gar keinen Fall."

Baden schlägt mit der Handfläche auf den Tisch, sodass ich zusammenzucke, und ruft: „Aha!" Er zeigt mit dem Finger anklagend auf mich. „Das ist dein Problem. Du redest nicht. Du hast keine Beziehungen zu Menschen. Du gehst nicht mit den Jungs etwas trinken. Du weißt nicht, wie man Teil des Teams ist."

Nun, der Mann hat wirklich eine feste Meinung. Mein Tonfall ist trocken, als ich frage: „Du schlussfolgerst also, dass mein beschissenes Spiel daran gelegen hat, dass ich nicht zum Team gehöre?"

Baden lehnt sich in seinem Rollstuhl nach vorn und verschränkt die Unterarme auf dem Tisch. Sein Blick trifft meinen. „Ich kenne deinen Werdegang. Ich habe über dich gelesen, bevor du ins Team gekommen bist, weil es im Krankenhaus nicht viel zu tun gab. Ich habe auch gesehen, wie du im Laufe der Jahre gespielt hast. Du bist ein hochkarätiger Spieler, und genau deshalb wollten die Vengeance dich haben. Aber du spielst nicht auf dem Niveau, das du in einem Team dieses

Kalibers erreichen könntest. Sicher, du spielst genauso gut, wie du es vermutlich bei den Renegades getan hättest. Aber dieses Team hat ein höheres Niveau und du hättest dich dem anpassen müssen. Und das hast du nicht. Ich glaube, das liegt daran, dass du nicht wirklich zu diesem Team gehörst. Du hast zu den Jungs keine Verbindung aufgebaut, die es dir ermöglicht, dein Bestes zu geben und ihnen auf dem Eis bedingungslos zu vertrauen. Denn um das zu tun, musst du ihnen auch außerhalb des Eises bedingungslos vertrauen."

Seine Theorie ist ein Schlag ins Gesicht. Denn ich weiß, dass sie wahr ist. Ich weiß, wenn ich eine gemeinsame Basis mit diesen Jungs finden kann, werden wir zusammenwachsen und besser zusammenhalten.

Wir werden unendlich viel besser sein.

Ich weiß, dass das stimmt, denn eine Line ist nur so gut wie die Fähigkeit jedes Einzelnen, zu wissen, was die Line-Kameraden tun werden, ohne dass ein einziges Wort gewechselt wird. Es geht um die Fähigkeit, vorauszusehen, was passieren wird, weil man sie so gut kennt. Und das bedeutet nicht, dass man nur ihre technischen Fähigkeiten kennt, sondern dass man alles über sie weiß.

Trotzdem spiele ich es herunter, denn niemand mag es, wenn seine Unzulänglichkeiten aufgedeckt werden. „Klingt nach Hokuspokus."

„Bullshit." Baden schüttelt den Kopf, als wäre er enttäuscht von mir. „Du warst wirklich ein Teil des Teams, als du bei den Renegades warst. Die ganze Liga ist eng zusammengewachsen. Ich habe Freunde bei den Renegades, so wie du auch Freunde in jedem anderen Team hast. Wir alle lernen uns im Laufe der Jahre kennen und du warst eine Führungspersönlichkeit in diesem Team. Die Leute haben dich respektiert. Du hast den anderen den Rücken gestärkt. Und das hat sich in der Flüssigkeit deines Spiels gezeigt. Glaube mir, wenn ich dir sage, dass du nicht lange in diesem Team bleiben wirst, wenn du dich nicht hundertprozentig dafür entscheidest, ein Teil davon zu sein."

Das trifft mich hart. Denn er hat nicht unrecht. Ich glaube nicht, dass ich das Management mit meinem bisherigen Spiel beeindruckt habe. Ich weiß, dass ich besser spielen kann.

Es ist mir unangenehm, das zu tun, aber ich gebe es vor Baden zu. „Mein Leben ist diesen Sommer sehr kompliziert geworden, als Janelle zu mir gezogen ist. In letzter Zeit und in der Vergangenheit ist viel Schlimmes passiert, und das hat eine Menge verworrener Gefühle wieder aufgewühlt. Janelle ist im Moment sehr verletzlich, und ich habe gedacht, der beste Weg, sie zu schützen, wäre, sie zu isolieren. Und um sie zu isolieren, habe ich mich selbst auch isoliert."

So. Jetzt weiß Baden die Gründe für meine Zurückhaltung. Sie sind stichhaltig und legitim. Er kann sie nicht wegdiskutieren.

Und dennoch sagt er: „Schon wieder Bullshit."

Das scheint sein Lieblingswort zu sein, wenn er mit mir spricht.

„Du bist ein Arschloch", knurre ich.

Baden hebt beschwichtigend eine Hand, als wollte er andeuten, dass ich ihn falsch verstanden habe. „Ich bezweifle nicht, dass dein Leben und das von Janelle kompliziert ist und dass es einige schlimme Dinge in eurer Vergangenheit gab. Aber ich widerspreche deiner Reaktion, dass du dich deswegen isolierst. Du musst mit niemandem Details teilen, wenn du es nicht willst. Du kannst deine Komplikationen und deine Vergangenheit für dich behalten und trotzdem Teil dieses Teams sein. Du könntest jetzt mit deinen Line-Kollegen etwas trinken gehen und kein einziges verdammtes Wort über dein Privatleben verlieren. Du könntest dort sitzen, an den richtigen Stellen lachen und einfach präsent sein, und das würde ausreichen, um eine Verbindung herzustellen. Glaub mir, wenn ich dir sage, dass die Antwort nicht darin besteht, sich zu isolieren."

Mein Blick schweift zum Fernseher hinter der Bar. Es wird ein Rodeo gezeigt, und ich beobachte, wie ein Mann in weniger als zwei Sekunden von einem Bullen abgeworfen wird. Ich weiß, dass Baden die Dinge beim Namen nennt. Im Großen und Ganzen liegt er nicht mal falsch damit. Ich denke, er hat recht damit, dass ich geselliger sein und mein Leben trotzdem privat halten könnte.

Aber ich habe wohl Angst, dass meine Teamkollegen einen ganzen Kilometer weit gehen wollen, wenn ich mich nur einen Zentimeter öffne. Und ich weiß nicht, wie ich damit umgehen soll.

Als ob er meine Gedanken lesen könnte, fügt Baden hinzu: „Oder du könntest tatsächlich offen und ehrlich über deine beschissene Lebensgeschichte und die Komplikationen sprechen. Du wärst überrascht, wie es solide Freundschaften schaffen können, dich von einer Last zu befreien, und dir dürfte klar sein, dass ich hier aus eigener Erfahrung spreche. Und du weißt, dass das auch deine Schwester mit einschließt, seit du ein Mitglied des Teams bist. Und dass es keinen einzigen der Jungs oder deren Familienmitglieder gibt, die sie nicht um jeden Preis beschützen würde. Hast du jemals daran gedacht, dass du Janelle vielleicht eine Großfamilie vorenthältst, die ihr helfen kann? Und hast du jemals daran gedacht, dass du dich selbst auch beraubst?"

Ich starre Baden finster an, aber ohne ernsthaften Groll. „Wie hast du es geschafft, bei allem, was dir passiert ist, ruhig wie ein Zen-Mönch zu bleiben?"

Baden ist durch die Hölle gegangen, seit er letzten Sommer mutig versucht hat, einen Überfall zu verhindern und dabei schwer verletzt wurde. Er wurde mit einem Brecheisen geschlagen und mehrfach niedergestochen und erlitt schließlich eine Wirbelsäulenverletzung, die ihn von der Hüfte abwärts lähmte. Sein Weg zurück in die Gegenwart ist ein wahres Wunder.

Sein Lächeln ist schelmisch, seine Augen funkeln. „Wenn man dem Tod ins Auge blickt und dann einem Leben mit der Möglichkeit, nie wieder laufen zu können, gegenübersteht, ordnet man die Dinge neu. Ich weiß noch, wie du in mein Krankenzimmer gekommen bist, nachdem du nach Phoenix gezogen warst, und du kanntest mich überhaupt nicht. Und doch bist du gekommen und hast dich schweigend zu mir gesetzt, weil ich nicht reden wollte. Du kamst immer wieder, bis ich endlich redete. Du hast dich zu meinem Freund gemacht. Du hast dich meiner Probleme angenommen, indem du einfach da warst. Darauf kam es an. Jeder meiner Mannschaftskameraden, der das getan hat, hat meinen Fokus, meinen Blick auf die Dinge verändert und meinen Pessimismus durch Optimismus ersetzt. Ich weise auf den Wert der Freundschaft hin und darauf, dass man sie nie vernachlässigen sollte, egal, was in der Vergangenheit passiert ist."

Ich nehme mein Bier und trinke noch einen großen Schluck. Er gibt mir einige Denkanstöße. Ich hatte eine natürliche Kameradschaft mit meinen Renegades-Kollegen. Als ich sie verlassen habe, habe ich sie sofort vermisst. Aber als Janelle bei mir einzog, änderte sich alles, und ich habe den Kontakt zu ihnen abgebrochen, obwohl sie versuchten, ihn zu erhalten.

Baden hat recht. Ich habe mich völlig abgeschottet, und früher war ich nie so ein Typ.

Aber auch bevor ich der Typ war, der die Freundschaft zu seinen Mitspielern liebte, war ich ein ganz anderer Mensch. Wenn jemand wüsste, was ich getan habe, würde wahrscheinlich niemand mehr mit mir befreundet sein wollen.

Kapitel 5

Veronica

Clarke ist in der wahrscheinlich beneidenswertesten Position, in der eine unabhängige Buchhändlerin nur sein könnte. Sie muss ihren Laden nicht bis zum Gehtnichtmehr offen halten, nur um Geld zu verdienen. Das war vielleicht am Anfang so, aber so sehen die Dinge heute nicht mehr aus.

Vieles davon hat mit ihrer Genialität und ihrem Einfallsreichtum zu tun, mit denen sie ihre Verkaufsräume und Dienstleistungen so gestaltet, dass die Zufriedenheit der Kunden gesteigert wird. Sie hat zwar keinen Einfluss darauf, ob ein Buch, das sie verkauft, gut ist und den Leser zufriedenstellt. Aber sie sorgt dafür, dass die Kunden nach dem Kauf eines Buches gern wiederkommen, unabhängig davon, ob ihnen das Gewählte gefallen hat oder nicht. Offensichtlich kauft und verkauft sie das, wovon sie glaubt, dass es gefallen wird, auch wenn es nicht immer ins Schwarze trifft.

Stattdessen macht sie das Einkaufserlebnis inspirierend, freudig und reibungslos. Sie geht weit über das hinaus, was ihre Kunden erwarten. Sie arrangiert Lesungen, Signierstunden oder besonderes Merchandise und wendet sich manchmal sogar direkt an einen berühmten Autor, um ein signiertes Buch für einen ihrer Kunden zu bekommen.

Kein Zweifel, Clarke hat ihr Geschäft auf der Grundlage eines außergewöhnlichen Kundendienstes aufgebaut.

Es hat auch nicht geschadet, als sie anfing, mit Aaron Wylde von den Arizona Vengeance auszugehen. Durch Aaron lernte sie Pepper kennen, die Frau von Legend, die eine berühmte Kinderbuchautorin ist. Es bedurfte nur eines einzigen Besuchs von Pepper, um eine Signierstunde abzuhalten, und Clarkes Kundenstamm vervierfachte sich fast. Seitdem widmet sie etwa ein Viertel des Ladens Kinderbüchern.

Der Vorteil von Clarkes Erfolg im letzten Jahr ist, dass sie ihre Öffnungszeiten selbst bestimmen kann. Sie öffnet von Montag bis Freitag von zehn bis neunzehn Uhr und samstags von zehn bis vierzehn Uhr. Sonntags und an jedem anderen Tag, an dem ihr danach ist, schließt sie die Türen; meistens jedoch, wenn sie die Gelegenheit hat, mit Aaron zu einem Auswärtsspiel zu fahren. Dann hängt sie einfach ein Schild „Geschlossen" an die Tür und entschuldigt sich damit, dass sie ihn in Toronto oder San Diego oder Florida oder sonst wo spielen sehen möchte. Ihre Kunden finden das verdammt cool, also verzeihen sie ihr.

Das heißt aber nicht, dass sie sich nicht den Hintern abarbeitet. Als Einzelunternehmerin lastet alles auf ihren Schultern. Sie hat mich und ein weiteres Mädchen, das in Teilzeit arbeitet. Clarke kümmert sich um alles andere, und deshalb wird es für einigen Aufruhr sorgen, wenn ich gehe.

Oder besser gesagt, wenn ich anfange, Kurse zu belegen, um meinen Bachelorabschluss zu machen. Ich werde aber immer noch für sie da sein, wenn es die Zeit erlaubt.

Natürlich war es Clarkes Idee, dass ich meinen Abschluss mache. „Du zappelst herum wie … nun ja, als hättest du Hummeln im Hintern."

Damit liegt sie nicht falsch. Seit der Scheidung wandere ich ohne Plan und Ziel durchs Leben. Es ist traurig, dass sich meine ganze Existenz darauf konzentriert, Clarke zwanzig Stunden pro Woche im Buchladen zu helfen. Es wären vierzig, aber so viel Zeit braucht sie mich nicht, denn ihre andere Teilzeitkraft, Marie, ist schon länger hier. Außerdem bezahlt sie mich sowieso nicht, weil ich das Geld nicht brauche. Wenn es nach mir ginge, würde ich den ganzen Tag mit ihr abhängen, aber sie lässt mich nicht. Sie sagt, ich muss raus in die Welt und meinen Horizont erweitern.

Clarke bringt mich sozusagen dazu, meinen Scheiß auf die Reihe zu bekommen.

Seufzend kritzle ich Notizen auf den Block vor mir. Das mache ich mehrmals pro Woche, auf der Suche nach Klarheit. Ich sitze gerade in Clarkes Büro, während sie Janelle den Umgang mit der Registrierkasse beibringt. Es ist kurz vor Ladenschluss, also gibt sie ihr einen allgemeinen Überblick, und morgen wird sie echte Kunden bedienen – natürlich mit mir an ihrer Seite.

Ich blicke auf und sehe durch die offene Tür zu Clarke. Sie neigt ihren Kopf nah zu Janelle, hört sich eine Frage des Mädchens an und deutet auf etwas an der Tastatur der Kasse.

Ich lächle. Dies ist erst der dritte Tag, an dem Janelle hier ist, doch es ist bereits eine wahre Freude, sie hier zu haben. Heute schien sie überglücklich zu sein, und egal, was wir ihr aufgetragen haben, sie hat es angenommen und die Aufgaben mit Stolz und Effizienz erledigt. Sie beklagte sich sogar darüber, dass sie, wenn die Schule wieder anfängt, nur noch ein paar Stunden am Tag hier arbeiten kann.

Außerdem bedauerte sie, dass der Laden morgen, an Heiligabend, und am ersten Weihnachtstag geschlossen ist, was mich zum Lachen brachte. Clarke versicherte ihr, dass wir am Sechsundzwanzigsten wieder öffnen und sie gern den ganzen Tag arbeiten darf, wenn sie will.

Janelle antwortete: „Großartig."

Ich schaue wieder auf meinen Block. Ganz oben habe ich „Kurzfristige Ziele" hingeschrieben und in der Mitte „Langfristige Ziele".

Kurzfristiges habe ich nichts auf der Liste, aber die Nummer eins auf der langfristigen Liste ist dieselbe wie immer.

Finanziell unabhängig werden.

Das mag komisch klingen, wenn man bedenkt, dass ich bei der Scheidung eine Abfindung von fünf Millionen Dollar bekommen habe. Außerdem erhalte ich von meinem Ex-Mann fünfzigtausend Dollar Alimente im Monat, dazu besitze ich eine Penthouse-Eigentumswohnung in der Innenstadt von Phoenix, ein Ferienhaus in Telluride und ein weiteres in Tampa. Zudem bekomme ich alle drei Jahre ein nagelneues Auto, Marke und Modell meiner Wahl, ohne dass dafür Kosten anfallen. All das so lange, bis ich wieder heirate. Wenn ich mich entscheide, nicht wieder zu heiraten, bekomme ich das alles, bis ich sterbe.

Manche mögen sagen: „Wow, was für einen großzügigen und liebevollen Ehemann du hattest, der dir das alles überlassen hat. Er muss sich auch noch nach der Scheidung sehr gut um dich gekümmert haben."

Daraufhin würde ich erwidern: „Er war ein Arschloch. Er hat mir das Leben zur Hölle gemacht und versucht, mich bei jeder Gelegenheit während unserer Scheidung zu kontrollieren, einzuschüchtern und zu bedrohen, um mich dazu zu bringen, bei ihm zu bleiben."

Zum Glück hatte ich einen tollen Ehevertrag. Das war nichts, was ich absichtlich angestrebt hatte, sondern die Livingston-Anwälte wussten, dass meine Abfindung im Vergleich zu den Milliarden der Familie nur ein Hungerlohn war. Es war einfacher, mir eine Menge Geld zu geben, das ihr Vermögen nicht schmälern würde, mir den Kopf zu tätscheln und mich meiner Wege gehen zu lassen, damit ich mich ruhig verhalten und sie nie wieder belästigen würde.

Wenn ich die Wahl hätte, würde ich lieber die Zeit zurückspulen und vergessen, dass ich Jace

Livingston jemals getroffen habe, als all diesen Reichtum zu besitzen, den ich nicht verdient habe.

Ich will sein Geld nicht, und deshalb steht es ganz oben auf meiner Liste, finanziell unabhängig von meiner Scheidungsabfindung zu werden. Am Anfang habe ich alles genommen, was ich bekam, weil es mir Sicherheit gegeben hat, bis ich allein zurechtkam. Ich bin seit meinem zwanzigsten Lebensjahr verheiratet gewesen – ich hatte das College abgebrochen, um Jace zu heiraten – und musste nach meiner Aufnahme in die Livingston-Familie nie mehr arbeiten. Ich kannte nichts anderes als Luxus-Shopping, Wohltätigkeitsarbeit, internationale Reisen und das Veranstalten von Dinnerpartys.

Also nahm ich das Geld an, nicht weil ich dachte, ich hätte es verdient, sondern weil ich durch das Trauma des letzten Jahres unserer Ehe und der folgenden turbulenten Scheidung völlig geschockt war und nicht wusste, wie ich meinen Lebensunterhalt bestreiten sollte.

Wenn mich jemand sieht, stellt er Vermutungen an. Ja, ich kleide mich gut und teuer, aber ich habe mir diese Kleidung während meiner Ehe zugelegt. Sie ist da und ich benutze sie. Aber ich habe die Ferienhäuser nicht ein einziges Mal benutzt, das Auto wird kaum bewegt, außer, um zur Arbeit zu Clarkes Laden und zurückzufahren. Und nachdem ich die Grundbedürfnisse wie Strom und Lebensmittel bezahlt habe, bleibt der Rest des Geldes unangetastet, abgesehen von mehreren wohltätigen Spenden, die ich jedes Jahr mache.

Sechshunderttausend Dollar pro Jahr sind so viel Geld, dass ich gar nicht weiß, wie ich es ausgeben soll, also lege ich es auf die Bank und hoffe, dass ich während meines Betriebswirtschaftsstudiums herausfinden werde, was ich Sinnvolles mit dem wachsenden Reichtum anfangen kann.

Ich versuche, mir ein anderes langfristiges Ziel zu setzen, aber es fällt mir wie immer schwer. Ich habe nicht das Ziel, wieder zu heiraten oder Kinder zu haben, denn die will ich nur, wenn ich verheiratet wäre, aber ich möchte nicht noch einmal heiraten, also fällt das weg.

Ich kritzle das Wort *Hund* auf das Papier.

Ich denke, das ist ein erstrebenswertes Ziel, aber ich streiche es sofort wieder. Wenn ich einen Hund will, könnte ich morgen einen adoptieren. Das ist nichts, was ich auf lange Sicht anstrebe.

Mein Blick richtet sich wieder auf die kurzfristigen Ziele. Das erste ist einfach. *Meinen Hochschulabschluss machen.*

Ich habe noch ein Jahr Zeit, um meinen Bachelorabschluss zu machen, und ohne die Verpflichtung, regelmäßig Schichten in Clarkes Laden zu übernehmen, kann ich wieder Vollzeit studieren gehen. Natürlich habe ich mein Studium an der UCLA begonnen und werde es an der Arizona State beenden, aber es ist egal, wo ich meinen Abschluss mache. Hauptsache, ich mache ihn.

Ich starre auf das Papier und frage mich, was Nummer zwei sein soll.

Eine gemeinnützige Organisation gründen?

Aber ist das ein langfristiges oder ein kurzfristiges Ziel? Mein Ziel nach dem Studium wäre es, etwas zu gründen, das Menschen hilft, aber was? Ich bin mir nicht sicher.

Während meiner Zeit mit Jace führte ich ein so bezauberndes Leben. Abgesehen davon, dass er sich nach unserer Heirat ziemlich schnell veränderte und sehr kontrollierend und gewalttätig wurde. Ich verlor den Kontakt zur realen Welt. Seit ich letztes Jahr nach Phoenix zurückgekehrt bin, habe ich mich an Clarkes Seite verkrochen und versucht, mein Leben zu meistern. Unsere Freundschaft ist auch nach meiner Heirat und meinem Wegzug zum Glück erhalten geblieben.

Seufzend schiebe ich den Notizblock weg und reibe mir den Nasenrücken. Ich habe das Geld, um zu tun, was ich will. Ich könnte sofort rausgehen und tun, was immer ich möchte.

Und doch bin ich fast versteinert vor Unentschlossenheit. Verdammt, wäre Clarke nicht gewesen, hätte ich mich nie wieder an der Uni eingeschrieben.

Ich schiebe den Bürostuhl auf Rollen vom Schreibtisch zurück und stehe auf. Es ist noch eine halbe Stunde Zeit bis Ladenschluss, da kann ich mich genauso gut nützlich machen.

In den nächsten dreißig Minuten räume ich auf und achte darauf, dass alle Bücher in den Regalen stehen und perfekt ausgerichtet sind. Ich stelle den Nippes wieder korrekt hin, von dem der meiste saisonal ist. Ich schalte die Weihnachtsbaumbeleuchtung des Ladens aus, ebenso wie die Lichter, die wir am Schaufenster angebracht haben. Ich lege ein verirrtes Buch weg, das in der Leseecke vergessen worden ist, und mache einen allgemeinen Rundgang, um sicherzugehen, dass alles bereit ist, um morgen um zehn Uhr die Türen zu öffnen.

Pünktlich um sieben Uhr mache ich mich auf den Weg zurück zum Kassenbereich. Clarke hat ihr Büro bereits abgeschlossen und das Licht in der hinteren Hälfte des Ladens ausgeschaltet. Sie hält ihre Autoschlüssel in der Hand und hat die Handtasche über die Schulter geworfen. Janelle steht neben ihr und blickt zum Fenster, um zu sehen, ob Mrs. Blair vorfährt.

Ich runzle die Stirn und schaue auf die Straße. „Mrs. Blair ist noch nicht da?“

Janelle sieht besorgt aus. „Sie ist nie zu spät.“

Das ist wahr. Tatsächlich ist sie jedes Mal eine Viertelstunde zu früh dran, wenn sie Janelle abholt. Wenn es keinen Parkplatz vor dem Laden gibt, fährt sie um den Block, bis einer frei wird oder bis Feierabend ist und Janelle rauskommt. Es ist seltsam, dass sie noch nicht da ist.

„Ruf sie mal an“, schlägt Clarke Janelle vor, die zustimmend nickt und ihr Handy aus der Tasche kramt.

Janelle wählt, während Clarke und ich einen Blick austauschen, nicht beunruhigt, sondern erstaunt, dass diese pünktliche, fast schon militante Frau zu spät kommt.

Er wird jedoch besorgt, als wir Janelle beobachten, wie sie die Stirn runzelt, als jemand ans Telefon geht. „Ähm … ich wollte Mrs. Blair sprechen."

Janelle hört eine gefühlte Ewigkeit zu und ihr Stirnrunzeln vertieft sich. „Okay. Ich verstehe. In welches Krankenhaus bringen Sie sie?"

Das lässt mich aufschrecken, und ich trete vor, um Janelle das Telefon abzunehmen. Sie schüttelt jedoch den Kopf und fragt denjenigen, der am anderen Ende ist: „Will sie, dass ich ins Krankenhaus komme, um bei ihr zu sein? Sie hat keine Familie in der Gegend."

Wieder ein langes Schweigen, während Janelle zuhört. „Bitte … sagen Sie ihr, sie soll sich keine Sorgen um mich machen. Ich komme heute Abend allein zurecht."

Offensichtlich ist Mrs. Blair irgendwie unpässlich und wird Janelle nicht abholen. Außerdem hat Janelle gerade jemanden gebeten, Mrs. Blair auszurichten, dass sie sich keine Sorgen machen soll, obwohl sich diese Dame wahrscheinlich um Janelle sorgen wird, da sie ohnehin schon zu sehr auf sie aufpasst.

Ich wedle hektisch mit meinen Händen – zeige auf sie, dann auf mich und mache eine Schlafgeste. Janelle nickt verstehend und spricht mit der Person am anderen Ende der Leitung. „Sagen Sie ihr einfach, dass Veronica heute Nacht auf mich aufpassen wird und ich bei ihr übernachten kann. Ich sage Riggs Bescheid."

Janelle hört zu, und ich vermute, dass die Nachricht vielleicht an Mrs. Blair weitergegeben wird, wo auch immer sie sein mag und in welcher Situation sie sich befindet. Janelle schweigt so lange, dass ich mir vorstelle, wie Mrs. Blair einen hysterischen Anfall bekommt, weil sie wahrscheinlich darauf besteht, dass sie, egal was ihr passiert ist, bald hier sein wird.

„Bitte sagen Sie ihr, dass sie sich keine Sorgen machen soll", wiederholt Janelle. „Und ich rufe jetzt Riggs an."

Ohne auf eine Antwort zu warten, legt Janelle auf und starrt nachdenklich auf das Telefon.

„Und?", fragt Clarke, ungeduldig auf eine Erklärung wartend.

Janelle zuckt zusammen und schenkt ihr ein entschuldigendes Lächeln. „Sorry. Mrs. Blair hat sich auf der Feuertreppe den Knöchel gebrochen, als sie auf dem Weg in die Garage zu ihrem Auto war. Der Rettungsdienst ist da und behandelt sie. Das war derjenige, der ans Telefon gegangen ist."

„O wow", murmle ich und es tut mir entsetzlich leid für Mrs. Blair.

Janelle nickt besorgt. „Es ist anscheinend ziemlich schlimm, und der Sanitäter sagte, dass sie wahrscheinlich operiert werden muss. Aber ihre Nachbarin, die ihre beste Freundin ist, ist auf dem Weg ins Krankenhaus und wird bei ihr bleiben."

„Warum hat sie die Treppe genommen?“, fragt Clarke neugierig, und ich werfe ihr einen Blick zu, der besagt: „Wen zum Teufel interessiert das?“

Aber Janelle zuckt mit den Schultern. „Sie sagt, es ist eine gute Fitnessübung.“

Clarke sieht zu mir. „Janelle kann gern mit mir nach Hause kommen.“

„Aber du hast das Abendessen mit der Handelskammer“, erinnere ich sie und wende mich mit einem Lächeln an Janelle. „Außerdem wird es Spaß machen. Wie eine Pyjamaparty. Wir fahren zu deiner Wohnung und holen ein paar Klamotten und du übernachtest bei mir. Wir bestellen beim Chinesen und machen uns Gesichtspackungen.“

„Wahnsinn!“, ruft Janelle mit vor Begeisterung leuchtenden Augen.

Doch dann kommt mir ein Gedanke und mein Blick schweift zu Janelle. „Macht es deinem Bruder etwas aus, wenn du bei mir übernachtest?“

Janelle lächelt aufgeregt. „Nein, überhaupt nicht. Ich habe ihm bei den wenigen Gelegenheiten, an denen wir miteinander gesprochen haben, alles über dich erzählt. Und da Clarke und Aaron ihre Hände für dich ins Feuer legen würden, wird er damit völlig einverstanden sein.“

Ich habe das Gefühl, dass sie nicht ganz ehrlich zu mir ist, also nicke ich in Richtung ihres Telefons. „Ruf ihn an und frag ihn gleich mal.“

„Das geht nicht“, antwortet sie und senkt verlegen den Kopf. „Er ist im Spielvorbereitungsmodus und kann nicht antworten, aber ich schreibe ihm eine Nachricht und erkläre ihm alles."

Ich werfe einen Blick zu Clarke, die mir zunickt. „Ich bin sicher, es ist in Ordnung. Ich schreibe Aaron eine Nachricht, dass du keine Serienmörderin bist."

„Vielen Dank auch", sage ich theatralisch mit einem Augenrollen und schaue dann zu Janelle. „Okay. Lass uns loslegen. Zuerst zu dir."

„Wahnsinn", sagt Janelle wieder, diesmal mit einem kurzen Faustgruß.

Ich kann mir ein Lachen nicht verkneifen.

***

Ich folge Janelle in die Eigentumswohnung, die sie sich mit ihrem Bruder teilt. Sie gibt das Passwort für die Alarmanlage ein und geht durch einen großen, offenen Raum, der aus einem Wohn- und Essbereich sowie einer Küche besteht.

„Ich gehe eine Tasche packen", sagt Janelle und wirft ihre Handtasche auf die Couch.

„Okay", sage ich vage, während ich mich leicht schockiert im Wohnzimmer umschaue.

Riggs hat das, was ich als typische Junggesellenbude bezeichnen würde. Schwere maskuline Möbel in neutralen Farben und kein einziges Kunstwerk an den Wänden. Keine Fotos, die die Familie zeigen. Kein Schnickschnack. Eine Fleecedecke der San Diego Renegades, die über die Rückenlehne der Couch geworfen wurde. Ein Paar

Tennisschuhe, die wahllos ausgezogen worden sind, einer liegt unter dem Couchtisch, der andere ist unter dem Fernsehsessel verkeilt. Ein leeres Glas auf dem Tisch und verstreute Sportzeitschriften.

Für eine Frau, die Stil und Komfort in ihrer Umgebung zu schätzen weiß, wirkt dieser Wohnbereich wie ein hochpreisiges Hotelzimmer, dem es an Charakter und Tiefe fehlt.

Das alles überrascht mich nicht.

Was mich wundert, ist die Tatsache, dass es keinerlei Weihnachtsdekoration gibt, und morgen ist Heiligabend. Da würde man hier nie drauf kommen.

Es würde mich nicht stören, wenn nur Riggs hier wohnen würde, aber ich weiß, dass Janelle Weihnachten feiert. In den vergangenen Tagen ist sie übergesprudelt vor Freude über die Dekoration im Laden und wir haben über das nahende Fest gesprochen. Bei der Arbeit hat sie Weihnachtsmelodien gesummt, und am zweiten Tag hat sie ein Stirnband mit einem Rentiergeweih getragen, an dessen Spitzen Weihnachtsschmuck baumelte.

Ich habe genug über Janelle erfahren, um zu wissen, dass sie Weihnachten liebt, dass sie am liebsten den Baum schmückt und das Einpacken der Geschenke am wenigsten mag.

Während sie sich über nähere Details zu ihrer Familie ausschweigt, die sie verlassen hat, als sie zu Riggs gezogen ist, habe ich während unserer Gespräche herausgefunden, dass ihre Erziehung zwar gewöhnlich gewesen sein muss, ihre Familie aber nicht der typischen Mittelschicht entspricht.

Als wir zum Beispiel über Weihnachten geredet haben, hat sie mir erzählt, dass sie als Kind nur genug Geld hatten, um einen billigen Plastikbaum aufzustellen und ein paar Geschenke zu kaufen. Aber es gab kein Geld für Urlaube oder schicke Kleidung. Sie musste zwar nicht in Secondhandläden einkaufen, um das Nötigste zu bekommen, aber ihre Kleidung stammte von Discountern.

„Natürlich", sagte sie, während sie mit einem Staubwedel über ein paar Weihnachtsfiguren in einem Regal gewedelt hat, „hat Riggs, nachdem er gedraftet worden war, angefangen, meinen Eltern Geld zu schicken, damit sie Sachen für mich kaufen."

Das hat mir ein Lächeln aufs Gesicht gezaubert. Aber bevor ich deswegen habe aufseufzen können, hat sie ergänzt: „Nicht, dass das Geld, das er geschickt hat, jemals für mich ausgegeben worden wäre."

Die Schlussfolgerung ist eindeutig. Janelle hat nicht von Riggs' Großzügigkeit profitiert.

Normalerweise würde ich mich nie in etwas einmischen, das offensichtlich bittere Erinnerungen hinterlassen hat, aber Janelle hat die Tür geöffnet und ich bin der Meinung gewesen, sie wollte vielleicht reden, also habe ich sie sanft angestupst, nur ein bisschen.

Ich wusste von Clarke, dass Riggs vor Kurzem das Sorgerecht für seine Schwester bekommen hat, aber nicht den Grund dafür. Ich bin nicht sicher, ob es überhaupt jemand weiß.

Ich habe ihr zunächst eine unauffällige Frage gestellt. „Wie kommt es, dass dein Nachname Adamik ist und Riggs' Nachname Nadeau?"

„Dieselbe Mutter, verschiedene Väter", antwortete sie, ohne zu zögern.

Für mein Verständnis war die Tür immer noch offen. „Vermisst du deine Eltern?"

„Mein Vater ist vor ein paar Jahren gestorben", erwiderte sie mit einer Mischung aus Traurigkeit, aber vor allem Enttäuschung in der Stimme. „Ich vermisse meine Mutter manchmal. Aber nicht oft."

Das ist eine Menge wesentlicher Informationen in nur wenigen Worten gewesen. Ich konnte mich nicht zurückhalten. Ich konnte nicht anders, als zu fragen. „Hast du noch Kontakt zu ihr?"

Janelle schüttelte den Kopf. „Ich rufe sie manchmal an. Wir unterhalten uns. Es ist ein bisschen gekünstelt."

Ich habe keine Ahnung von den Umständen, die dazu geführt haben, dass Janelle zu Riggs gezogen ist, aber nach dem wenigen, was ich erfahren habe, freue ich mich für sie. „Ich bin froh, dass du deinen Bruder hast."

Ihre Schultern bewegten sich leicht, fast so, als ob sie mit den Schultern zucken wollte, es aber nicht ganz geschafft hätte.

„Bist du nicht froh, dass du hier bist?", fragte ich nach.

„Doch“, versicherte sie mir. „Es ist nur ... wir lernen uns in gewisser Weise immer noch kennen.“

Janelle erzählte weiterhin, dass sie fünf Jahre alt war, als Riggs von zu Hause wegging, um bei einem Onkel in Minnesota zu leben. Er schloss dort die Highschool ab, ging aufs College und wurde dann Profi-Eishockeyspieler.

„Wir haben uns nicht oft gesehen, aber er hat mich immer angerufen, und als ich älter wurde, hat er mir ein Telefon gekauft, damit ich ihn anrufen konnte, wann immer ich wollte. Nachdem er Profi geworden war, fuhr er jedes Jahr mit mir in die Sommerferien. Das war immer lustig.“

Da steckt eine lange Geschichte dahinter, und ich habe das Gefühl, dass das wenige, das Janelle mir erzählt hat, nur an der Oberfläche gekratzt hat. Aber ich habe nicht vorgehabt, weiter nachzufragen.

Ausgehend von dem wenigen, was sie mir über ihr Leben erzählt hat, schockiert mich nicht nur der Anblick einer Wohnung ohne jegliches Anzeichen dafür, dass Janelle auch hier wohnt und dass Weihnachten wichtig ist. Sondern auch die Tatsache, dass bei ihnen zu Hause offensichtlich etwas nicht in Ordnung war und Riggs sie hierher gebracht hat, damit sie ein besseres Leben führen kann.

Warum zum Teufel kann der Mann dann keinen verdammten Weihnachtsbaum für sie aufstellen?

Liegt es daran, dass sie nicht danach gefragt hat? Liegt es daran, dass er ein Mann ist und es nicht verstehen kann? Vielleicht versteht er nicht, dass sie ein Teenager ist und sieht sie stattdessen eher wie eine Erwachsene.

Was auch immer der Grund sein mag, es ist eine Schande.

Janelle kommt aus dem hinteren Flur gestürmt und zieht einen Koffer hinter sich her. „Fertig. Ich bin so aufgeregt, Gesichtsmasken zu machen. Ich weiß zwar nicht, was das genau ist, aber ich bin dabei."

Wir haben beschlossen, dass Janelle bei mir bleiben wird, da ich mich in meinem eigenen Haus wohler fühle als bei Riggs zu schlafen. Aber jetzt, wo ich Janelles Wohnung gesehen habe, kommt mir eine neue Idee.

„Planänderung", informiere ich sie und sie hält mit großen Augen inne. „Wir werden hierbleiben. Aber zuerst gehen wir Weihnachtsdeko kaufen."

Kurz flackern Schatten in ihren Augen, und ich frage mich, ob ich die ganze Situation falsch eingeschätzt habe. Vielleicht gibt es keine Weihnachtsdekoration, weil sie es so will.

Doch als ich an meinen guten Absichten zu zweifeln beginne, hellt sich Janelles Gesicht auf und sie ruft: „Ernsthaft? Jetzt sofort?"

Ich nicke und grinse über ihre ansteckende Begeisterung. „Jetzt gleich. Lass deinen Koffer fallen und dann gehen wir."

Sobald wir in meinem Auto sitzen, tätige ich drei Anrufe. Mein früheres Leben als eine Livingston hat mir zwar nicht viel Freude bereitet, aber dafür konnte ich sehr gute Kontakte knüpfen. Der erste Anruf geht an eine Blumenhändlerin, mit der ich früher unser Haus für gesellschaftliche Anlässe dekoriert habe. Sie verkauft nicht nur Blumen, sondern hat auch eine Vielzahl von anderen Pflanzen und saisonalen Dekorationen in ihrem Geschäft. Obwohl sie bald schließen wird, versichert sie mir, dass sie es schaffen kann, mich mit den nötigen Utensilien in der Wohnung zu treffen, um die Wohnung in ein Winterwunderland zu verwandeln.

Der zweite Anruf geht an einen der beiden Personal Shopper, die ich während meiner Ehe mit Jace in Anspruch genommen habe. Diese Einkaufsassistenten waren immer verfügbar, um alles zu besorgen, wofür ich selbst keine Zeit hatte. Für den richtigen Geldbetrag – den ich glücklicherweise noch habe und gern für etwas verwende, was Janelle Freude bereitet – konnte ich praktisch alles kaufen und ziemlich schnell liefern lassen.

Ich weise den Einkäufer an, einen drei Meter hohen künstlichen Baum mit bereits angebrachten Lämpchen zu kaufen und darauf zu achten, dass es ein guter Baum ist, der realistisch aussieht. Am liebsten wäre mir ein echter Baum, an dem wir die Lichterkette selbst anbringen, aber die Zeit drängt. Es ist früher Abend und wir müssen effizient handeln.

Der letzte Anruf geht an den anderen Einkaufsassistenten, dem ich eine Einkaufsliste für Lebensmittel gebe. Ich bezweifle zwar, dass wir heute

Abend noch Zeit haben, aber ich denke, dass wir am Morgen, bevor ich gehe, noch ein paar Weihnachtsplätzchen backen können. Riggs kommt gegen Mittag nach Hause, und ich werde Janelles Betreuung in dem Wissen an ihn übergeben, dass ich ihr ein wenig Weihnachtsstimmung und Festlichkeit für die Feiertage gebracht habe.

Nachdem ich aufgelegt habe, sehe ich Janelle an, die mich entgeistert anstarrt.

Ich grinse. „Es hilft, dass ich immer noch Kontakte habe und viel Geld, um die Leute zu bezahlen, damit sie diese Dinge erledigen. Ich würde es lieber selbst machen, aber wir haben heute Abend nicht viel Zeit."

Janelles Stimme ist voller Staunen. „Ich kann mir nicht vorstellen, wie es ist, so viel Geld zu haben. Einfach Leute anzurufen und sie Dinge für dich tun zu lassen."

Ich verziehe das Gesicht, wenn ich daran denke, wie dekadent mein Leben früher war. Damals hat es mir nichts ausgemacht, diese Dienste in Anspruch zu nehmen. Als Frau von Jace Livingston erwartete man das von mir.

Auch wenn ich nicht gern in diesen alten Lebensstil zurückfalle, denke ich mir, dass ich damit nur einem jungen Mädchen eine Freude machen will und es daher harmlos ist. Wie gesagt, es ist früher Abend und Heiligabend steht vor der Tür.

„Wenn du Leute hast, die all das Zeug besorgen, wo sollen wir dann hin?", fragt Janelle.

„Das Schmücken eines Weihnachtsbaums ist etwas unglaublich Persönliches", teile ich ihr mit. „Der eigentliche Schmuck und die Kugeln müssen eine Bedeutung für dich haben. Wir werden diese Dinge selbst kaufen, und ich schlage vor, dass du dich nicht zu sehr auf ein südwestliches Thema versteifst. Kleiner Kaktusschmuck hat etwas, was meiner Meinung nach die Weihnachtsstimmung tötet, und das stammt von einer Einheimischen, die aus dieser Gegend kommt."

„Oh." Janelle stößt einen langen, zufriedenen Seufzer aus.

Sie baut sich hier mit Riggs ein neues Leben auf.

Er hat vielleicht nicht daran gedacht, es für sie besonders zu machen, aber ich will verdammt sein, wenn ich die Gelegenheit verstreichen lasse.

Kapitel 6

Riggs

Manchmal ist es ätzend, um zwei Uhr morgens von einer langen Reise zurückzukommen, vor allem, wenn man den Zeitunterschied berücksichtigt. Aber in diesem Fall bin ich froh, dass sie sich entschlossen haben, den Rückflug direkt nach dem gestrigen Spiel in Pittsburgh zu buchen. Ursprünglich wollten wir am nächsten Morgen abreisen, aber die Verantwortlichen haben beschlossen, das Flugzeug sofort in die Luft und uns nach Hause zu bringen.

Das Vengeance-Flugzeug ist mit bequemen Sitzen ausgestattet, sodass sich jeder Spieler in eine vollständig zurückgelehnte Position begeben kann, um während des Fluges zu schlafen.

Ich konnte nicht schlafen.

Janelle hat mir geschrieben, was mit Mrs. Blair passiert ist. Obwohl sie mir versichert hat, dass sie bei dieser Frau, Veronica, in guten Händen sei und dass sie bei ihr übernachten würde, habe ich mir nichts anderes als Sorgen gemacht.

Ich kenne diese Frau überhaupt nicht und Janelle ist erst siebzehn. Sie kann keine derartigen Entscheidungen treffen. Erst nachdem Aaron für die Frau gebürgt hat, habe ich mich ein wenig beruhigt, aber ich werde mich trotzdem so lange sorgen, bis ich mit eigenen Augen sehen kann, dass es meiner Schwester gut geht.

Mrs. Blairs unglücklicher Knöchelbruch hat sich ereignet, während ich bei einem Spiel gewesen bin. Ich habe mich zwar damit abgefunden, dass Janelle von einem wildfremden Menschen überwacht wird, aber es ist mir nie in den Sinn gekommen, einen Plan B in petto haben zu müssen. Dies wäre einer der Fälle, in denen Baden mir unter die Nase reiben würde: „Siehst du, wenn du Beziehungen innerhalb des Teams hättest, wäre jemand eingesprungen und hätte auf Janelle aufgepasst, während du weg warst."

Ich weiß, dass ich mir wahrscheinlich nicht so viele Gedanken darüber machen sollte. Sie ist fast achtzehn und hat jahrelang für sich selbst gesorgt. Aber in Anbetracht ihrer Lebensumstände zu Hause ist sie auch etwas zerbrechlich, und mir gefällt der Gedanke nicht, dass sie im Moment allein ist.

Ich gebe zu, dass Badens Vortrag darüber, ein besseres Teammitglied zu sein, vielleicht das Beste für mich war. Er hat sicherlich die praktische Umsetzung von guten Beziehungen zu meinen Teamkollegen verstärkt. Aber da ich auf der anderen Seite des Landes war und nichts anderes tun konnte, als Janelles und Aarons Worte zu akzeptieren, dass meine Schwester bei Veronica in Sicherheit wäre, habe ich die Dinge so akzeptieren müssen, wie sie sind.

Es ist kurz nach zwei Uhr morgens, als ich zur Tür meiner Eigentumswohnung stapfe. Ich hasse es, in der Innenstadt zu leben, und ich hasse es, in einer Eigentumswohnung zu wohnen. Ich hasse Städte im Allgemeinen, aber ich schätze, das liegt daran, dass ich in meinen prägenden Jahren als Junge vom Land an einer zweispurigen Straße mitten im Nirgendwo aufgewachsen bin. Das hat mich dazu gebracht, meinen Freiraum zu lieben. Als professioneller Eishockeyspieler bin ich zwar an eine Großstadt gebunden, aber ich möchte auf keinen Fall mitten in einer Stadt leben. In San Diego hatte ich genau aus diesem Grund ein Haus gut fünfundvierzig Minuten außerhalb der Stadt.

Als ich zu den Vengeance gewechselt war und fast gleichzeitig das Sorgerecht für Janelle übernahm, hatte ich keine Zeit mehr, vor unserem Umzug nach einem Haus zu suchen. Auf Empfehlung einiger anderer Spieler habe ich eine Wohnung in diesem Gebäude für ein Jahr gemietet, um in der Nähe des Stadions zu sein. Der Bonus ist, dass es in der Nähe einer sehr angesehenen Privatschule liegt, die Janelle besucht.

Aber nach dieser Saison werde ich mir ein Haus suchen. Janelle wird volljährig sein, aber sie kann gern bei mir bleiben. Natürlich werde ich alles tun, was ich kann, damit sie an einem guten College unterkommt. Da unsere Mutter jedoch nichts unternommen hat, um Janelle zu ermutigen, sich Gedanken über das Leben nach der Highschool zu machen, ist sie mit den Bewerbungen für das College in Verzug. Glücklicherweise arbeitet der Berater an ihrer neuen Schule mit ihr daran, diesen Rückstand aufzuholen.

Ich stecke den Schlüssel ins Schloss, betrete müde das Foyer und lasse meine Sporttasche leise auf den Boden gleiten. Ich schalte die Alarmanlage aus und stelle sie wieder scharf, nachdem ich die Tür geschlossen habe.

Ich drehe mich um, mache einen Schritt in den Wohnbereich und bleibe stehen, bevor ich schockiert einen Schritt zurücktrete. Die ganze Wohnung ist eine Explosion aus Rot, Grün, Silber und Gold. Mein Gehirn kann gar nicht verarbeiten, was ich sehe, und für eine Sekunde befürchte ich, dass ich in der Wohnung eines anderen stehe.

Aber das ist albern. Ich habe meinen eigenen Schlüssel benutzt, um hineinzukommen.

Allmählich erkenne ich meine Möbel wieder, und ja, das ist meine Wohnung, die mit Weihnachtsdeko geschmückt ist. Und ich spreche nicht von ein bisschen Schnickschnack hier und da. Fast jeder Quadratzentimeter ist mit etwas Festlichem, Glänzendem oder Blinkendem geschmückt. In der Ecke steht ein großer Weihnachtsbaum mit funkelnden Lichtern, die Zweige sind mit Kugeln behängt. Die roten Pflanzen, die es zu Weihnachten gibt, sind überall verteilt. Ringsum stehen und hängen Schneemänner, Weihnachtsmänner, Elfen, Rentiere, Gnome, Engel, Lebkuchenmänner und Lichterketten. Es ist, als hätte jemand den Nordpol hierhertransportiert, ihn aufgeschnitten und ihn in meiner Wohnung ausbluten lassen.

Das ist viel zu viel, und ich habe keine Ahnung, wie oder warum das passiert ist.

„Was zur Hölle?“, schimpfe ich.

Ein leiser Aufschrei kommt von der Couch, und es verblüfft mich, eine Frau mit schläfrigem Blick aufstehen zu sehen, die sich umsieht.

Ich habe sie vorher nicht bemerkt, weil, na ja, ich vom Weihnachtsschmuck geblendet gewesen bin.

Aber ja, da ist eine Frau, die ich nicht kenne und die auf meiner Couch schläft.

Noch einmal: Bin ich in der richtigen Wohnung?

Ich schaue mich wie verrückt um und versuche, an all den Farben vorbeizusehen, dann schaue ich wieder zu der Frau.

Sie ist auffallend schön. Vielleicht ist das ein Traum.

Aber dann bemerke ich, dass sie eines meiner T-Shirts trägt, und ich weiß, dass ich hier definitiv richtig bin und sie nicht hierhergehört.

Ihre Augen, ein fast leuchtendes Grün, blicken in meine. Sie hat goldblondes Haar, das zerzaust ist, und sie sieht sehr verwirrt aus. Offensichtlich habe ich sie aus einem tiefen Schlummer geweckt.

„Du hast mich zu Tode erschreckt“, sagt sie schließlich, während sie sich an den Hals fasst.

Mein Blick schweift wieder durch den Raum, und ich verziehe das Gesicht beim Anblick der Weihnachtsexplosion, bevor ich zu ihr zurückblicke. „Was zum Teufel ist hier passiert?“

Das Verschwommene in ihren Augen verschwindet und Verärgerung blitzt in ihren schönen Zügen auf. Sie stemmt die Hände in die Hüften und macht sich nicht die Mühe, auf meine Frage zu antworten, sondern sagt: „Ich bin übrigens Veronica."

„Das habe ich mir gedacht", sage ich trocken.

Ihre Augen blitzen wieder auf, mehr als nur gereizt über meine Antwort, und aus irgendeinem seltsamen Grund finde ich eine subtile Befriedigung darin, sie zu verärgern. Ich weiß nicht, warum es mir ein perverses Vergnügen bereitet, aber ich schiebe es darauf, dass ich erschöpft und völlig überrumpelt bin.

Veronicas Stimme ist zuckersüß, gespickt mit beißendem Sarkasmus. „Nun, es ist mir ein absolutes Vergnügen, dich kennenzulernen. Du musst Riggs sein, der Bruder von Janelle."

Ich mache mir nicht die Mühe, ihr etwas zu bestätigen, von dem sie offensichtlich weiß, dass es der Wahrheit entspricht. Stattdessen strecke ich meine Hand in Richtung des Baumes aus, dem offensichtlichsten Symbol für alles, was in meiner Wohnung in diesem Moment nicht stimmt. „Ich frage noch einmal … Was zur Hölle ist hier passiert?"

Ihre Gesichtszüge verändern sich, und es ist nicht nur die Gereiztheit, die ihren schönen Gesichtsausdruck trübt, sondern pure Rage. Das ist ganz sicher nichts, was mir ein perverses Vergnügen bereitet, denn ihrem Gesichtsausdruck nach zu urteilen, befürchte ich, dass ich ein sehr gefährliches Tier angestupst haben könnte.

Sie macht einen mutigen Schritt nach vorn und zeigt mit dem Finger auf mich. „Ich habe es auf mich genommen, zu dekorieren, weil du eine siebzehnjährige Schwester hast, die ein schönes Weihnachten verdient. Morgen ist Heiligabend, verdammt noch mal, und du hattest nicht einmal eine verdammte Weihnachtskerze hier. Du weißt wirklich, wie man die Feiertage zu etwas Besonderem macht, Mr. Nadeau."

Ich zucke zusammen – ihre Worte haben eine absolute physische Kraft in sich. Aber wie kann sie es wagen, über mich zu urteilen, wenn sie mich nicht kennt und meine Schwester ganz sicher nicht so gut wie ich? „Warum, verfickt, glaubst du, dass meine Schwester das will?"

Wieder lächelt sie, und es scheint süß zu sein, aber ich vermute, wenn sie einen Eishockeyschläger in der Hand hätte, würde sie ihn mir über den Schädel ziehen. „Weil ich in den letzten drei Tagen wohl mehr mit ihr gesprochen habe als du in den letzten sechs Monaten."

Sie klimpert mit den Wimpern, um ihre Sticheleien zu unterstreichen, und bringt damit mein Blut zum Kochen.

„Was ist denn hier los?", fragt Janelle vom Ende des Flurs aus, und mein Blick fällt auf sie, während Veronica sich umdreht.

Schlaftrunken reibt sich Janelle die Augen, bevor sie mich anschaut. „Warum bist du schon zu Hause? Ich dachte, du kämst erst gegen Mittag?"

Ich möchte sie fragen, wie sie und diese Veronica es geschafft haben, all diese Dinge zu kaufen, und wann sie Zeit hatten, zu dekorieren. Ich will wissen, warum Veronica eines meiner T-Shirts trägt und auf meiner Couch schläft. Ebenso interessiert mich, wie ich meine Schwester und das, was sie so dringend braucht, so falsch einschätzen konnte, dass ich Weihnachten völlig unbeachtet hätte vorbeigehen lassen. Ich muss wissen, wie verflucht schlecht ich mich um meine Schwester kümmere.

Aber meine Fehler einzugestehen, die offensichtlich jetzt im Scheinwerferlicht stehen, ist nichts, was ich im Moment tun möchte, also sage ich nur: „Das Team hat beschlossen, nach dem Spiel in Pittsburgh abzureisen. Ich habe mir nicht die Mühe gemacht, anzurufen oder zu schreiben, weil ich angenommen habe, dass du bei Veronica übernachtest."

In meiner Stimme schwingt ein gewisser Vorwurf mit, nicht weil Janelle hier ist, sondern weil sie zugelassen hat, dass sich diese Fremde in meiner Wohnung zu schaffen macht. Aber Janelle scheint nicht verärgert zu sein. Stattdessen stürmt sie durch den Raum, marschiert direkt auf mich zu und nimmt meine Hand.

Ich werde nach vorn gezogen und zum Weihnachtsbaum gezerrt. „Ist das nicht toll? Sieh dir all den Schmuck an, den wir haben."

Janelle erklärt mir jeden einzelnen Baumschmuck, den sie für den Baum ausgesucht hat. Jedes Teil hat eine Bedeutung, und ich bin sprachlos, dass sie sich so viele Gedanken über diese Anschaffungen gemacht hat. Sie führt mich durch den gesamten Wohnbereich und zeigt mir jede einzelne Dekoration. Sie nimmt es nicht wahr, aber ich schon, dass Veronica in den Flur schlüpft und uns allein lässt.

Ich komme nicht umhin, zu bemerken, dass mein T-Shirt zwar viel verdeckt, aber nicht ihre langen Beine. Zwar habe ich beschlossen, sie nicht zu mögen, aber ich bin auch ein Mann und weiß die sexy Rückansicht einer Frau zu schätzen.

Als sie weg ist, unterbreche ich Janelles überschwängliche Präsentation unserer neu eingerichteten Wohnung und frage: „Warum seid ihr hier? Warum hat sie mein T-Shirt an? Wie habt ihr all das Zeug gekauft?"

Janelles Gesicht, das zuvor vor Freude gestrahlt hat, verzieht sich, als sie murmelt: „Weil sie wollte, dass ich ein schönes Weihnachten habe."

„Fuck." Ich stoße einen entschuldigenden Fluch aus und ziehe meine Schwester sofort in eine feste Umarmung. Sie erschrickt bei der plötzlichen Bewegung und der intensiven Zurschaustellung von Zuneigung.

Ich drücke meine Lippen auf ihren Kopf, bevor ich sie beruhige. „Ich bin ein Arschloch. Ich hätte mit dir zusammen dekorieren sollen."

Das besänftigt sie und sie kommt wieder ins Schwärmen. „Veronica ist supercool. Ich dachte, es würde dir nichts ausmachen."

Ich schüttle den Kopf. „Natürlich macht es mir nichts aus", sage ich und ziehe sie in eine weitere

Umarmung. „Die Wohnung sieht toll aus. Ich werde ihr das Geld zurückerstatten."

„Mach dir keine Mühe", entgegnet Veronica kühl hinter uns, und wir drehen uns beide zu ihr um, wobei ich meine Schwester loslasse.

Veronica hat nicht mehr mein T-Shirt an, sondern ein sehr schönes Kleid. Ihr Haar ist nicht mehr ganz so verwuschelt, und ich vermute, dass sie mit den Fingern durch ihre Haare gefahren ist. Sie hält High Heels in der Hand, und während sie Janelle liebevoll anlächelt, stützt sie sich, um das Gleichgewicht zu halten, mit einer Hand auf der Couch ab und schlüpft in einen Schuh und dann in den anderen.

Gott. Sie hat wirklich tolle Beine.

Janelle stößt mir mit dem Ellbogen in die Rippen, was mich dazu veranlasst, zähneknirschend zu sagen: „Die Wohnung sieht toll aus."

Veronicas Lächeln ist ausdruckslos und reicht nicht bis zu ihren Augen. „Danke."

Aus diesem Austausch geht hervor, dass wir uns kein bisschen mögen.

Egal, ich bin nicht darauf aus, Freunde zu finden. Zumindest nicht außerhalb meines Teams, das definitiv Priorität haben muss.

Veronica geht zu meiner Schwester und zieht sie in eine Umarmung. Als sie zurücktritt, lässt sie ihre Hände auf Janelles Schultern liegen und sieht ihr in die Augen.

„Wir backen ein anderes Mal Kekse, okay?"

Janelle nickt und lächelt.

„Wir sehen uns übermorgen bei der Arbeit. Wenn du eine Mitfahrgelegenheit brauchst, ruf mich an."

Janelle nickt erneut. „Das werde ich."

„Ich werde sie mit zur Arbeit nehmen können", sage ich und habe das Gefühl, dass ich absichtlich aus diesem Gespräch ausgeschlossen werde.

Veronica bestätigt meine Worte nicht, sondern geht um mich herum ins Foyer. Sie hebt eine Handtasche auf, die ich vorher nicht bemerkt habe, schaut noch einmal über die Schulter zu Janelle und wirft ihr einen Luftkuss zu.

„Bis später, Kleines. Und jetzt schlaf weiter."

Ich will verdammt sein, wenn mich ihr Interesse und ihre Fürsorge für meine Schwester nicht nerven. Ich verstehe noch nicht mal, warum das so ist, denn ich sollte Janelle niemals die Fürsorge oder Zuneigung von jemand anderem missgönnen.

Vielleicht liegt es daran, dass diese Frau sich so verhält, wie ich mich meiner Schwester gegenüber verhalten sollte.

Der Scheinwerfer strahlt mich gerade wieder ziemlich stark an.

Wie auch immer, ich mag diese Frau definitiv nicht und bin froh, dass sie weg ist.

Kapitel 7

Veronica

Die Glocken über der Tür bimmeln, und ich grinse breit, als ich Janelle hereinstürmen sehe. Sie hat ihr Haar zu einem hohen Pferdeschwanz gebunden, der fröhlich schwingt, während sie sagt: „Tut mir leid, dass ich fast zu spät komme. Mein Bruder ist schuld."

Ich blicke aus dem Schaufenster und sehe einen dunkelgrauen Lexus wegfahren. Die Scheiben des Wagens sind getönt, aber ich nehme an, dass Riggs darin sitzt.

Als ich mich wieder Janelle zuwende, steht sie auf der anderen Seite der Theke und schiebt mir eine Tüte zu. Es ist keine gewöhnliche Tasche, sondern eindeutig ein Weihnachtsgeschenk. Sie ist rot mit einem großen Rentier auf der Vorderseite, auf dessen Nase ein roter, flauschiger Ball geklebt ist. Oben quillt weißes Seidenpapier hervor.

„Du hättest mir nichts mitbringen müssen", tadle ich sie, während ich die Tüte nehme und das Seidenpapier herausziehe.

„Ich habe es nicht wirklich gekauft … Es ist eher etwas Selbstgemachtes."

Ich hebe den Kopf. „Wirklich?"

„Es ist nichts Besonderes." Ihr Gesicht errötet und sie schlägt die Lider nieder.

„Was auch immer es ist, ich bin sicher, es ist wunderbar." Ich entferne das Seidenpapier vollständig, greife in die Tüte und ziehe etwas heraus, das sich wie ein Bilderrahmen anfühlt. Als ich es in meinen Händen halte und sehe, was es ist, schnappe ich erstaunt nach Luft. „Das ist ja fantastisch."

Janelle lächelt schüchtern. „Ich habe über Weihnachten daran gearbeitet. Ich musste mich ein bisschen beeilen, aber ich wollte es dir heute geben."

Mein Blick fällt wieder nach unten, um die Bleistiftzeichnung zu betrachten. Worte können nicht beschreiben, wie beeindruckend sie ist. Es ist eine Zeichnung von mir, wie ich zwischen den Bücherstapeln stehe und mich nach oben recke, um ein Buch ins Regal zu stellen. Oder vielleicht ziehe ich es auch hervor. Wie auch immer, die Details in meinen Gesichtszügen sind vortrefflich und so naturgetreu, dass ich fast bezweifle, dass Janelle die Zeichnung selbst gemacht hat.

Staunend sehe ich Janelle an. „Hast du das selbst gezeichnet?"

Sie nickt mit einem weiteren schüchternen Lächeln.

„Janelle, das ist unglaublich gut. Ich meine … das ist mehr als nur ein bisschen künstlerisches Talent. Das ist pure Genialität."

Was wirklich stimmt. Die Zeichnung ist so wunderbar detailreich, und das nur mit einem Bleistift, dass sie dreidimensional wirkt. Was ich am meisten liebe, ist mein Gesichtsausdruck, der genau widerspiegelt, wie ich mich fühle, wenn ich in dieser Buchhandlung bin. Gelassen und zufrieden.

„Ich habe es nicht aus dem Gedächtnis gezeichnet“, gibt sie verschmitzt zu.

„Ach ja?“, murmle ich, ohne den Blick von der Zeichnung zu nehmen.

„Ich habe heimlich ein Foto von dir mit meinem Handy geschossen und es dann gezeichnet“, sagt sie und kichert.

Ich sehe sie wieder an und bin immer noch fassungslos. „Egal, ob du es aus dem Gedächtnis gezeichnet hast oder anhand eines Fotos, es ist trotzdem das Erstaunlichste, was ich je gesehen habe.“

Diesmal errötet sie tiefrot und winkt mit der Hand ab, als wäre es nichts.

„Ich liebe es so sehr.“ Ich presse den Rahmen an meine Brust. „Wirklich. Vielen Dank.“

Jetzt ist Janelle etwas verlegen, sodass sie anfängt, von ihrem Weihnachtsfest und den vielen Geschenken zu schwärmen, die Riggs ihr besorgt hat. „Er überkompensiert eindeutig“, sagt sie belustigt. „Und wir haben gestern mit den Zutaten, die du eingekauft hast, zusammen Kekse gebacken. Sie waren ziemlich furchtbar, aber es hat trotzdem Spaß gemacht.“

Ich stelle den Rahmen auf den Tresen neben der Kasse, damit jeder das schöne Kunstwerk sehen kann. Ich sollte Janelle an die Arbeit schicken, aber ich bin neugierig, wie Riggs mit ihr Kekse gebacken hat. In den zwei Minuten, die ich in seiner Gegenwart verbracht habe, fand ich, dass er ein absolutes Arschloch ist, und ich bedauere es, dass

Janelle mit so einem Unmenschen zusammenleben muss.

Ein heißer Unmensch, aber dennoch ein Unmensch.

Sagen wir einfach, dass ich von diesem Mitglied der Arizona Vengeance nicht besonders beeindruckt bin. Alle Spieler, die ich durch Aaron und Clarke kennengelernt habe, sind gesellig, charmant und höflich. Riggs hingegen hat sich mir gegenüber wie ein komplettes Arschloch aufgeführt, als er früher von seinem Auswärtsspiel nach Hause gekommen ist.

Kein Dankeschön dafür, dass ich mich um seine Schwester gekümmert habe. Keine echte Begrüßung. Das war reines Arschlochverhalten, und ich frage mich, aufgrund welcher Umstände Janelle ihr Zuhause verlassen hat, um bei ihm zu wohnen.

„Was haben du und dein Bruder an Weihnachten sonst noch gemacht?“, frage ich.

„Wir haben den ganzen Tag Weihnachtsfilme geguckt und eklige Kekse gegessen.“ Sie lacht und schüttelt amüsiert den Kopf. „Aber er hat zum Abendessen Steaks gegrillt, das war gut.“

Hmm. Das lässt ihn fast nett klingen. Das klingt überhaupt nicht nach dem, was ich beobachtet habe.

„Und was hast du gemacht?“, fragt Janelle und stützt sich mit den Unterarmen auf den Tresen.

Der Gedanke an die Feiertage heitert mich auf. „Ich habe Zeit mit meiner verrückten Familie verbracht.“

„Verrückt im Sinne von lustig-ha-ha oder verrückt im Sinne von du hast sie in der Irrenanstalt besucht?", fragt sie.

Ich lache schnaubend und freue mich, dass sie immer mehr aus sich herausgeht. „Sie sind ein verrückter Ha-ha-ha-Haufen, obwohl die meisten von uns denken, dass meine Großtante an bestimmten Tagen gut in einer Anstalt aufgehoben wäre."

„Wirklich?", hakt Janelle nach und ihre Augen weiten sich vor Interesse.

„Sie ist verrückt", versichere ich ihr. „Aber auf die beste Art und Weise."

„Ist deine Familie groß?"

„Riesig", antworte ich. „Mein Vater hat drei Schwestern und zwei Brüder und jeder und jede von ihnen hat eine ganze Reihe von Kindern, also habe ich eine Menge Cousins und Cousinen und sogar Cousinen zweiten Grades hier in Phoenix. Wir verbringen unsere Feiertage zusammen bei meiner Grandma und treffen uns einmal im Monat."

„Hast du Geschwister?"

„Nein. Aber wie ich schon sagte, jede Menge Cousins und Cousinen, die sich wie Geschwister anfühlen."

„Das ist so cool." Janelle seufzt verträumt. „Es gibt nur mich und Riggs. Sein Vater und seine weitere Familie sind in Louisiana, aber er hat keinen Kontakt zu ihnen. Und die Familie unserer Mutter ist in West Virginia, aber dort herrscht immer

Drama und jeder hasst jeden, also veranstalten wir keine Familientreffen."

„Das ist traurig", sage ich und spreche eine ehrliche Wahrheit aus. Meine Familie ist absolut durchgeknallt und manchmal schwer zu ertragen, weil die meisten von ihnen laut und ungestüm sind. Die anderen haben genauso festgefahrene Ansichten, schaffen es aber, ihre Meinung auf ruhigere Art und Weise mitzuteilen.

Jace hat meine Familie gehasst. Er hat es nie offen ausgesprochen, aber ich konnte die Abneigung in seinem Gesichtsausdruck sehen. Sie waren ihm zu niveaulos, und er hatte immer das Gefühl, dass er mich vor einem trostlosen Leben in Phoenix gerettet hätte.

Manchmal wünschte ich, ich hätte meinen Cousins Hank und Stephen erlaubt, ihn zu vermöbeln, wie sie es bei unserer Scheidung haben tun wollen. Beim Gedanken daran muss ich mir ein Lachen verkneifen.

„Was?", fragt Janelle, die wissen möchte, was so witzig ist.

Ich schüttle den Kopf und kichere bei der Vorstellung, dass Jace Livingston auf seinen Platz verwiesen wird. „Es ist nur … meine Familie hat nie verstanden, dass ich Jace geheiratet habe, aber sie haben wirklich versucht, ihn zu akzeptieren. Er aber nicht sie. Er wollte sie nicht näher kennenlernen."

„Warum hast du ihn geheiratet?", fragt sie zaghaft und überschreitet damit eine persönliche Grenze.

Aber es macht mir nichts aus, zu antworten. „Ich war natürlich verliebt.“ Die Trockenheit in meinem Ton lässt vermuten, dass ich es nicht war, aber ehrlich … ich war es wirklich.

Zu Anfang.

Ich lächle Janelle selbstbewusst an. „Jace hat mich umgehauen. Ich war jung, im ersten Studienjahr, und er war so weltgewandt. Er war umwerfend, mächtig und wohlhabend und ich war von all dem geblendet.“

Janelle stützt ihr Kinn auf die Hand und hört aufmerksam zu.

„Bei unserer ersten Verabredung flog er mich in seinem Privatjet zum Abendessen nach San Francisco. Ich ging damals auf die UCLA und alle meine Freunde waren wahnsinnig neidisch.“

„Klingt wie ein wahr gewordener Liebesroman“, sagt sie verträumt.

„War es aber nicht“, antworte ich knapp, und sie blinzelt überrascht, während sie sich von der Theke erhebt. „Ich habe mich von den falschen Dingen blenden lassen. Ich war so geblendet von seinen Schmeicheleien, seiner Aufmerksamkeit und dem verschwenderischen Lebensstil, den er mir bot, dass ich nicht darauf achtete, was wichtig war.“

„Was hat dir denn gefehlt?“, will sie wissen.

„Alles“, antworte ich ihr ehrlich. „Und als ich meinen Ex-Mann so sah, wie er wirklich war, wusste ich nicht, wie ich da wieder rauskommen sollte.“

Janelles Gesichtsausdruck ist voller Mitgefühl und ich erkenne auch eine Spur Neugier. Ich will nicht, dass sie die schrecklichen Details erfährt, denn sie sind nicht nur beängstigend, sondern es ist auch demütigend, dass ich Jace' Misshandlungen ertragen habe.

Aber ich sage ihr, was wichtig ist. „Der Punkt ist, dass ich, als es mir schlecht ging, für mich selbst gekämpft habe. Auch wenn es beängstigend war, habe ich mich aus einer schrecklichen Situation befreit und nie zurückgeblickt."

„Wollte er auch die Scheidung?", fragt Janelle.

„Nein, wollte er nicht", gebe ich zu. „Er hat bei jedem Schritt gegen mich gekämpft, aber er hatte nicht genug Macht, um sie zu verhindern."

„Und du hast viel Geld dafür bekommen, also hast du gewonnen", sagt sie fröhlich, vielleicht, weil sie meinem Leben gern eine positive Wendung geben möchte.

„Ich habe nicht gewonnen", sage ich mit einem traurigen Lächeln. „Ich habe so viel verloren."

„Das verstehe ich nicht", antwortet sie, und mir wird klar, dass wir irgendwie zu tief vorgedrungen sind. Da wollte ich nicht hin und ich will Janelle auch nicht runterziehen.

Aber ich kann sie auch nicht hängen lassen. Ich habe eine Lektion gelernt und die möchte ich an sie weitergeben.

Ich gehe um den Tresen herum und stelle mich vor Janelle. „Ich habe dir doch gesagt, dass ich viel verloren habe, oder?"

Sie nickt ernst.

„Ich würde jeden Cent, den ich jetzt habe, dafür geben, eine Sekunde davon zurückzubekommen."

„Was zurückzubekommen?", fragt sie.

„Meine Würde. Meine Selbstachtung. Zeit mit meiner Familie, die ich verloren habe, weil Jace mich sie nicht besuchen lassen wollte. Ich habe mich selbst für lange Zeit verloren, und das werde ich nie wieder zulassen."

„Das tut mir leid", sagt sie sanft, als ob die Worte wehtun könnten.

Aber das tun sie nicht. Sie sind süß wie Janelle, und ich streiche eine Haarsträhne zurück, die sich aus ihrem Pferdeschwanz gelöst hat. „Du bist Leserin und weißt, dass jede gute Geschichte eine Moral hat. Und die Moral dieser Geschichte ist, dass du dich niemals von jemandem schlecht behandeln lassen darfst. Akzeptiere das niemals als normal. Glaube niemals, dass Liebe neben Misshandlung bestehen kann, denn das kann sie nicht. Hab die Kraft, dich niemals darauf einzulassen, und wenn du es aus Versehen doch tust, hab die Kraft, wegzugehen. Hast du das verstanden?"

„Verstanden", sagt sie mit einem heftigen Nicken.

„Jetzt", verkünde ich mit einem strahlenden Lächeln, „machen wir uns an die Arbeit. Wir haben Nachweihnachtsverkauf und ich erwarte heute viele Kunden."

Kapitel 8

Riggs

Ich bin nicht sicher, warum ich das tue, aber ich werde es als Erfüllung meiner Pflichten als großer Bruder und Aufsichtsperson von Janelle verbuchen.

Ich werde mich in der Buchhandlung, in der Janelle arbeitet, umsehen und mir einen besseren Überblick verschaffen.

Es ist schließlich meine Pflicht.

Ich meine, Aaron ist vertrauenswürdig, was bedeutet, dass Clarke vertrauenswürdig ist, und ich bin sicher, dass sie sich gut um meine Schwester kümmern wird. Aber diese Veronica ist meiner Meinung nach fragwürdig, und sie hat einen direkten Einfluss auf Janelle, da sie diejenige ist, die sie einarbeitet.

Und sie war diejenige, die dafür gesorgt hat, dass sich Weihnachten über meine ganze Wohnung ausgekotzt hat, obwohl es Janelle zugegebenermaßen glücklich gemacht hat, und das zählt ja auch.

Ich weiß nicht, warum mich diese Frau von Anfang an auf die Palme gebracht hat, aber sie hat genug Interesse geweckt, dass ich eine Antwort darauf finden will.

Natürlich rein vom Standpunkt des besorgten Bruders aus.

Das hat nichts damit zu tun, dass sie mich in meinen Gedanken verfolgt und ich vielleicht einmal zu oft darüber nachgedacht habe, wie sie in meinem T-Shirt ausgesehen hat. Ihre Behauptung, dass ich meiner Schwester nicht gerecht werde, mag mir ein schlechtes Gewissen gemacht haben, was wahrscheinlich der Grund ist, warum ich die Frau nicht mag, aber trotzdem …

Ich muss mehr wissen.

Da es nur noch fünf Minuten bis zum Ladenschluss sind, denke ich mir, dass ich nicht aufdringlich bin, als ich die Buchhandlung betrete, deren Betreten durch Glocken über der Tür angekündigt wird. Ich schaue mich um und bemerke sofort ein paar Dinge.

Erstens gibt es keine anderen Kunden, und ich weiß nicht, ob das daran liegt, dass der Laden bald schließt oder dass Clarkes Geschäft nicht gut läuft, aber beides ist nicht mein Problem.

Zweitens sehe ich weder Clarke noch Janelle, sondern ich blicke auf Veronica, die auf einem Tritthocker steht und Schnickschnack auf einem hohen Regal abstaubt.

„Ich bin gleich bei Ihnen", sagt sie fröhlich, ohne ihren Blick von ihrer Aufgabe abzuwenden.

Ich nehme an, dass es sich um eine Sicherheitsmaßnahme handelt, denn sie steht auf der obersten Stufe und trägt schwarze High Heels aus Lackleder, die zehn Zentimeter hoch sein müssen, sowie ein tiefrotes, figurbetontes Kleid, das an den Knien endet. Um das oberste Regal zu erreichen, steht sie auf Zehenspitzen, was ihre wohlgeformten Waden hervorhebt. Während sie so beschäftigt ist, blicke ich langsam nach oben und nehme jede verdammte Kurve unter diesem Kleid wahr.

Gott. Ich reibe mir mit der Hand über das Gesicht und suche im Laden nach Janelle, damit ich sie mir schnappen kann und wir von hier verschwinden können.

„Oh", sagt Veronica mit dumpfer Stimme, und mein Blick fällt wieder auf sie. Ich sehe, dass sie mich verärgert über die Schulter hinweg anschaut. „Du bist es."

Sie ist unfreundlich, an der Grenze zur Unhöflichkeit. Ich würde am liebsten gegen die Seite des Tritthockers treten, damit er wackelt.

Natürlich würde ich da sein, um sie aufzufangen, und ...

Jesus. Fuck, Kumpel. Hör sofort auf, so zu denken.

„Ich bin wegen Janelle hier." Mein Ton klingt träge und desinteressiert, passend zu ihrem Desinteresse an mir.

„Nun, ich habe auch nicht erwartet, dass du meinetwegen hier bist", erwidert sie direkt und schafft es irgendwie, auf diesen Absätzen elegant herunterzusteigen.

Ich muss meine Hände in den Hosentaschen vergraben, um ihr nicht wie ein Gentleman zu helfen, aber ich stehe mit katzenhaften Reflexen bereit, falls sie stürzt. Als sie den Boden erreicht, dreht sie sich zu mir um und presst kurz die Lippen aufeinander.

„Sie ist hinten und räumt den Lagerraum auf. Ich werde sie holen."

„Nicht nötig", antworte ich und schaue auf meine Uhr, als ob ich erst checken müsste, dass ich Zeit zum Warten habe, was auch so ist. Ich habe heute Abend nichts anderes vor, als mit Janelle zum Essen auszugehen. „Sie kann das ruhig noch fertig machen."

Veronica neigt bestätigend den Kopf und wendet sich ohne ein weiteres Wort von mir ab. Sie geht – nein, sie schwebt in dem wie aufgemalten Kleid mit den High Heels zum Tresen und um ihn herum. Mir fällt auf, dass ich nicht nur das Kleid und die Absätze faszinierend finde, sondern das gesamte Paket. Sie trägt große Diamantstecker in den Ohren, ein Diamantarmband und Diamantringe. Die Marke der Uhr an ihrem linken Handgelenk kann ich nicht erkennen, aber ich sehe, dass sie teuer ist. Ich frage mich, warum eine Frau, die offensichtlich viel Geld hat, in einer Buchhandlung arbeitet.

Ebenfalls frage ich mich, warum mich das interessiert. Diese Frau sollte mich überhaupt nicht neugierig machen. Und doch ertappe ich mich dabei, dass ich nachhake. „Ist Janelle für den Job unpassend gekleidet?", frage ich.

Veronica runzelt die Stirn. „Nein", sagt sie gedehnt. „Gibt es einen Grund für deine Frage?"

Ich deute mit der Hand in ihre grobe Richtung. „Es ist nur ... so, wie du angezogen bist ... da habe ich mich das gefragt."

Veronicas Stirnrunzeln vertieft sich und sie blickt an sich herunter, dann wieder zu mir. „So, wie ich angezogen bin?“

„Komplett schick und so“, antworte ich grinsend.

„Komplett schick und so“, wiederholt sie meine Worte, aber ihr kühler Ton und ihr eisiger Blick sagen mir, dass ich sie beleidigt habe.

„Yep“, bestätige ich mit einem verruchten Lächeln.

Veronicas Gesichtsausdruck wird reserviert, sie schaut wieder auf ihr Kleid und streicht den Stoff an den Hüften glatt, was natürlich meine Aufmerksamkeit erregt.

„Dieses alte Ding?“, entgegnet sie und sieht mir in die Augen. „Eins von vielen, so wie diese Diamanten.“ Sie hebt ihre Hände und wackelt mit ihren Fingern. „Was soll ich sagen? Es zahlt sich aus, reich zu heiraten und sich scheiden zu lassen.“

Ich verziehe das Gesicht über ihre Charakterlosigkeit. Natürlich hat sie das nur wegen des Geldes getan, und jetzt bin ich überzeugt, dass es das war, was mich an ihr gestört hat. Ich muss ihre angeborene Oberflächlichkeit gespürt haben.

Es ist gut, dass ich weiß, dass ihre Position hier nur vorübergehend ist und dass sie Janelle lediglich darauf vorbereitet, ihren Platz einzunehmen. Ich will nicht, dass diese Frau Einfluss auf meine Schwester hat.

Veronica-wie-auch-immer-sie-mit-Nachnamen-heißt ist für mich nach diesem Einblick in ihren wahren Charakter unattraktiv geworden.

Okay, das ist nicht wahr. Sie ist immer noch verfickt umwerfend, aber zumindest ist meine Neugierde befriedigt.

„Riggs!", ruft Janelle von irgendwo hinter mir.

Ich drehe mich um und sehe, wie sie aus einer Tür auf der linken Seite der Bücherregalreihen kommt. „Du bist aber früh da."

Clarke folgt ihr und winkt mir stumm. Ich schenke ihr ein Lächeln, bevor ich mich wieder meiner Schwester zuwende. „Ich dachte, ich schau mir mal an, wo du arbeitest."

„Ist der Laden nicht großartig?", fragt Janelle.

Mit ausgestreckten Armen dreht sie sich um sich selbst, als würde die 360-Grad-Aussicht sie mit Staunen und Ehrfurcht erfüllen.

Bevor ich zustimmen kann, dass dieser Laden supercool ist, einzigartig und charmant, jetzt, wo ich meine Augen von der sexy, aber geldgierigen Veronica gelöst habe, sagt Janelle: „Hast du ihm von unserer Idee erzählt?"

Ich habe keine Ahnung, wovon sie redet, aber Janelle spricht direkt mit Veronica. Mein Blick gleitet zu ihr und sie schenkt Janelle ein schwaches Lächeln. „Ich dachte, es wäre besser, wenn es von dir kommt."

Ich weiß nicht, was die beiden ausgeheckt haben oder mir erzählen wollen, aber nach dem Gespräch, das ich mit Veronica geführt habe, wird die Antwort Nein lauten.

Und an Veronicas Tonfall und Gesichtsausdruck erkenne ich, dass sie auch weiß, dass meine

Antwort Nein lauten wird. Ich habe vielleicht nicht auf ihre Aussage „reich geschieden" reagiert, aber ich bin sicher, dass sie die Abneigung in meinem Gesicht gesehen hat.

Janelle eilt auf mich zu, ihre Augen sind voller Hoffnung. „Veronica hat gesagt, dass ich bei ihr bleiben kann, wenn ihr auf Reisen geht, anstatt ein neues Kindermädchen einzustellen, das Mrs. Blairs Platz einnimmt."

Fuck.

Ich habe heute mit drei Frauen von der Betreuungsagentur gesprochen, die Mrs. Blair ersetzen sollen. Ich wollte heute Abend mit Janelle über die drei Bewerberinnen sprechen, von denen keine ideal ist. Tatsächlich wette ich darauf, wenn sie die Wahl hätte, würde Janelle Mrs. Blair vorziehen, und das will etwas heißen.

Aber auf keinen Fall wird sie bei Veronica bleiben. Wahrscheinlich würde Veronica sie in kürzester Zeit auf die Jagd nach einem reichen Ehemann schicken.

Ich versuche, meine Stimme neutral zu halten, während ich mich zu einem Lächeln zwinge. „Das ist ein nettes Angebot, aber wir können uns nicht aufdrängen."

„Es ist überhaupt keine Zumutung", sagt Veronica und lächelt mich süßlich an, während sie mich herausfordert, mir eine andere Ausrede einfallen zu lassen, um Janelle den Vorschlag zu verweigern.

„Nun“, beginne ich vorsichtig, und mein Blick fällt auf Clarke, die mich interessiert beobachtet, „ich habe drei Frauen von derselben Agentur, von der auch Mrs. Blair kommt, interviewt, und da ich für Januar bezahlt habe, ergibt es Sinn, jemanden von dieser Agentur zu nehmen.“

Veronicas Augen blitzen herausfordernd auf. Sie winkt ab. „Ach, ich bitte dich … Du hast doch genug Geld. Du verlierst die Zahlung für Januar, aber ich bin für den Rest der Eishockeysaison kostenlos. Du wirst eine Menge sparen.“

Gottverdammt noch mal.

Janelle sieht mich erwartungsvoll an, ihr Körper vibriert bereits, um vor Freude aufzuschreien, sobald ich sage, dass es in Ordnung geht.

Aber das wird nicht passieren und sie wird mit der Enttäuschung umgehen müssen.

Es ist an der Zeit, Klartext zu reden. „Noch mal, ich weiß das Angebot zu schätzen, aber ich finde es besser, wenn Janelle in der Obhut von Profis ist.“

Ich schaue Clarke an, die nun die Stirn runzelt, da sie die negativen Schwingungen zwischen mir und Veronica mitbekommen hat. Ich bin sicher, dass sie Veronica – die, wie ich von Aaron weiß, Clarkes beste Freundin ist – ausquetschen wird. Sofort nachdem ich gegangen bin, um zu erfahren, was zum Teufel los ist. Ich bin mir sicher, dass sich der arme Aaron das Ganze auch anhören muss.

„Lass uns gehen, Janelle“, sage ich zu meiner Schwester und werfe einen Blick auf Clarke. „Es war schön, dich mal wieder zu sehen.“

„Dich auch“, murmelt sie zögernd und die Verwirrung steht ihr ins Gesicht geschrieben.

Ich wage es nicht, Veronica anzusehen. Ich wette, sie ist die Ruhe in Person. Wahrscheinlich hat sie ein freches Grinsen aufgesetzt, das nur mit einem harten Kuss zu entfernen ist …

Gottverdammt, Mann. Hör auf, so zu denken.

Ich drehe mich um und gehe zur Tür. Ich hasse den Klang der Enttäuschung in Janelles Stimme, als sie sich von den beiden Frauen verabschiedet.

Sie folgt mir schweigend zu meinem Auto. Sobald wir uns reingesetzt haben und unsere Sicherheitsgurte angelegt sind, aber noch bevor ich den Wagen in Gang setzen kann, fährt sie mich an: „Warum warst du so unhöflich zu Veronica? Und warum kann ich nicht bei ihr bleiben, sondern muss zu einer Fremden?“

„Sie ist nicht die Art von Person, von der ich möchte, dass sie dich beeinflusst“, erwidere ich knapp, während ich in den Spiegel schaue und dann über meine Schulter, bevor ich mich in den Verkehr einfädele.

„Was soll das heißen?“, ruft Janelle aus. „Was glaubst du, was für ein Mensch sie ist?“

„Eine Abzockerin“, antworte ich.

„Ich weiß nicht einmal, was das bedeutet.“ Sie wirft verärgert die Hände hoch.

„Ich möchte dich etwas fragen. Was siehst du in dieser Frau, dass du in ihrer Nähe sein willst? Sie scheint völlig nichtssagend und oberflächlich zu sein."

Janelle schnaubt so stark, dass ich meinen Blick von der Straße nehmen muss, um sie anzusehen. Sie starrt mich an, als wären mir drei Köpfe gewachsen.

„Veronica ist der am wenigsten oberflächliche Mensch, den ich je getroffen habe." Sie klingt so überzeugt, dass ich mich frage, ob wir über dieselbe Person sprechen.

„Sie strotzt nur so vor schicken Kleidern und Diamanten." Ich klinge höhnisch und verurteilend. „Sie sagte, sie hat reich geheiratet und sich scheiden lassen."

„Sie hat ein Arschloch geheiratet, das sie misshandelt hat und hat sich von ihm scheiden lassen und er ist zufällig reich", kontert Janelle scharf und ich sehe sie ruckartig an. Sie starrt mich an. „Er hat ihr das Leben zur Hölle gemacht und du weißt nichts über sie oder was sie durchgemacht hat. Du warst weniger als fünf Minuten mit ihr zusammen! Was soll's, wenn sie zufällig Geld aus ihrer Scheidung bekommen hat? Für das, was sie durchgemacht hat, hat sie es verdient, aber zu deiner Information: Sie benutzt es nicht einmal. Alle ihre Kleider und ihr Schmuck stammen noch aus der Zeit ihrer Ehe, also trägt sie sie lieber, als Geld für neue Sachen auszugeben. Sie spart die monatlichen Unterhaltszahlungen, die sie erhält, weil sie damit eine Art Wohltätigkeitsorganisation gründen will. Deshalb geht sie wieder zur Uni, um ihren Abschluss zu machen. Sie ist einer der nettesten Menschen, die ich je kennengelernt habe, und sie ist auf jeden Fall viel netter als du."

Ich weiß nicht, was ich sagen soll. Offensichtlich hat Janelle tiefgehende Gespräche mit Veronica geführt und kennt einige persönliche intime Details. Aber unabhängig davon, was sie weiß oder nicht weiß, kann ich es an der Stimme meiner Schwester hören: Wer auch immer Veronica ist, sie ist jemand, den meine Schwester respektiert.

Und verdammt noch mal, ich werde das respektieren müssen, denn sie weiß offensichtlich mehr als ich.

Ich bin schon wieder sehr neugierig. Was genau bedeutet, dass sie mit einem Arschloch verheiratet war, das sie misshandelte? War das Geld, das sie bekam, eine Abfindung? Oder hat sie ihn aus Rache in die Mangel genommen, wozu sie ja wohl jedes Recht hatte?

Jedenfalls habe ich meine Schwester eindeutig beleidigt. Ich kann spüren, dass Wut von ihr ausgeht.

„Vielleicht habe ich die Situation falsch eingeschätzt", gebe ich zu.

„Du hast verdammt recht, das hast du", schnauzt sie, aber ich kann hören, dass der Großteil der Schärfe aus ihrer Stimme gewichen ist. „Und sie ist die beste Möglichkeit, wo ich bleiben kann. Sie ist fürsorglich und gewissenhaft und meine Gefühle sollten dabei eine Rolle spielen."

Ich stoße einen nachgebenden Seufzer aus, denn ich kann nichts von dem, was sie gesagt hat, bestreiten. Wenn das alles wahr ist – und ich muss annehmen, dass es das ist –, und angesichts der Tatsache, dass Aaron und Clarke diese Frau mögen, gibt es für mich keinen Grund, ihr Angebot nicht anzunehmen. Vor allem, wenn man bedenkt, dass Janelle es will und höchstwahrscheinlich auch braucht. Außerdem bin ich bisher nicht der Beste darin gewesen, wenn es darum ging, solche Entscheidungen zu treffen.

„Gut", sage ich und schaue sie an. „Ich rufe Veronica nach dem Essen an und nehme ihr Angebot an."

„Und du entschuldigst dich", fordert Janelle.

„Und ich entschuldige mich", brumme ich, obwohl ich das eigentlich nicht tun will. Veronica mag es wert sein, auf meine Schwester aufzupassen, aber sie hat immer noch etwas an sich, das mich stört. Es kann nicht an meinen Vorbehalten gegenüber ihrem Charakter liegen, die jetzt ausgeräumt sind, aber ich will verdammt sein, wenn ich wüsste, was es ist.

Wenn ich Glück habe, werde ich mich nicht viel mit ihr austauschen müssen, abgesehen von ein paar Textnachrichten, um zu checken, ob alles okay ist. Bei solch einem minimalen Kontakt werde ich vergessen können, dass mich etwas an ihr stört.

Kapitel 9

Riggs

Normalerweise schmelzen alle meine Sorgen dahin, wenn ich auf dem Eis stehe. Das gilt vor allem während eines Spiels, denn dann bin ich hundertprozentig konzentriert, nicht nur auf meinen Job, sondern auch auf die pure Freude, die mir Eishockey macht.

Als ich mit sechzehn zu Hause auszog, um bei meinem Onkel in Minnesota zu leben, erreichte mein Eishockeyspiel ein höheres Level. Ich spiele, seit ich sieben Jahre alt war, und hatte das Glück, in einer ziemlich guten Liga in Pittsburgh aufgenommen zu werden. Meine Mutter hat die Adresse eines entfernten Cousins in Pittsburgh benutzt und im Grunde gelogen, um mich in diese Liga zu bringen.

Aber das war auch schon alles, was sie für mich getan hat. Wir hatten kein Geld für Gebühren, Ausrüstung und Reisen, aber mein Talent reichte aus, dass die Eltern anderer Spieler und Sportfördermittel meinen Aufstieg bezahlten. Ich war im Grunde ein Fall für die Wohlfahrt, aber das war mir scheißegal. So kam ich aus dem Haus und aufs Eis.

Als ich nach Minnesota zog, änderten sich die Dinge drastisch. Ich kam auf eine Eliteschule mit einem Elite-Eishockeyteam, was dazu führte, dass ich ein Stipendium in Wisconsin erhielt, um auf

College-Ebene spielen zu können. Von dort aus wurde ich dann in die Liga gedraftet.

Das alles wäre nicht passiert, wenn meine Mutter nicht dem Wunsch meines Stiefvaters zugestimmt hätte, mich in den Norden zu schicken. Er wollte mich nicht im Haus haben, und obwohl es mich ärgerte, dass sich meine Mutter seinem Willen beugte, wollte ich auch raus. Das Einzige, was ich bedauerte, war, Janelle zurückgelassen zu haben, aber sie war fünf Jahre alt und ich konnte nichts tun.

Fast eine Woche ist es her, dass ich mein wirklich beschissenes Spiel gehabt habe, woraufhin Baden mich zur Rede gestellt hat. Einiges von dem, was er gesagt hat, hat mir zwar nicht gefallen, aber es hat gestimmt. Seitdem habe ich mich mehr auf die Freude am Eishockey konzentriert, und ich muss zugeben, dass ich besser spiele und trainiere.

Vielleicht hat auch dazu beigetragen, dass Janelle und ich in unserer Beziehung ein bisschen weitergekommen sind. Wir haben einige gute Gespräche geführt. Sie ist viel zufriedener, seit sie in Clarkes Laden arbeitet, und euphorisch, bei Veronica zu wohnen, wenn ich auf Reisen bin. Der erste Testversuch wird in ein paar Tagen stattfinden, wenn das Team nach Los Angeles fliegt.

Egal, jetzt stehe ich auf dem Eis und mein Defensivverhalten war das ganze Spiel über hervorragend. Ich bin sehr konzentriert, kann meine Mitspieler gut einschätzen und scheine den gegnerischen Stürmern immer einen Schritt voraus zu sein.

So konzentriert bewege ich mich mit Bain näher an die blaue Linie, während sich alle Stürmer in der Mitte des Eises drängeln. Wir spielen gegen die Washington Breakers, die Zweiten in ihrer Division und eine echte Herausforderung für uns. Sie haben gerade den Puck und versuchen, in unsere Zone vorzudringen, ohne ins Abseits zu laufen. In dem Moment, als ein Spieler den Puck einem anderen überlässt, damit dieser einlaufen kann, schaffe ich es, die Scheibe wegzuschubsen.

Eine Menge Spieler wirbeln immer noch in der Mitte des Eises herum, aber keiner meiner Mannschaftskameraden ist nah genug dran, um den Puck unter Kontrolle zu bringen, also stürme ich nach vorn und übernehme ihn. Ich skate über das Mitteleis, ohne dass ein Pass möglich ist. Als sie sehen, dass ich den Puck selbst in die gegnerische Zone führen will, warten meine Mitspieler an der blauen Linie und lassen mich den Puck zuerst über die Linie bringen, damit kein Abseits gepfiffen wird.

Das geht alles sehr schnell und mich empfangen nur zwei Breaker-Verteidiger. Ich bewege mich zur linken Seite, der Verteidiger kommt mir entgegen. Ich schneide nach innen, und sobald er sich zum Kontern bewegt, rase ich hart nach links zurück und umfahre ihn spielend.

Der andere Verteidiger hat sich zwischen mich und das Tor gestellt. Der, den ich gerade hinter mir gelassen habe, folgt mir und sie kommen näher.

Die Lücke zwischen ihnen ist klein, und ich müsste sie durchbrechen, um einen freien Schuss auf das Tor zu haben. Ich schaue mir kurz an, wer um mich herum ist, aber niemand ist nahe genug, um den Puck an ihn abzugeben. Entschlossen stoße ich mich mit dem Schlittschuh ab und krache zwischen den beiden Männern hindurch, während ich den Puck zwischen unseren Schlittschuhen hindurchschiebe. Ich werde von einem Hüftcheck erwischt und falle nach vorn, aber wenigstens ist mein Weg zum Tor frei.

Als ich zu Boden gehe, gelingt mir ein verzweifelter Schuss aus dem Handgelenk, von dem ich zuerst denke, dass er zu schwach ist, um viel zu bewirken. Aber zu meiner Überraschung zischt er genau unter dem Arm des Torwarts hindurch und landet im Netz.

Ich krache auf das Eis, als das rote Licht angeht und die Menge in Jubel ausbricht. Euphorie durchströmt mich, und ich erhebe mich vom Eis, um meine nächsten Mannschaftskameraden zu suchen. Es dauert nicht lange, da sind sie alle da und drängen sich zu einer Traube zusammen. Sie klopfen mir auf den Helm und mit den Stöcken gegen meine Beine. Jemand klatscht mir kräftig auf den Hintern, aber ich spüre es kaum durch die Polsterung.

Verteidiger schießen nicht oft Tore. Normalerweise komme ich auf etwa fünf Tore und dreißig bis vierzig Torvorlagen im Jahr. Wenn ich also ein Tor schieße, und das ist erst mein zweites in dieser Saison, dann ist das ein Grund zum Feiern.

Mit Kane, Jett, Jim und Bain, die mich wie Idioten angrinsen, fühle ich mich wie ein echter Teil dieses Teams. Es ist wahrscheinlich an der Zeit, das zu einem dauerhaften Gefühl zu machen.

Der Rest des Spiels ist eine hart umkämpfte Schlacht. Ich bleibe konzentriert und gewissenhaft und spiele eine verdammt gute Verteidigung. Am Ende gewinnen wir knapp mit 2:1 gegen die Breakers, und alle sind gut gelaunt, als wir danach in die Umkleidekabine gehen.

Alle sind ausgelassen. Wir wiederholen großartige Spielzüge, machen derbe Witze und die Atmosphäre ist bombig. In der Umkleide ziehen wir uns aus, um zu den Duschen zu gehen.

„Riggs, Kumpel“, sagt Kane, als ich meine Schlittschuhe aufschnüre. „Wie du durch die beiden Verteidiger gebrochen bist, war episch. Das wird in allen Highlight-Reels zu sehen sein.“

Ich grinse und konzentriere mich auf meine Schlittschuhe. „Wärt ihr faulen Ärsche schneller gewesen, wäre es viel einfacher gewesen, einem von euch einen Pass zuzuspielen.“

Ich höre Gelächter und Schnauben und ein „Leck mich“ von Jett.

Ich löse meine Schnürsenkel, schaue zu meinen Kameraden auf und sage etwas, was so untypisch für mich ist, dass sie an meinem Verstand zweifeln werden. „Hat jemand von euch Lust auf ein Bier oder zwei?"

Während noch immer ein Durcheinander an Geräuschen zu hören ist, werden Kane, Jett, Steele und Bain still. Sie blinzeln verwirrt.

Schließlich sagt Jett: „Was zur Hölle?"

„Kommt schon", rufe ich und hebe die Hände hoch. „Es ist doch nicht so ungewöhnlich für mich, euch einzuladen."

„Es ist etwas Weltbewegendes", sagt Bain leise und bekreuzigt sich.

Ich rolle mit den Augen. „Sneaky Saguaro", sage ich unnachgiebig. „Die erste Runde geht auf mich."

„Die zweite und dritte auch", entgegnet Kane grinsend. „Du hast viel nachzuholen."

„Na gut", murre ich, aber insgeheim freue ich mich. Ein Teil von mir ist davon ausgegangen, dass sie ablehnen würden, als eine Art Rache für all die Male, die ich eingeladen wurde und nicht mitgekommen bin. „Lasst uns Baden mitnehmen."

„Guter Plan", sagt Jim und holt sein Handy aus dem Schrank. „Ich schreibe Ella eine Nachricht, denn sie wartet zu Hause auf mich."

„Ich schreibe Mollie besser auch eine Nachricht." Kane schnappt sich ebenfalls sein Handy.

„Ich schreibe meiner Mutter und sage ihr, dass ich mit euch Riesenbabys weggehe", sagt Bain und bricht vor Lachen zusammen.

Ich lache mit, denn mir geht es genauso. Ich muss keine Frau um Erlaubnis bitten, um mit meinen Kumpels mein Ding durchzuziehen.

Irgendwie glaube ich, dass Veronica nicht der Typ ist, dem es etwas ausmacht, wenn ihr Mann sein Ding durchzieht. Sie scheint der Typ Frau zu sein, der selbst sein Ding durchzieht. Heilige Scheiße … warum denke ich überhaupt so an sie?

Das passiert mir zu den seltsamsten Zeiten und nicht auf perverse Art – obwohl das ein- oder zweimal vorgekommen ist –, aber normalerweise, wenn ich Paare zusammen beobachte. Dann frage ich mich, welche Art von Hälfte sie zu einem Ganzen machen würde. Janelle sagt, sie war in einer furchtbaren Ehe gefangen, und ich wette, was auch immer passiert ist, sie wird das nie wieder zulassen.

Nicht, dass das bei mir der Fall wäre.

Nein, auf gar keinen Fall.

Aaron streckt seinen Kopf um die Ecke der Spinde. „Geht jemand in den Großen Kaktus?" Unser Spitzname für das Sneaky Saguaro.

„Wir gehen alle", antworte ich für die Gruppe.

Aaron blinzelt überrascht. „Sogar du?"

„Sogar ich", äußere ich trocken und beuge mich vor, um meinen anderen Schlittschuh zu öffnen.

„Gut", sagt er. „Ich wollte sowieso einen Gefallen mit dir besprechen."

Ich sehe zu ihm auf. Noch nie hat mich jemand aus dem Team um einen Gefallen gebeten. Unter normalen Umständen wäre so eine Bitte nicht ungewöhnlich, aber ich war immer so abweisend, dass ich mich frage, wieso er sich plötzlich traut, mich zu fragen.

***

Wir sind beim dritten Bier im Großen Kaktus, als ich anfange, mich zu entspannen. Die anderen Jungs haben einen lockeren Umgang miteinander, der dadurch entstanden ist, dass sie letztes Jahr zusammengespielt, den Stanley Cup gewonnen und auch privat viel Zeit miteinander verbracht haben. Aber es sind gute Kerle, und sie geben sich alle Mühe, damit ich mich einbezogen fühle.

Ich habe Janelle per Textnachricht mitgeteilt, dass ich nach dem Spiel noch weggehen werde. Veronica hat sie vom Laden nach Hause gefahren, da ich in der Arena war, aber sie brauchte nicht bei Janelle zu bleiben. Sie ist siebzehn Jahre alt und mehr als fähig, an Spieltagen ein paar Stunden allein zu bleiben.

Ich lasse nur einen Erwachsenen auf sie aufpassen, wenn ich auf Reisen bin, damit im Notfall jemand für sie da ist und um zu gewährleisten, dass sie allgemein beaufsichtigt wird.

Der größte Teil des Teams ist heute Abend gekommen, aber viele sind jetzt auf dem Weg nach Hause. Die Fans haben sich über unsere Anwesenheit beruhigt, und Bain, Aaron, Kane, Jett, Jim, Baden und ich sitzen an einem großen, rechteckigen Tisch im unteren Bereich des Restaurants.

Normalerweise gehen wir nach oben auf die Galerie, aber Baden hat sich geweigert, sich von uns tragen zu lassen. Er hat den Rollstuhl gegen seine Krücken und Beinschienen getauscht und fühlte sich gut genug, um in unser Stammlokal zu gehen, wo wir einen Tisch fern der Menge reserviert haben. Es hat nicht viel Gedränge gegeben, und es ist ihm wichtig, dass die Leute sehen, wie er sich aus eigener Kraft bewegt.

Er ist jetzt bereit, die Welt an seinen Fortschritten teilhaben zu lassen.

Das muss man dem Kerl lassen: Er hat seine Rückkehr in die Eishockeywelt gut gemeistert. Er kann noch nicht spielen und nur mit Krücken gehen, aber er kommt zu jedem Spiel und geht in die Öffentlichkeit. Bei den Fortschritten, die er in der Reha macht, kann ich mir vorstellen, dass es nicht mehr lange dauern wird, bis er selbstständig laufen kann. Wir alle hoffen, dass er stark genug wird, um aufs Eis zurückzukehren, aber ob das jemals der Fall sein wird, ist ungewiss.

Bis jetzt waren die Gespräche derb und respektlos, wie es nun mal ist, wenn Männer zusammen abhängen und Bier im Spiel ist. Zum Glück hat Kane nicht ein einziges Mal seine verdammte Hochzeit erwähnt, und es gibt jede Menge Sticheleien gegen Jett, weil er sich in Emory Holland, unsere Marketingexpertin für Social Media, verliebt hat.

Irgendwann starrt mich Jett an und sagt: „Du stehst auf Emorys Problemliste.“

Ich tue so, als ob ich von nichts wüsste, und ziehe die Augenbrauen hoch. „Wer, ich?"

Ja, ich. Und ich weiß es. Ich weigere mich, Instagram beizutreten, und sie nervt mich schon die ganze Zeit damit. Ich sollte mich wohl lieber anstrengen, sonst muss ich mir das von Dominik Carlson anhören.

Ich trinke mein Bier aus und die Kellnerin erscheint aus dem Nichts. Sie ist übermäßig aufmerksam, aber ich habe sie nicht weiter beachtet, außer um Nachschub zu bestellen, was ich nun auch wieder tue.

„Sonst noch jemand?", frage ich die Tischrunde.

Jim und Baden passen, aber die anderen bestellen noch etwas. Wir werden alle mit einem Uber nach Hause fahren, oder es kommen, wenn wir Glück haben, Clarke, Mollie, Emory oder Ella und holen uns ab. Das ist jedenfalls das Letzte, was ich gehört habe.

Aaron stößt mich mit dem Ellbogen von links an und ich schenke ihm meine Aufmerksamkeit. „Also, was diesen Gefallen angeht", sagt er und neigt seinen Kopf näher zu mir.

„Was ist los?", frage ich und weiß, dass es das Bier ist, das meine Gutmütigkeit zu Höchstleistungen antreibt.

„Ich werde Clarke einen Antrag machen", sagt er mit leiser Stimme und ich blinzle überrascht.

„Gratuliere, Mann." Mein Lächeln ist echt, denn ich weiß, dass dies eine große Sache für ihn ist. Aber innerlich denke ich: *Was für ein armer Narr.*

Noch jemand, der auf das falsche Versprechen von „Auf immer und ewig“ hereinfällt.

„Und ich brauche deine Hilfe.“ Aaron sieht mich erwartungsvoll an.

Meine Augenbrauen schießen in die Höhe. „Was für eine Art von Hilfe?“

„Übermorgen ist unser Jahrestag und …“

„Jahrestag? Ihr seid noch nicht mal ein Jahr zusammen.“ Ich bin zwar nicht übermäßig involviert, aber ich habe einiges durch Zuhören mitbekommen und weiß, dass Aaron und Clarke seit dem Sommer zusammen sind.

„Sechsmonatiges Jubiläum“, ergänzt er.

Ich nicke verständnisvoll. „Ah, das erste Date.“

„Nein, der erste Sex.“ Aaron errötet, als wäre das respektlos, nicht mir gegenüber, aber vielleicht Clarke gegenüber. „Ich meine, das erste Mal, als wir Sex hatten. Am 29. Juni.“

Ich kann nicht gut folgen. „Verstehe ich das richtig … du willst Clarke am Jahrestag eures sechsmonatigen Jubiläums eures ersten Sex einen Heiratsantrag machen?“

„Genau.“ Er unterstreicht seine Antwort mit einem Nicken. „Ich meine, ich würde unser erstes Date vorziehen, aber das hat mit dem Spielplan nicht geklappt. Und übermorgen ist spielfrei, also nehme ich dieses Datum.“

„Wie romantisch“, entgegne ich sarkastisch.

Er ignoriert das und rückt näher heran. „Wir wollten zu einem eleganten Abendessen ausgehen, und ich wollte den Ring in ein Glas

Champagner legen und einen Geiger engagieren. Aber sie hat gesagt, sie hätte keine Lust, auszugehen. Also dachte ich, wie wäre es mit etwas Einzigartigem, was sie nicht erahnen kann?"

„Und du brauchst mich wofür genau?", frage ich und meine Besorgnis wächst. Ich stelle mir vor, dass er will, dass ich ein Amor-Kostüm trage und ihr den Ring überbringe, worauf meine Antwort ein klares Nein wäre.

„Ich möchte, dass du auf eine Partie Scrabble vorbeikommst, und ich werde es so einrichten, dass während des Spiels ‚*Willst du mich heiraten*' auf das Brett gelegt wird."

Das ist verdammt einzigartig, und das ganz ohne ein Amor-Kostüm. Ich lächle ihn an. „Klar doch. Übermorgen, richtig?"

„Übermorgen", bekräftigt er und klopft mir auf die Schulter. „Danke, Kumpel. Ich stehe tief in deiner Schuld. Ich lasse Clarke Veronica einladen, denn wir müssen zu viert spielen, damit es funktioniert. Und ich weiß, dass Veronica gern dabei wäre, wenn ich Clarke die Frage stelle. Ich werde Veronica noch in den Plan einweihen. Das wird episch."

Fuck.

Veronica?

Ernsthaft?

Ich habe mich damit abgefunden, dass sie ein bisschen in unser Leben tritt, weil sie sich um Janelle kümmert. Unser Telefongespräch war gekünstelt, als ich angerufen habe, um ihr Angebot anzunehmen. Ich habe mich nicht für mein rüpelhaftes Verhalten entschuldigt, und sie hat sich nicht dafür entschuldigt, wie sie darauf reagiert hat. Aber wir haben uns darauf geeinigt, dass sie auf Janelle aufpasst, wenn ich nicht in der Stadt bin, und dass Janelle in ihrer Wohnung schlafen kann, weil sie näher an Janelles Schule liegt.

Seltsamerweise beunruhigt mich die neue Situation nicht. Obwohl Mrs. Blair absolut kompetent, fleißig und aufmerksam war, hat es sich mit ihr nie richtig angefühlt. Und ich beginne zu begreifen, dass es nichts damit zu tun hat, dass sie zwanzig Jahre älter ist, was eine grobe Schätzung ihres Alters ist, und, dass sie mehr Erfahrung hat als Veronica. Sondern vielmehr damit, dass Mrs. Blair nie eine persönliche Verbindung zu meiner Schwester aufgebaut hat. Für diese Frau ist es nichts weiter als ein Job gewesen, und im Nachhinein betrachtet, muss das schrecklich für Janelle gewesen sein. Sie war gerade erst in ein neues Zuhause gezogen, weg von unserer Mutter, die sich um sie gekümmert hatte. Wobei gekümmert ein dehnbarer Begriff ist.

Janelle wurde in eine neue Umgebung gedrängt, ohne wirkliche Freunde und mit einem Bruder, der die Hälfte der Zeit nicht da ist, und ist dann gezwungen gewesen, bei einer Fremden zu bleiben, die nicht gerade herzlich und freundlich war.

Unabhängig davon, was ich von Veronica halte, ob nun gerechtfertigt oder nicht, hat Janelle eine echte emotionale Verbindung zu ihr. Veronica macht meine Schwester glücklich und kümmert sich um sie. Ich finde es zwar albern, dass sie meiner Schwester ein fröhliches Weihnachtsfest mit ein paar – na gut, einer Unmenge – Dekorationen geschenkt hat. Aber das sagt mir, dass sie die bessere Wahl ist als jemand wie Mrs. Blair.

Letztendlich passen die beiden besser zusammen, und das beruhigt mich. Ob ich Veronica in Bezug auf alles, was nicht mit Janelle zu tun hat, aus meinem Kopf streichen kann, ist eine andere Frage.

Aaron schnippt mit den Fingern vor meinen Augen. „Mann … wo bist du? Du wirkst abwesend."

Ich schüttle den Kopf. „Tut mir leid … ich denke an Janelle."

„Ziemlich cool, dass Veronica auf sie aufpassen wird, was?"

„Ja, cool", murmele ich.

„Du kommst also zum Scrabble?", bohrt er nach.

Gott, ich will das nicht tun. Ich will nicht mit Veronica im selben Zimmer sein und mich gesellig mit ihr unterhalten müssen.

Aber ich habe mir vorgenommen, für meine Mannschaftskameraden da zu sein und in ihren Augen ein echtes Teammitglied zu werden, also lächle ich und nicke. „Ja … ich helfe dir gern."

Kapitel 10

Veronica

Das Anrichten der Gemüseplatte sollte meinen Verstand beschäftigen, zusammen mit Clarkes pausenlosem Geplapper. Sie und Aaron werden in den Sommerferien eine fünfwöchige Reise durch Europa machen und sie hat die gesamte Reise mithilfe von Google Maps geplant. Sie schwärmt mir von den wichtigsten Sehenswürdigkeiten vor, die sie ansteuern werden. Viele davon habe ich auf meinen Reisen mit Jace besucht, aber ich höre mir ihre Begeisterung gern an. Sie war noch nie in Europa.

Man sollte meinen, dass das sorgfältige Anordnen von Reihen geschnittener Gurken, halbierter Kirschtomaten und winziger Blumenkohlröschen meine Gedanken davon abhalten würde, ständig zu Riggs Nadeau zu wandern. Aber ich kann nicht aufhören, daran zu denken, dass er jeden Moment hier bei Aaron und Clarke auftauchen wird, um Scrabble zu spielen.

Es geht um mehr als vier Leute, die sich treffen, um ein Brettspiel zu spielen. Aaron hat mich in den Überraschungsantrag eingeweiht, der auf dem Scrabble-Brett stehen wird, und ich muss dem Kerl Super-Bonuspunkte dafür geben, dass er sich etwas so Süßes und Schlaues ausgedacht hat. Aaron macht gern große Gesten. Er liebt es, Clarke mit Schmuck zu überraschen und schnelle, luxuriöse Reisen zu unternehmen, wenn es der Spielplan erlaubt.

Ich habe keine Ahnung, ob sie einen Heiratsantrag erwartet, nicht nur heute Abend, sondern an jedem beliebigen Abend in der Zukunft. Sie betrachtet nichts als selbstverständlich, und ich glaube, sie geht einfach davon aus, dass sie und Aaron für immer zusammen sein werden und er ihr einen Antrag machen wird, wenn die Zeit reif ist. Sie geht sehr gelassen damit um, und ich denke nicht, dass sie etwas von heute Abend ahnt. Vor allem, weil sie erwarten würde, dass Aaron ihr auf eine monumentale Weise einen Antrag macht.

Nicht in einer kleinen Gruppe von Freunden.

Ich habe keine Ahnung, warum Aaron Riggs eingeladen hat, daran teilzunehmen. Er ist nicht einmal eng mit ihm befreundet, also verstehe ich nicht, warum er an diesem glücklichen Ereignis teilhaben darf. Ich habe Clarke gefragt, warum Aaron Riggs eingeladen hat, und sie hat geantwortet: „Er versucht jetzt, ein Teil des Teams zu werden. Aaron wollte ihn in etwas einbeziehen, was familiärer ist, als ein paar Bierchen zu trinken."

Das bestätigt mir, dass Clarke nicht ahnt, dass ihr ein Heiratsantrag gemacht wird, und ich verkneife mir ein Kichern. Sie wird ausflippen, und trotz meiner Abneigung gegen Riggs und der Verbitterung darüber, diesen Anlass mit ihm teilen zu müssen, durchströmt mich ein Anflug von Aufregung für meine beste Freundin.

Hoffentlich wird Riggs dieses Gefühl nicht trüben.

Ich habe den Mann nicht mehr gesehen oder von ihm gehört, seit er vor zwei Tagen angerufen hat, um mein Angebot anzunehmen, auf Janelle aufzupassen, während er auf Reisen ist. Er hat sich weder für sein Verhalten entschuldigt, noch habe ich das von ihm erwartet. Und ich bin froh, dass er sich nicht entschuldigt hat, denn dann hätte er von mir erwartet, dass ich mich ebenfalls entschuldige.

Und das will ich nicht.

Obwohl er am Telefon kühl und zurückhaltend gewesen ist, habe ich nicht die Verachtung herausgehört, die für gewöhnlich in seiner Stimme mitschwingt, wenn er mit mir spricht. Ich bin eine kluge Frau und vermute, dass Janelle mich verteidigt hat, nachdem sie den Laden verlassen haben. Ich weiß, dass sie von ihm wissen wollte, warum er sie nicht bei mir wohnen lassen wollte. Riggs scheint ein direkter Mensch zu sein, der nichts beschönigt. Ich bin ziemlich sicher, dass er ihr genau gesagt hat, was er von mir hält, und ich wette, es hat etwas damit zu tun, dass ich reich und geschieden bin.

Ich habe etwas wie Abscheu in seinem Gesichtsausdruck gesehen, als ich über das Heiraten und Scheidenlassen von Reichen witzelte. Ich tue das nicht, um zu prahlen, sondern eher aus Selbstironie – oder in diesem speziellen Fall, weil ich gewusst habe, dass es ihn nerven würde, und das hat mich ein klein wenig glücklich gemacht.

Was auch immer der Grund ist, er hat mir gesagt, er sei dankbar, dass Janelle bei mir bleiben kann, und ich habe die Ehrlichkeit in seiner Stimme gehört. Das heißt schon mal etwas und ist ein Kompliment.

Aber das bedeutet nicht, dass ich mit ihm abhängen oder befreundet sein möchte. Der erste Eindruck ist bleibend, und bei unserer ersten Begegnung hat sich bei mir festgesetzt, dass er ein unglaublich unsympathischer Typ ist.

Ich werde mich einfach zurückhalten und mein Bestes tun, um keine bissigen Bemerkungen zu machen. Das oberste Ziel ist es, nichts zu tun, was Clarke den Abend verderben könnte, denn es wird einer ihrer glücklichsten Abende überhaupt sein.

„Ich freue mich, dass Riggs kommt", sagt Clarke aus heiterem Himmel, während sie ein selbst gemachtes Ranch-Dressing für das Gemüse anrührt.

Als ich mit Jace verheiratet war, haben unsere Köche immer selbst gemachte Dressings zubereitet. Heutzutage bin ich eher der Typ, der alles aus der Flasche kauft, und so musste ich mich nach der Scheidung an solche Kleinigkeiten gewöhnen.

Ich versuche, gelassen zu klingen, dass Riggs kommt. „Wirklich?"

Sie nickt mit einem umwerfenden Lächeln und stellt die Schüssel ab. „Aaron sagt, dass er sich endlich öffnet und dass er eigentlich ein ziemlich lustiger Kerl ist. Sie sind vorgestern Abend nach dem Spiel zusammen weggegangen und hatten eine Menge Spaß mit ihm."

Ich kann mir vorstellen, dass er lustig sein kann, wenn er dank Alkohol angeheitert ist. In nüchternem Zustand wirkt er allerdings ziemlich mürrisch.

„Weißt du", sagt Clarke gedehnt und lacht schelmisch, „er ist Single."

Ich sehe sie an. „Na und?"

„Du bist alleinstehend", bringt sie es auf den Punkt.

„Na, wenn du nicht Miss Aufmerksam bist", antworte ich mit allem Sarkasmus, den ich aufbringen kann. Ich wende mich wieder der Gemüseplatte zu, denn es gibt nichts mehr zu diesem Thema zu sagen.

„Ich sage ja nur", fährt Clarke fort, nicht bereit, aufzugeben, „dass er heiß ist und anscheinend – jetzt, wo die Leute ihn kennenlernen – offensichtlich ein guter Kerl. Dann haben wir noch dich, und du bist eine umwerfende Frau, also … den Rest kannst du dir denken."

Ich lache freudlos. „Oh, ich habe mir schon den Rest gedacht, als du davon angefangen hast. Nein, danke, kein Interesse."

„Warum denn nicht?", fragt sie neugierig.

Ich kann ihr den wahren Grund nicht sagen. Denn ich habe ihr weder erzählt, wie unser erstes Treffen verlaufen ist, noch von unserem kleinen Austausch in der Buchhandlung neulich. Ich habe diese Informationen meiner besten Freundin absichtlich vorenthalten, weil ich sie nicht in eine unangenehme Lage bringen wollte.

Ich mag Riggs nicht und er mag mich nicht. Riggs ist Aarons Teamkollege und es besteht eine unausgesprochene Loyalität. Wenn ich Clarke wissen lassen würde, dass ich den Mann nicht mag, dann würde sie ihn automatisch auch nicht mögen, weil sie meine beste Freundin ist. Das wiederum würde sie und Aaron gegeneinander aufbringen, und das werde ich ihnen niemals antun. Also muss ich meine Abneigung gegen Riggs für mich behalten, und dabei soll es auch bleiben.

„Ich bin noch nicht bereit für ein Date", erwidere ich und schaue ihr dabei tief in die Augen. Und das ist eine ziemlich berechtigte Ausrede. Ich habe kein Interesse an einer Beziehung, obwohl ich Sex vermisse.

Und zwar ziemlich.

Und Riggs sieht aus, als wäre er wirklich, wirklich gut im Bett.

O mein Gott … hör auf, so zu denken, schimpfe ich mit mir selbst.

Es klingelt an der Tür und ich bin dankbar, denn so kann Clarke mich nicht über mein Liebesleben belehren. Sie ist der festen Überzeugung, dass ich mich wegen meiner schlechten Erfahrungen mit Jace vor der wahren Liebe verschlossen habe. Aber sie hat gut reden – sie hat sie gefunden und steckt tief drin. Ich freue mich so sehr für sie und sehe, dass das, was sie und Aaron haben, das Wahre ist.

Genauso wie ich im Nachhinein erkenne, dass es ein großer Fehler war, Jace zu heiraten, und dass ich währenddessen nie das Schlechte gesehen habe, selbst als es mir ins Gesicht starrte. Ich hatte ein schlechtes Urteilsvermögen und habe so viele Dinge übersehen. Ich werde nicht zulassen, dass das noch einmal passiert.

Aaron und Clarke wohnen in Clarkes Haus, das für die Verhältnisse eines professionellen Eishockeyspielers bescheiden ist. Aaron hat eine Eigentumswohnung in der Innenstadt, nicht weit von der Buchhandlung entfernt, und Riggs wohnt im selben Gebäude. Aaron hat seine Wohnung derzeit vermietet, wird sie aber bald zum Verkauf anbieten. Man sollte meinen, dass sie sich für seine Wohnung entschieden hätten, da sie näher an der Arena und ihrem Laden liegt, aber sie liebt die Vorstadt, und so zog Aaron, ohne zu zögern, hierher. Ich finde das süß, aber ich vermute, er wird sich für ein größeres Haus einsetzen, sobald sie verheiratet sind.

Aaron steht von der Couch auf und wischt sich seine Handflächen an seiner Jeans ab. Clarke bemerkt es nicht, aber ich schon, und ich kann sehen, dass er verdammt nervös ist. Ich habe den ganzen Tag über versucht, ihm per Textnachrichten zu versichern, dass sie Ja sagen wird, und ich finde es urkomisch, dass er sich Sorgen macht. Und süß.

Was sie haben, ist wirklich das einzig Wahre.

Ich beobachte von der Küchendurchreiche aus, wie Aaron die Tür öffnet, und erhasche einen Blick auf Riggs.

Ja … was die Anziehungskraft angeht, drückt der Mann alle meine Knöpfe. Er trägt Jeans, ein T-

Shirt, das sich echt gut an seine Brust schmiegt, sein dunkles Haar ist zerzaust, als hätte er es mit den Fingern und nicht mit einer Bürste gekämmt. Er hat sich heute nicht rasiert und ich mag diesen rauen Look wirklich sehr. Jace würde nie ein Haar am falschen Platz haben, und schon gar keine Stoppeln tragen. Er würde sich auch nie in etwas anderem als Designerjeans erwischen lassen, und das auch nur bei den seltenen Gelegenheiten, bei denen er sich dazu herablässt, Jeans zu tragen.

Ich werfe einen Blick auf meine eigene Kleiderwahl. Ich habe mir überlegt, Haute Couture zu tragen, um Riggs zu ärgern, aber das hätte Clarke nur misstrauisch gemacht. Sie erwartet, dass ich für einen Spieleabend bequem gekleidet bin, und ich besitze zufällig ein paar Outfits von der Stange. Ich habe mich für Jeans entschieden, in einem lockeren Boyfriend-Schnitt mit Umschlag an den Knöcheln, und eine taillierte, langärmelige Bluse mit blauem Gingham-Karo. Die Ballerinas sind von einem Designer, aber Riggs würde das nicht erkennen. Sie sind aus taupefarbenem Wildleder, und er sieht nicht aus, wie jemand, der Ferragamo erkennen würde.

Aaron grüßt Riggs und bittet ihn mit einer Geste herein. „Hey, Mann. Schön, dass du es geschafft hast."

Riggs war noch nie hier, und als er über die Schwelle tritt, gibt es hundert interessante Dinge, die er sich ansehen könnte. Zum Beispiel die Einrichtung, die Kunst, die Möbel oder sogar Aaron, der direkt vor ihm steht. Mein Gesicht errötet, als sein Blick direkt auf mich fällt. Ich höre nichts von dem, was Aaron zu ihm sagt – ein undeutliches Geschwätz, als er die Tür schließt. Alles, was ich tun kann, ist, Riggs anzustarren.

„Interessant", murmelt Clarke, und ich reiße mich aus meinem geistigen Nebel und drehe den Kopf in ihre Richtung. Sie lächelt wissend.

Ich starre sie funkelnd an. „Hier gibt es überhaupt nichts Interessantes."

Ein Brummen entweicht ihrer Kehle, was sich wie Zustimmung anhört, aber in Wirklichkeit ist es keine. Sie glaubt, dass etwas dran ist an dem, was sie gesehen hat, aber ich werde mich nicht darauf einlassen.

Glücklicherweise geht sie, nachdem sie mir zugezwinkert hat, aus der Küche ins Wohnzimmer, um Riggs zu begrüßen. „Ich freue mich so, dass du dich entschieden hast, heute Abend mit uns abzuhängen." Sie schaut auf die Weinflasche in seiner Hand. „Soll ich die aufmachen?"

Er drückt sie ihr in die Hand. „Gern. Dafür habe ich sie mitgebracht."

„Danke", antwortet Clarke, als sie die Flasche entgegennimmt. „Das war sehr aufmerksam von dir. Ich werde den Korkenzieher holen."

Als sie sich abwendet, klopft Aaron ihm auf die Schulter. „Wie wär's mit einem Bier?"

„Auf jeden Fall", antwortet er lachend. „Ich trinke Wein, wenn es nichts anderes gibt, aber ich trinke lieber Bier."

„Ich auch, Mann“, stimmt Aaron ihm verständnisvoll zu. „Ich auch.“

Beide Männer folgen Clarke in die Küche und ich lege letzte Hand an die Gemüseplatte. Ich blicke auf und sehe, dass Riggs mich beobachtet, während Aaron den Korkenzieher von Clarke nimmt.

Er nickt mir höflich zu. „Veronica.“

Ich nicke. „Riggs.“

Mir ist klar, dass das viel zu förmlich klingt, vielleicht sogar an kühle Verachtung grenzt. Ich will nicht, dass Clarke und Aaron von unseren Konflikten erfahren. Also schenke ich ihm ein strahlendes Lächeln. „Wir werden heute Abend eine Menge Spaß haben. Ich bin froh, dass du auch gekommen bist.“

Riggs blickt zu Aaron, der sich auf die Weinflasche konzentriert, dann zu Clarke, die sich auf unseren Austausch konzentriert, und dann wieder zu mir. Sein Lächeln raubt mir fast den Atem, denn sein ganzes Gesicht verwandelt sich, und macht ihn noch umwerfender, als er sowieso schon ist.

„Als Aaron mich eingeladen hat, konnte ich das nicht ausschlagen. Wer liebt nicht eine mitreißende Partie Scrabble?“

Ich lache, denn das hat wie echter, neckischer Sarkasmus geklungen.

Aarons wendet sich uns zu. „Es macht mehr Spaß, wenn man Geld darauf wettet.“

Riggs schnaubt. „Kindergarten. Früher haben wir jedes Mal einen Shot trinken müssen, wenn jemand kein Wort mit mehr als vier Buchstaben legen konnte."

Clarke kichert. „Aaron wäre in etwa zehn Minuten betrunken, wenn wir so spielen würden."

Alle lachen. Ein guter Eisbrecher, aber ich bin immer noch angespannt.

Riggs ist neu in unserer Gruppe und damit der Außenseiter. Aaron möchte, dass er sich mehr in die Familiendynamik des Teams integriert. Clarke hat die alberne Idee, dass ich ihn daten soll, und ich bin nervös, weil Riggs und ich einen schlechten Start hatten und uns nicht leiden können. Aber zumindest im Moment ist alles in Ordnung.

***

Ich muss Aaron ein Lob aussprechen. Er hat diesen Scrabble-Antrag so perfekt eingefädelt, dass Clarke ihn niemals kommen sehen wird. Wenn es dann endlich so weit ist, wird sie überwältigt sein.

Die erste Stunde verbringen wir an der Kücheninsel, plaudern und futtern das Essen. Neben der Gemüseplatte, die Aaron und Riggs meiden, gibt es eine Aufschnittplatte und einen Hackfleisch-Käse-Dip mit Chips, die beide Männer verschlingen.

Ich muss zugeben, dass Riggs ganz anders ist als bei unseren früheren Treffen. Er ist zwar nicht völlig entspannt, aber aufgeschlossen und zu meiner Überraschung auch lustig. Aber ich spüre eine unterschwellige Vorsicht bei ihm und damit meine ich nicht den Alkoholgenuss. Es ist fast so, als ob er mit einem angeborenen Misstrauen belastet wäre, das ihn ein wenig abweisend macht, egal wie sehr er sich auf ein Gespräch einlässt.

Zugegeben, das macht mich noch neugieriger auf ihn.

Irgendwann kommt allerdings der Zeitpunkt, an dem Aaron vorschlägt, unser Scrabble-Spiel in Gang zu bringen. Er hat alles auf dem großen, quadratischen Couchtisch im Wohnzimmer aufgebaut, wo wir uns zum Spielen auf den Boden setzen werden – ein Teil seines Plans, um sicherzustellen, dass alles reibungslos abläuft.

Wir nehmen unsere Plätze ein und schaffen das erste Spiel, das Clarke gegen Riggs gewinnt, aber nur knapp.

Wir füllen unsere Gläser wieder mit Bier und Wein und beginnen das zweite Spiel. Die Konversation fließt leicht, aber Riggs und ich reden nicht wirklich miteinander. Er spricht Aaron oder Clarke an und ich tue dasselbe. Das lässt sich leicht regeln, indem wir nie eine Frage stellen oder eine Aussage machen, die den anderen zu einer direkten Antwort ermutigen würde. Und so halten wir unsere geringe Abneigung geheim.

Als wir die Hälfte des zweiten Spiels hinter uns haben, reibt sich Aaron dramatisch die Schläfe und stöhnt.

Clarkes Blick schweift sofort zu ihm und sie runzelt die Stirn. „Wieder Kopfschmerzen?"

Er nickt und verzieht das Gesicht, als würde ihn die Bewegung schmerzen. „Könntest du die Schmerztabletten aus dem Badezimmer holen? Es ist in der oberen linken Schublade."

„Natürlich", sagt sie und springt auf.

Kaum ist sie außer Sichtweite, kichert Aaron über seine Täuschung. „Ich habe die letzten vier Tage Kopfschmerzen vorgetäuscht, nur für diesen Moment."

Ich schaue Riggs an und erkenne, dass er von Aarons Voraussicht ebenso beeindruckt ist wie ich.

Wie geplant, gehen wir so schnell vor wie möglich. Riggs hebt vorsichtig das Scrabble-Brett vom Tisch und ich halte ihm die Schachtel hin, in die es gehört. Er schiebt die Spielsteine langsam vom Brett, damit sie nicht zu viel Lärm machen, und ich schiebe die Schachtel unter den Zweisitzer neben mir.

Aaron zieht ein weiteres Scrabble-Brett mit Spielsteinen, auf denen verschiedene Wörter stehen, unter der Couch hervor. Diese Steine bewegen sich allerdings nicht, da er sie festgeklebt hat.

Er legt es auf den Couchtisch und dreht es einmal, sodass die Worte auf Clarkes Platz zeigen. Ich nehme mir eine Sekunde Zeit, um es zu bewundern – ein Sammelsurium von Wörtern wie *Wurm* und *Chillen* und *Kläffen* – aber zwischen all diesen Wörtern, horizontal buchstabiert, stehen die Worte: „Willst du mich heiraten?"

Riggs betrachtet das Brett. „Sehr schön."

„Pinterest“, sagt Aaron stolz.

„Was zum Teufel ist Pinterest?“, fragt Riggs mit leiser Stimme und ich verkneife mir ein Lachen.

Doch Clarke kommt zurück ins Wohnzimmer und wir halten alle den Mund. Sie geht direkt in die Küche.

„Sie waren übrigens nicht in der linken Schublade. Ich habe sie unter dem Waschbecken gefunden. Ich hole dir Wasser.“

Riggs, Aaron und ich tauschen Blicke aus, und es fällt uns schwer, nicht zu grinsen.

Als Clarke das Wohnzimmer wieder betritt, sind unsere Gesichter allerdings ausdruckslos.

„Warum seid ihr so still?“, fragt sie, geht zu Aaron und reicht ihm zwei Schmerztabletten und die Flasche Wasser.

„Wir nehmen nur Rücksicht auf Aarons Kopfschmerzen“, erwidert Riggs schnell.

Clarke schenkt ihm ein süßes Lächeln und kehrt zurück auf ihre Seite des Tisches. Aaron lässt die Pillen geschickt auf den Teppich neben sich fallen, und als Clarke gegenüber von Aaron Platz nimmt, tut er so, als würde er sie mit etwas Wasser runterspülen.

Er verschließt die Flasche. „Danke, Babe.“

Clarke ist offensichtlich besorgt und mustert ihn genauestens. „Wir sollten einen Termin beim Arzt machen. Diese Kopfschmerzen halten nun schon seit einer Woche an.“

„Vier Tage“, kontert er und nickt dem Spielbrett zu. „Ich glaube, du bist dran.“

„Ich meine es ernst, Aaron." Sie blickt nicht einmal auf den Heiratsantrag vor ihrer Nase. „Du darfst das nicht ignorieren."

„Warum nicht?", fragt er und nickt noch einmal. „Du ignorierst ja auch das Spiel."

Clarke verdreht die Augen. „Du kannst doch nicht ernsthaft wiederkehrende Migräne mit Scrabblespielen vergleichen."

„Oh, um Himmels willen", murmelt Aaron. „Spielst du jetzt bitte einfach? Ich verspreche, dass ich morgen anrufe und einen Termin vereinbare."

„Gut", schnauzt sie, aber sie lächelt triumphierend, während sie auf das Brett hinunterblickt.

Wir warten alle schweigend, und mich kribbelt es vor Aufregung überall, dass es ihr jede Sekunde dämmern wird.

Clarke schaut stirnrunzelnd auf das Spielbrett und dann auf ihre Spielsteine. Zurück zum Brett. Ihr Stirnrunzeln vertieft sich. Sie schüttelt ein wenig den Kopf, als ob sie versuchen würde, ihn zu klären. Es ist offensichtlich, dass sie keines der Wörter wiedererkennt und bemerkt, dass dies nicht dasselbe Spiel ist, das sie vor ein paar Minuten verlassen hat.

Und dann studiert sie tatsächlich ihre Spielsteine und versucht, ein Wort zu finden, das sie bilden kann.

Ihre Aufmerksamkeit richtet sich wieder auf das Spielbrett und ich habe fast Mitleid wegen ihrer offensichtlichen Verwirrung. Ich werfe einen kurzen Blick auf Aaron, der sich erwartungsvoll nach vorn lehnt und auf den Moment wartet, in dem sie sieht, was vor ihr liegt.

„Hat sich etwas …“, beginnt Clarke und hält dann inne.

Sie blickt auf, zuerst zu Aaron, dessen Gesichtsausdruck neutral ist, dann zu mir und danach zu Riggs. Wir schauen sie an, und meine Gesichtsmuskeln zittern, während ich versuche, den Anschein von Lässigkeit zu wahren.

Wieder blickt sie auf das Brett, und ich kann sehen, wie sie sich von oben nach unten durch alle Wörter arbeitet. Als ob ein Scheinwerfer die vier wichtigsten Wörter beleuchten würde, geht ihr ein Licht auf und sie liest Aarons Botschaft.

Willst.

Du.

Mich.

Heiraten.

Clarke schnappt nach Luft und ihr Blick schweift zu Aaron auf die andere Seite des Tisches. Er grinst und hält einen Ring zwischen Daumen und Zeigefinger hoch. Es ist ein echter Hingucker. Er hat ihn mir gezeigt, als er ihn vor ein paar Wochen gekauft hat, und wie es sich für Aaron gehört, ist er übertrieben groß und funkelnd.

Sie schaut nur kurz auf den Ring, dann richtet sie ihren Blick wieder auf Aaron und flüstert: „Ja“.

Ich habe nicht erwartet, dass ich anders als mit einem freudigen Lächeln reagieren würde, aber verdammt, mir schießen Tränen in die Augen. Ich blinzle hastig, aber sie sammeln sich weiter, und ich bin gezwungen, sie abzuwischen. Riggs sieht mich an, und seine dunklen Augen verraten nichts, als er mich weinen sieht.

Verlegen drehe ich mich weg und konzentriere mich auf Clarke, die von ihrem Platz aufspringt, an mir vorbei um den Tisch herum zu Aaron geht und sich auf ihn stürzt.

Was folgt, sind eine Menge Umarmungen und Küsse. Clarke, die Aaron für die vorgetäuschten Kopfschmerzen, die sie erschreckt haben, tadelt. Und dann erfolgen, von mir eingeschlossen, aber Ohs und Ahs über den Ring, sobald er ihn an ihren Finger gesteckt hat.

Ich hole eine Flasche Champagner heraus, die wir in der untersten Schublade des Kühlschranks versteckt haben, und Riggs öffnet sie, während sich Aaron und Clarke weiter umarmen und küssen. Ich habe Clarke noch nie so emotional gesehen. Aaron war eigentlich immer ein unkomplizierter, witziger Typ, aber jetzt sieht er aus wie jemand, dem man den wertvollsten Schatz der Welt geschenkt hat. Er kann nichts anderes tun, als ihn voller Ehrfurcht anzuschmachten.

Champagner wird eingeschenkt und ich spreche einen Toast auf meine Freunde aus.

Riggs hebt nur sein Glas und sagt: „Glückwunsch."

Und dann ist es Zeit für mich und Riggs, zu gehen. Aaron und Clarke werden allein sein wollen. Wir verabschieden uns, und Aaron und Clarke merken kaum, dass wir verschwinden. Sie sind viel zu sehr ineinander vertieft.

Riggs öffnet die Tür und ich schlüpfe vor ihm hinaus. Ich laufe die Veranda hinunter, Riggs ist direkt hinter mir.

„Also, das war echt ätzend“, murmelt er, während er die Schlüssel aus seiner Tasche zieht.

„Kein Romantiker?“, frage ich abfällig über meine Schulter hinweg, während ich den Bürgersteig zu der kurzen Einfahrt überquere, in der mein Mercedes geparkt ist. Riggs' Auto steht direkt hinter meinem.

„Nein“, antwortet er, fügt dann aber hinzu: „Genauso wenig wie du.“

Wie kann er es wagen, eine solche Behauptung über mich zu machen? Selbst wenn sie teilweise wahr ist. „Du verfügst über keine Wahrnehmung, also glaube ich nicht, dass du in der Lage bist, solche Urteile zu fällen.“

„Was soll das denn heißen?“, fragt er, als ich mein Auto erreiche.

Ich drehe mich um und sehe ihn an. „Du bist kalt und distanziert.“

„Du bist eitel und oberflächlich“, gibt er zurück. „Mangelnde Wahrnehmung betrifft also beide Seiten.“

„Du bist geschmacklos und flegelhaft“, erwidere ich.

Er lacht und fuchtelt mit den Händen, als ob er mich amüsant fände. „Oh, sieh an, die schicke, reiche Dame, die schicke, reiche Worte benutzt.“

Schick? Reiche Worte?

„Hör zu, du Arsch …“

Mehr bringe ich nicht heraus – ein Versuch, ihm zu zeigen, dass ich derb sein kann –, denn seine Hände packen meine Schultern und er reißt mich an sich.

Sein Mund trifft auf meinen, und ich kann das lustvolle Stöhnen nicht zurückhalten, das mir bei seinem Geschmack und seiner Berührung entkommt.

Und wow, kann der Mann küssen. Dominant und voller Kontrolle drückt er mich gegen mein Auto und hält mich als Geisel, während seine Zunge in meinen Mund eindringt. Es ist der brennendste, durchdringendste, verzehrendste Kuss, den ich je bekommen habe, und mir wird schwindlig.

Und dann … reißt sich Riggs los. Ich bin nur kurz erfreut, als ich sehe, wie sich sein Brustkorb leicht hebt, was mir sagt, dass er davon genauso berührt ist wie ich.

Aber seine Augen verengen sich, und sein Blick fällt kurz auf meine Lippen, die sich wund und geschwollen anfühlen. „Das hat mir die Augen geöffnet. Wenigstens weiß ich jetzt, wie ich dich zum Schweigen bringen kann.“

Ich kann nicht einmal empört aufkeuchen, weil ich seine Worte als das sehe, was er nie zugeben wird – als eine feige Art, sich einer Situation zu entziehen, die sich nur allzu real und gut angefühlt hat.

Es hat ihn erschreckt.

Ich gebe kein Wort der Erwiderung von mir, weil es mich genauso erschreckt hat.

Nicht in einer Million Jahren hätte ich gedacht, dass der beste Kuss meines Lebens von jemandem kommen würde, den ich verabscheue. Ich frage mich wirklich, was mit mir los ist.

Riggs lässt mir keine Zeit mehr, darüber nachzudenken. Er dreht sich ruckartig um und marschiert zu seinem Lexus. Ohne einen Blick zurück steigt er in sein Auto und fährt davon.

Kapitel 11

Veronica

An meinem Küchentisch sitzend, mache ich eine letzte Bestandsaufnahme meiner Studiensachen. Ich habe das gleiche schwindelerregende Gefühl, das ich immer am ersten Tag eines jeden Semesters habe. Ich habe dem College zwar den Rücken gekehrt, als ich Jace kennenlernte, aber niemand versteht, wie schwer es war, es aufzugeben, denn ich liebe das Lernen über alles. Ich liebe Vorlesungen, Lesen und Notizenmachen, und ich liebe es sogar, wenn mein Wissen geprüft wird. In einem akademischen Umfeld bin ich in meinem Naturell, und ich brenne darauf, den Rest der Kurse zu absolvieren, die ich brauche, um mein Betriebswirtschaftsstudium abzuschließen.

Ich habe das Gefühl, dass ich bei der Verwirklichung meiner lang- und kurzfristigen Ziele vorankomme. Das Studium beginnt nächsten Montag, in vier kurzen Tagen, und ich kann es kaum erwarten.

Ich sehe auf die Uhr und stelle fest, dass es noch ein paar Stunden dauert, bis Janelle aus der Schule kommt. Riggs ist auf einem viertägigen Auswärtsspieletrip und kommt morgen zurück.

Wir haben uns darauf geeinigt, dass Janelle, wenn er weg ist, bei mir und nicht in ihrer Wohnung wohnt, weil das für mich praktischer ist.

Janelle hat vor zwei Tagen wieder mit dem Schulunterricht begonnen, obwohl sie nicht unbedingt zurückkehren wollte. Als ich sie nach dem Grund gefragt habe, hat sie mir ein paar vage Ausreden aufgetischt und dass sie es vermissen würde, ganztägig im Laden zu arbeiten. Ich hoffe, dass sie einfach mehr Zeit braucht, um sich zu akklimatisieren.

Während der ersten Übernachtung, die sie bei mir verbracht hat, nachdem Riggs gegangen ist, haben wir einige Grundregeln festgelegt. Ich bin zwar Janelles Freundin, aber ich wollte nicht, dass sie vergisst, dass ich auch ihre Aufpasserin bin. Ich habe zwar nicht die Absicht, die strenge Aufseherin zu sein, die Mrs. Blair war, aber ich habe gewisse Erwartungen. Wenn sie diese Erwartungen erfüllt, bekommt sie im Gegenzug gewisse Freiheiten.

Ich habe zum Beispiel kein Problem damit, dass sie von der Schule zum Buchladen läuft – vier Straßen weiter –, solange sie direkt dorthin geht und nicht trödelt. Ich habe kein Problem damit, dass sie arbeitet, bis der Laden um sieben Uhr schließt, solange sie jeden Abend ihre Hausaufgaben erledigt.

Das sind keine Dinge, die ich vorher mit Riggs besprochen habe. Vor allem, weil ich mich so sehr dafür schäme, dass ich mich von ihm habe küssen lassen, nachdem wir uns gegenseitig beschimpft haben, sodass ich dem Mann am liebsten nie wieder begegnen würde. Seit dem Abend, an dem Aaron und Clarke sich verlobt haben und bevor

Riggs zu seinen Auswärtsspielen aufgebrochen ist, haben wir nur einmal miteinander kommuniziert. Und zwar via Textnachricht, um die Termine festzulegen, an denen ich mich um Janelle kümmern werde, und um mir ein paar zusätzliche Informationen zu geben.

Wie auch immer, ich habe Janelle meine Regeln erklärt und sie hat nichts dagegen einzuwenden. Und ich muss zugeben, dass die letzten drei Tage, die sie mit mir verbracht hat, eine Menge Spaß gemacht haben.

Ich wollte schon immer Kinder haben und vermute, dass ich eine gute Mutter wäre. Ich bin zwar nicht gerade in einer Mutterrolle, aber mein Job als Betreuerin von Janelle hat gewisse Aspekte davon. Wenn ich zum Beispiel kontrolliere, ob sie ihre Hausaufgaben gemacht hat, tue ich das nicht, um sicherzustellen, dass die Regeln eingehalten werden, sondern weil ich möchte, dass sie gute Noten bekommt. Das spiegelt sich auch in meinem Tonfall wider, denn Janelle ist nie beleidigt, wenn ich nachsehe, ob sie ihre Hausaufgaben gemacht hat.

Jeden Abend, nachdem sie schlafen gegangen ist, schreibe ich Riggs eine Nachricht mit den neuesten Informationen, normalerweise so etwas wie: *Hier ist alles in Ordnung. Janelle hatte einen guten Tag.*

Er antwortet, sobald es ihm möglich ist, mit einem einfachen: *Danke für das Update.*

Natürlich reden Riggs und Janelle häufig miteinander oder schreiben sich Nachrichten, während er weg ist, also weiß ich, dass er sich wirklich sicher sein kann, dass es ihr gut geht, unabhängig davon, ob ich mit ihm rede.

Es funktioniert, und ich genieße es sehr, sie bei mir zu haben. Sie ist ein gutes Kind, das aufblüht.

Heute ist mein letzter offizieller Tag, an dem ich Janelle in der Buchhandlung einarbeite. Sie hat so ziemlich alles im Griff, und ehrlich gesagt müsste ich heute Nachmittag nicht hingehen. Aber ich bin nostalgisch, denn am Montag beginnt für mich ein neues Leben. Ich möchte noch einen Nachmittag in der Buchhandlung verbringen, an dem wir zwischen den Kunden über albernes Zeug reden oder über gelesene Bücher diskutieren können. Ich lerne jeden Tag so viel über sie, aber sie hält sich immer noch mit ihrer Vergangenheit zurück. Ich frage sie nicht danach, denn wenn sie mir eines Tages davon erzählen will, wird sie es auf ihre Weise tun.

Mein Telefon klingelt und schreckt mich auf. Ich nehme es vom Tisch und erkenne die Nummer nicht.

Normalerweise nehme ich keine Anrufe entgegen, wenn der Anrufer nicht in meinen Kontakten steht. Heutzutage sind die meisten unbekannten Nummern Spam, und das ärgert mich gewaltig. Aber jetzt, wo ich die Verantwortung für Janelle habe, muss ich für alle Anrufe offen sein, und da es sich um eine Ortsvorwahl handelt, nehme ich ab.

„Hallo?“, sage ich höflich.

„Ms. Woodley?“, sagt eine männliche Stimme.

„Ja."

„Hier ist Jim Cresten, Schulleiter von Clair Ridge."

Ich setze mich aufrecht auf meinem Stuhl hin, mein Puls hämmert. „Ist mit Janelle alles in Ordnung?"

Janelle geht auf eine angesehene Privatschule in der Innenstadt, nicht weit von der Buchhandlung und Riggs' Wohnung entfernt.

„Leider ist Ms. Adamik in Schwierigkeiten geraten und Sie müssen sie abholen."

„Was ist passiert? Ist sie verletzt?"

„Nein, es geht ihr gut", antwortet er verächtlich. „Aber ich kann nicht sagen, dass es dem anderen Mädchen, das von ihr geschlagen wurde, gut geht. Sie müssen sofort herkommen."

O Scheiße.

Scheiße, Scheiße, Scheiße.

„Ja, natürlich", antworte ich hastig. „Ich bin in fünfzehn Minuten da."

***

Riggs hat eine schriftliche Anweisung an die Schule geschickt, dass ich Mrs. Blairs Platz als Janelles Betreuerin einnehme, wenn er nicht in der Stadt ist. So hat Mr. Cresten gewusst, dass er mich anrufen muss.

In dem einen Gespräch, das Riggs und ich über meine Betreuung von Janelle geführt haben, haben wir über seine Regeln in Bezug auf Freunde und

Ausgangssperre gesprochen. Wir haben über medizinische Versorgung geredet, falls sie krank werden sollte, und darüber, wo er EpiPens aufbewahrt, weil sie allergisch gegen Bienen ist. Nicht, dass es in der Innenstadt von Phoenix viele Bienen gäbe, aber es beunruhigt mich so sehr, dass ich auch einen in meiner Handtasche und im Laden aufbewahre.

Aber wir haben nie darüber gesprochen, was zu tun ist, falls Janelle in der Schule in Schwierigkeiten gerät. Ich weiß nicht, ob es daran liegt, dass uns das nie in den Sinn gekommen ist oder daran, dass wir unfähige Betreuer sind, die so etwas nicht voraussehen können. Mir dreht sich fast der Magen um, als ich durch die Schulflure zum Büro des Direktors gehe.

Ich treffe zuerst auf Janelle, die im Vorraum mit einer matronenhaften, aber freundlich aussehenden Vorzimmerdame sitzt. Janelle ist in ihrem Stuhl zusammengesackt, starrt mit trotzigem Gesichtsausdruck an die gegenüberliegende Wand und hat einen Eisbeutel auf ihrer rechten Hand.

Sie dreht mir den Kopf zu und ihr Trotz schwindet. Sie sieht aus, als wäre sie den Tränen nahe.

Bevor sie ein Wort sagen kann, gehe ich in die Hocke und lege meine Hand auf ihr Knie. „Was auch immer passiert ist, es wird alles gut. Das verspreche ich dir."

Ihre Unterlippe zittert, aber sie holt tief Luft und nickt mir zu.

Eine Tür öffnet sich, ich richte mich auf, drehe mich um und sehe einen imposanten Mann in der Tür zu einem ansehnlichen Büro stehen. Er ist groß, breit gebaut und etwa fünfzig Jahre alt. Sein graues Haar ist kurz geschnitten und seine Augen sind klein, rund und glänzend.

Spontan kann ich ihn nicht ausstehen, und er hat noch nicht einmal ein Wort gesagt.

„Ms. Woodley?“, fragt er in arrogantem Ton.

Ich gehe auf ihn zu und halte ihm meine Hand hin. „Ich nehme an, Sie sind Jim Cresten. Freut mich, Sie kennenzulernen.“

Nachdem wir uns kurz die Hände geschüttelt haben, schaut er über meine Schulter zu Janelle. „Ms. Adamik, in mein Büro, bitte.“

Er wendet uns den Rücken zu und geht in sein Büro. Ich warte darauf, dass Janelle mich erreicht, und berühre mit meiner Hand ihren unteren Rücken, während wir ihm folgen, damit sie weiß, dass ich bei ihr bin.

Wir nehmen in zwei großen Ledersesseln gegenüber seinem kunstvoll geschnitzten Schreibtisch Platz. Die Wände sind mit dunklem Holz vertäfelt, der Teppich strahlt in einem satten burgunderrot. Es schreit nach altem Geld.

Mr. Cresten nimmt hinter dem Schreibtisch Platz und faltet die Hände darauf. Er wirft Janelle einen missbilligenden Blick zu, bevor er ihn mir zuwendet.

„Ms. Adamik war in eine Schlägerei verwickelt und hat ein anderes Mädchen geschlagen. Diese

Art von Verhalten wird natürlich nicht toleriert, wie Sie mir sicher zustimmen werden."

„Eigentlich bin ich nicht bereit zuzustimmen, bevor ich nicht weiß, was das andere Mädchen zuerst mit Janelle gemacht hat."

Mr. Cresten blinzelt, und ich wage es nicht, Janelle anzuschauen, aber aus dem Augenwinkel sehe ich, wie sie bei meiner Aussage zusammenzuckt.

„Darum geht es wohl kaum", sagt Mr. Cresten herrisch.

„Das ist das Einzige, was mich interessiert", antworte ich gelassen. „Sehen Sie, ich kenne Janelle, und sie würde nie einfach auf jemanden zugehen und ihn ohne Grund schlagen. Ich würde also gern die ganze Geschichte hören. Was hat das andere Mädchen Janelle angetan, und wurden ihre Eltern herzitiert, um die Sache zu regeln, so wie ich herzitiert wurde?"

„Wie ich mit dem anderen Mädchen umgehe, geht Sie nichts an", schimpft der Direktor.

„Allein die Tatsache, dass meine Nachfrage Sie so sehr ärgert, sagt mir, dass Sie nicht die Absicht haben, die Eltern des anderen Mädchens anzurufen."

„Ms. Woodley, das ist mehr als unhöflich …"

Ich unterbreche ihn, indem ich Janelle ansehe. „Was ist passiert?"

Ihre Haut ist blass, aber ihre Wangen sind rot. Janelle sagt: „Ich möchte jetzt lieber nicht über die Details sprechen."

Ihr Blick fällt auf Mr. Cresten, und ich verstehe, dass sie nicht will, dass er es erfährt.

„Bist du provoziert worden?", hake ich nach.

Sie nickt.

„War es etwas Gemeines?", will ich weiter wissen.

Sie nickt wieder und schaut auf ihren Schoß.

Ich wende meine Aufmerksamkeit wieder dem Direktor zu, der wütend aussieht, weil ich die Kontrolle über das Gespräch übernommen habe. „Es ist klar, dass mehr passiert ist, als Ihnen bewusst ist, und es wäre gut, wenn Sie das weiter untersuchen würden."

„Ms. Woodley", donnert er, während er sich erhebt und mit den Handflächen auf die Tischplatte schlägt. Janelle zuckt zusammen, aber ich blicke seelenruhig zu ihm auf. „Sie haben hier nicht das Sagen. Ich leite diese Schule, und ich entscheide, was untersucht werden muss und was nicht. Wir haben eine ganz klare Null-Toleranz-Regel bei Gewalt. Es spielt keine Rolle, ob sie provoziert wurde. Ms. Adamik ist hier im Unrecht."

„Also, ich glaube, dass Ihre Regel intolerant, zu Schwarz-Weiß und unfair gegenüber Ihren Schülern ist."

Mr. Crestens Gesicht läuft rot an, und ich merke, dass es wohl noch nie jemand gewagt hat, ihn infrage zu stellen. Er zeigt mit dem Finger auf mich, dann auf Janelle.

„Die Schulpolitik verlangt in solchen Fällen mindestens eine dreitägige Suspendierung, aber es ist klar, dass Miss Adamik keine Reue zeigt …“

„Keine Reue?“, frage ich und stehe wütend von meinem Stuhl auf. „Woher wollen Sie das wissen? Sie haben nicht einmal mit ihr darüber gesprochen, was passiert ist.“

„… und es ist klar, dass Sie nicht die Absicht haben, sie irgendwelche Konsequenzen tragen zu lassen. Deshalb suspendiere ich sie für eine Woche und …“

„Sind Sie verrückt?“, schreie ich fast. „Sie bestrafen Janelle eindeutig länger als nötig, nur weil ich es gewagt habe, Sie infrage zu stellen.“

„Das sehe ich nicht so.“ Er rümpft die Nase und zupft an den Aufschlägen seiner Anzugjacke. „Ich habe noch einen sehr arbeitsreichen Tag vor mir. Sie können Ms. Adamik mit nach Hause nehmen und sie kann in einer Woche wiederkommen.“

Ich bin stinksauer, dass er nicht einmal bereit ist, sich Janelles Seite der Geschichte anzuhören. Ich weiß nicht, wie man es bezeichnen mag, und es kann sein, dass es doch Janelles Schuld war, aber dass sie so einfach abgekanzelt wird, ist unerhört.

„Komm, Janelle“, sage ich leise und gebe ihr ein Zeichen, aufzustehen. Wir gehen zur Tür und ich öffne sie. Janelle tritt hindurch, aber bevor ich gehe, drehe ich mich noch einmal um und sehe den armseligen Mann an. „Ich sage das nur ungern, Mr. Cresten, aber Sie sind ein schlechtes Vorbild für Ihre Schüler, weil Sie nicht bereit sind, beide Seiten der Geschichte zu hören. Ich nehme an, das andere Mädchen stammt aus einer wohlhabenden Familie, die Ihre Schule großzügig unterstützt."

Es war ein Schuss ins Blaue, aber wie er den Blick abwendet, bevor er meine Anschuldigung abstreitet, sagt mir alles, was ich wissen muss.

Ich habe den Nagel auf den Kopf getroffen.

Janelle und ich verlassen die Schule und gehen zu meinem Auto. Als wir dort ankommen, greife ich nach ihrem Handgelenk, um ihre Hand zu untersuchen. Ich entferne den Eisbeutel und verziehe den Mund angesichts der Kratzer und leichten Schwellung an ihren Fingerknöcheln.

„Du hast sie auf den Mund geboxt", murmle ich.

„Woher weißt du das?", fragt sie erstaunt.

„Die Kratzer stammen von Zähnen", sage ich schlicht.

„Ich wollte ihr auf die Nase schlagen, weil ich weiß, dass das am meisten wehtut", sagt sie.

Ich lasse ihre Hand los und ziehe eine Augenbraue hoch. „Du klingst nicht reumütig."

„Das bin ich auch nicht", antwortet sie und hebt ihr Kinn. „Sie hat es verdient."

„Willst du mir erzählen, was passiert ist?", frage ich und mache mit meinem Tonfall deutlich, dass es für mich in Ordnung ist, wenn sie es nicht tut. Vor Mr. Cresten wollte sie es jedenfalls nicht sagen.

Janelle wendet ihren Blick nicht ab, wie ich es erwartet habe. „Vor den Weihnachtsferien habe ich den Fehler gemacht, diesem Mädchen etwas von meiner Vergangenheit zu erzählen. Keine wirklichen Details, aber das Wesentliche, warum ich hierhergezogen bin. Es war im Vertrauen, und ich dachte, sie wäre meine Freundin, also ging ich davon aus, sie würde es geheim halten."

„Und sie hat es nicht getan", errate ich.

„Vor zwei Tagen kam ich zurück und die ganze Schule tuschelte hinter meinem Rücken. Als ich sie darauf ansprach, wurde sie fies. Sagte mir, sie sei nie meine Freundin gewesen. Und es war okay für mich, sie und alle anderen danach zu ignorieren."

Ich fülle den Rest der Geschichte aus. „Aber sie sagte etwas Gemeines darüber … oder über dich … etwas, was dich sehr wütend gemacht hat. Und da hast du sie geschlagen."

„Ich bereue es nicht", beteuert sie selbstbewusst, aber im nächsten Atemzug flüstert sie: „Riggs wird so sauer sein. Vielleicht schickt er mich zurück zu meiner Mutter."

„Nein", sage ich bestimmt. „Das würde er nie tun. Er mag wütend werden, aber was auch immer die Gründe waren, dass er dich zu sich geholt hat, es ist mit dem Gedanken geschehen, dass er dich nie wieder zurückkehren lassen würde."

„Das kannst du nicht wissen", beharrt sie.

Aber irgendwie weiß ich es doch. Der Mann, den ich nicht ausstehen kann und der teuflisch gut küsst, würde sein Leben für seine Schwester geben, wenn es darauf ankäme.

„Vertrau mir." Ich lege einen Arm um ihre Schultern und ziehe sie in eine halbe Umarmung. „Riggs wird vielleicht sauer, vielleicht aber auch nicht. Immerhin besteht ein großer Teil seiner Arbeit darin, sich mit Leuten zu prügeln, nachdem sie ihn provoziert haben. Es wäre heuchlerisch von ihm, nicht zu glauben, dass das in den Genen steckt."

Janelle kichert, und ich bin erleichtert, dass die Schwere des Augenblicks verflogen ist. Ich schaue auf ihre Hand hinunter. „Soll ich dich zum Arzt bringen?"

Sie wackelt zur Demonstration mit den Fingern. „Nichts gebrochen."

„Willst du nach Hause oder zu mir?", frage ich.

„Können wir in die Buchhandlung gehen?" Sie sieht so hoffnungsvoll aus, und ich weiß, dass der Laden wie ein sicherer Hafen für sie geworden ist.

„Klar", sage ich und öffne die Beifahrertür. „Aber ich muss Riggs Bescheid sagen, was hier los ist."

„Ähm ...", sagt Janelle gedehnt und sieht mich flehend an, „können wir es ihm sagen, wenn er morgen zurückkommt? Ich möchte nichts tun, was seine Konzentration auf das Spiel heute Abend stören könnte."

„Da hast du recht", stimme ich zu. Es würde nichts bringen, es ihm jetzt zu sagen. Es würde ihn nur wütend machen oder beunruhigen und aus dem Konzept bringen. Das kann warten. „Gehen wir in den Buchladen."

Kapitel 12

Riggs

Ich versuche, meine Wut im Zaum zu halten, als ich aus dem Aufzug steige und den Flur entlang zur Haustür gehe. Mein Zorn köchelt auf kleiner Flamme, seit ich gestern Nachmittag einen Anruf vom Direktor von Janelles Schule erhalten habe. Anscheinend hat meine Schwester ein Mädchen geschlagen und ist für eine Woche suspendiert worden.

Ich bin zwar sauer auf Janelle, weil sie Dummheiten gemacht hat, aber der größte Teil meiner Wut gilt Veronica. Mr. Cresten hat mir eine Standpauke über sie gehalten. Er hat sie eine respektlose Xanthippe genannt, die zweifellos einen schlechten Einfluss auf Janelle hätte. Der Mann hat sage und schreibe fünfzehn Minuten über Veronica geschimpft. Er sei geneigt gewesen, Janelle nur für drei Tage zu suspendieren. Aber angesichts Veronicas unhöflicher Tiraden habe er eine Woche daraus gemacht, damit die Erziehungsberechtigten verstehen würden, dass das Verhalten ihres Kindes in der Schule oft ein direktes Spiegelbild dessen sei, was sie von den Eltern zu Hause gelernt hätten.

Es ist nicht so richtig in Ordnung, dass Janelle für Veronicas Verfehlung bestraft wurde. Aber nach einer Menge Entschuldigungen und Arschkriecherei, verbunden mit dem Versprechen einer netten

Spende für die neue Bibliothek, die gerade gebaut wird, hat Mr. Cresten zugestimmt, ihre gesamte Suspendierung aufzuheben. Oh, und ich habe auch versprechen müssen, dass Veronica das Schulgelände nie mehr betritt.

Von mir aus.

Ich will sie nicht mehr in der Nähe meiner Schwester haben, egal wie verdammt gut sie küsst. Ich brauche jemanden, der verantwortungsbewusst und reif ist und auf Janelle aufpasst, wenn ich weg bin.

Ich lasse den Schlüssel ins Schloss gleiten, öffne die Tür und sehe sofort Janelle und Veronica in der Küche. Ich rieche Knoblauch, Tomaten und Zwiebeln, und mein Magen knurrt.

Ich deaktiviere die Alarmanlage und schalte sie wieder scharf, nachdem ich die Tür geschlossen habe. Meine Regel für Janelle ist, dass die Alarmanlage immer eingeschaltet ist. Als ich mich wieder umdrehe, schauen mich beide Frauen von der Küche aus an. Janelle hat einen äußerst besorgten Gesichtsausdruck und Veronica wirkt vorsichtig.

Sie haben keine Ahnung, dass ich von Janelles Suspendierung weiß, und ich ärgere mich, dass Janelle sich nicht die Mühe gemacht hat, es mir zu sagen, sondern es Mr. Cresten überlassen hat, die schlechten Nachrichten zu überbringen.

Ich lasse meine Sporttasche auf den Boden gleiten und warte im Wohnzimmer, als Janelle sich nähert, Veronica hinter ihr.

„Willkommen zu Hause“, sagt sie und versucht sich an einem fröhlichen Tonfall, was aber kläglich scheitert. „Du hast gestern Abend ein tolles Spiel gemacht.“

„Danke“, antworte ich und warte, bis sie weiterspricht.

„Also … ähm … ich hatte Ärger in der Schule“, sagt sie, was ich ihr hoch anrechne. Sie lässt ihren Blick nicht aus Angst oder Verlegenheit sinken.

„Lass mich raten“, sage ich gedehnt und meine Stimme trieft vor Unmut. „Du hast ein Mädchen geschlagen und wurdest eine Woche suspendiert.“

Janelle bleibt der Mund offen stehen. „Mr. Cresten hat dich angerufen.“

„Die wichtigere Frage ist, warum hast du es nicht getan?“, frage ich, aber ich gebe ihr keine Gelegenheit, zu antworten, da meine schwelende Wut wie Lava überfließt. „Wie konntest du so dumm sein, jemanden in der Schule zu schlagen?“

Janelle wird blass und Veronica tritt vor. „Hey, sprich nicht so mit ihr.“

Ich wirble zu Veronica herum und zeige mit dem Finger auf sie. „Du hast kein Mitspracherecht. Du hast deine Grenzen in Janelles Schule völlig überschritten, und es ist deine Schuld, dass sie eine Woche statt nur drei Tage suspendiert wurde. Mr. Cresten war entsetzt, wie du mit ihm gesprochen hast, und es war peinlich für Janelle.“

Veronica errötet, aber es ist Janelle, die antwortet. „Wage es ja nicht, Veronica die Schuld dafür zu geben“, knurrt sie. „Und hör auf, dich wie ein

Arschloch zu benehmen. Das ist unter deiner Würde."

„Ein Arschloch?", knurre ich zurück. „Nachdem, wie sich Veronica gestern im Büro des Direktors verhalten hat, wagst du es, mein Verhalten zu beurteilen?"

„Du hast keine Ahnung, wie sie sich verhalten hat", schreit Janelle, der die Tränen in die Augen schießen. „Weil du nicht dabei warst und nur Mr. Crestens Version der Geschichte kennst. Und offensichtlich hast du ihm geglaubt und scherst dich einen Dreck darum, was wirklich passiert ist."

Diese Worte treffen mich tief, denn sie hat recht. Ich habe ihm geglaubt, aber warum auch nicht?

Andererseits, warum bin ich bei meiner Schwester nicht im Zweifelsfall für den Angeklagten?

Ich sehe Veronica an und weiß, dass sie der Grund dafür ist. Es fällt mir leichter, ihr die Schuld zu geben, weil ich es nicht ertragen kann, dass ich sie geküsst habe und sie seitdem meine Gedanken plagt. Ich glaube, unterbewusst habe ich das als einen Weg gesehen, sie aus unserem Leben zu vertreiben.

„Ich wünschte, ich wäre nie zu dir gezogen!", ruft Janelle. „Wenigstens wusste ich zu Hause genau, womit ich es zu tun hatte."

Janelle dreht sich um, rennt durch das Wohnzimmer, den Flur entlang und im nächsten Moment höre ich ihre Schlafzimmertür zuschlagen.

Seufzend fahre ich mir mit der Hand durch die Haare und mein Blick gleitet zu Veronica. Ich erwarte fast, dass sie Janelle hinterhergeht, denn sie hat eindeutig einen besseren Draht zu meiner Schwester als ich.

Stattdessen kommt sie direkt auf mich zu, legt den Kopf schief und sagt: „Sie hat recht, weißt du."

„Worüber?"

„Du bist wirklich ein Arschloch."

Und damit geht Veronica an mir vorbei, schnappt sich ihre Handtasche vom Tisch im Foyer und geht hinaus. Ich folge ihr schweigend, nur um die Wohnungstür hinter ihr abzuschließen und die Alarmanlage zurückzusetzen.

Mit schweren Beinen mache ich mich auf den Weg zu Janelles Zimmer und klopfe an die geschlossene Tür. Als sie mich nicht hereinbittet, öffne ich die Tür. Janelle sitzt ans Kopfteil gelehnt, auf dem Bett, ein Kissen an die Brust gepresst, die Beine ausgestreckt und überschlagen.

„Ich bin ein Arschloch", sage ich, um das Eis zu brechen.

„Das macht dann drei von uns, die das denken."

Offensichtlich hat sie gehört, dass Veronica mich ebenfalls so betitelt hat, bevor sie gegangen ist.

Vorsichtig betrete ich den Raum, setze mich auf die untere Ecke des Bettes und drehe mich ihr zu. „Erzählst du mir, was passiert ist?"

Finster sieht mich meine Schwester an. „Willst du das wirklich wissen? Denn du bist sehr gut darin, voreilige Schlüsse zu ziehen, ohne die ganze Geschichte zu kennen."

Ich bin klug genug, um zu verstehen, dass sie damit nicht nur den Vorfall mit Mr. Cresten meint. Sie weist darauf hin, dass ich jede Situation mit Veronica immer wieder falsch einschätze, und obwohl ich noch nicht alle Fakten kenne, gehe ich davon aus, dass ich das schon wieder getan habe.

„Ja, ich will es wirklich wissen", versichere ich ihr. „Du hast recht. Ich habe mich nur auf eine Geschichte verlassen, und das war dir gegenüber nicht fair."

„Oder Veronica gegenüber", blafft sie.

„Oder Veronica gegenüber", gebe ich widerwillig zu.

Widerwillig, denn ich bin immer noch hin- und hergerissen, was ich mit ihr machen soll. Ich habe das Gefühl, dass ich keinen Fehler mehr an Veronica finden werde, sobald Janelle mir erzählt hat, was in der Schule passiert ist. Und ich möchte ihr wirklich, wirklich etwas vorwerfen können, damit ich die Sache aufhalten kann.

Was aufhalten?, stachelt mich mein Unterbewusstsein. *Wie kannst du nur denken, dass es da etwas zu stoppen gibt?*

Verpiss dich, erwidere ich.

„Erzähl mir, was passiert ist, damit ich weiß, wie heftig ich mich entschuldigen muss", sage ich trocken, was ihr ein kleines Lächeln entlockt.

Als Janelle schließlich Wort für Wort erzählt, was in Crestens Büro passiert ist, bin ich bereit, zu ihm zu gehen und ihm in den Hintern zu treten, weil er sich weigert, ihre Seite der Geschichte anzuhören. Außerdem habe ich das dringende Bedürfnis, Veronica eine Belobigungsmedaille oder so etwas zu verleihen, weil sie mit diesem Idioten besser fertig geworden ist, als ich es je hinbekommen hätte.

Janelle und ich haben nie darüber gesprochen, wie man mit Mobbern umgeht. Sie ist noch nicht lange hier, und soweit ich weiß, hat sie bisher keine Probleme gehabt. Natürlich habe ich sie nie gefragt, und seit sie bei mir eingezogen ist, ist sie nicht gerade eine Plaudertasche. Wie auch immer, es gibt bestimmte Bedingungen für Gewaltanwendung, aber sie sollte nie die erste Wahl sein.

Es sei denn, du bist ich, stehst auf dem Eis und jemand lässt seine Handschuhe fallen, um einen Fight anzuzetteln. Dann werde ich zuschlagen, ohne Fragen zu stellen.

„Verrätst du mir, was so schrecklich war, dass du dachtest, die beste Art, damit umzugehen, wäre, das Mädchen zu schlagen?“, frage ich vorsichtig.

Janelle zuckt mit den Schultern und zum ersten Mal senkt sie den Blick.

„Ging es um Mom und Shep?“

Sie nickt, den Blick auf ihren Schoß geheftet.

„Du musst dich für nichts schämen“, erinnere ich sie.

„Ich weiß“, flüstert sie und richtet ihren Blick auf mich. „Aber ich habe die Geschichte einem Mädchen erzählt, von dem ich dachte, es wäre meine Freundin. Die Einzige, die nett zu mir war.“

„Und sie hat es jemand anderem erzählt?“

„Schlimmer als das." Sie sackt zurück gegen das Kopfteil. „Sie hat es allen erzählt. Als ich vor zwei Tagen in die Schule kam, haben alle getuschelt und mich verspottet. Als ich sie darauf angesprochen habe, ist sie vor allen Leuten auf mich losgegangen. Sie sagte, ich sei eine dumme Hinterwäldlerin, die sich nur wichtigmachen will. Da bin ich durchgedreht. Ich kann mich nicht einmal mehr daran erinnern, dass ich bewusst den Entschluss gefasst habe, es zu tun, aber ich habe ihr eine reingehauen, direkt auf den Mund. Ich habe sie so hart getroffen, dass sie auf den Hintern gefallen ist, und es tut mir kein bisschen leid."

Ich bin sowohl entsetzt, dass Janelle wegen ihrer schrecklichen Vergangenheit, die sie mit jemandem geteilt hat, gemobbt wird, als auch stolz, dass sie das Mädchen geschlagen hat. In diesem Fall hätte ich genau dazu geraten, wenn ich dabei gewesen wäre. Ich weiß, dass das kein guter elterlicher Rat wäre, aber scheiß auf den Versuch, mit rotznäsigen, selbstverliebten Gören zu diskutieren.

Wenn ich Janelle so betrachte, stelle ich fest, dass sie mir ähnlicher ist als unserer Mom, und ich wundere mich, denn unsere Mutter ist ein mieses Vorbild und sie hat sich trotzdem toll entwickelt.

„Hört sich an, als hättest du ein paar meiner typischen Kinnhaken gesehen", sage ich neckend und greife nach ihrer rechten Hand, um die Schrammen zu untersuchen. Ich fahre mit dem Finger über die ersten beiden abgeschürften Knöchel, dann über die nächsten drei, die keine Wunde haben. „Schau mal, du hast den Schlag mit den ersten beiden Fingerknöcheln ausgeführt, so wie man es auch tun sollte. Das ist der stärkste Teil deiner Hand, denn die anderen Knochen können brechen, wenn du mit voller Wucht zuschlägst. Gut gemacht."

Janelle lächelt, zieht ihre Hand zurück und dreht sie, um sie zu untersuchen. Als sie mich ansieht, sagt sie: „Tut mir leid, dass ich suspendiert wurde."

„Bist du nicht mehr." Ich stehe vom Bett auf. „Ich habe Cresten dazu gebracht, die ganze Sache rückgängig zu machen."

„Wie?", fragt sie und setzt sich in den Schneidersitz.

„Ich habe angeboten, Geld zu spenden, aber verfickt noch mal, ich gebe dieser Schule keinen Penny. Du gehst da nicht mehr hin."

„Nicht?" Ihre Augen sind weit aufgerissen, und ich kann an ihrem Gesichtsausdruck erkennen, dass sie nicht weiß, ob das gut oder schlecht ist.

„Was würdest du davon halten, auf die Phoenix Fine Arts Highschool zu gehen?", frage ich.

„Wirklich? Das wäre toll!", ruft sie und springt vom Bett auf.

Dort hätte sie eigentlich hingehen sollen, als wir hierhergezogen sind, aber alle haben von der Privatschule geschwärmt, auf die sie jetzt geht. Dass sich die Highschool der Förderung der künstlerischen Talente ihrer Schüler widmet, erfuhren wir erst, als sie schon auf der Clair Ridge war. Janelle ist eine begabte Künstlerin und sie gehört dorthin.

„Ich werde Dominik anrufen und sehen, was er tun kann, damit du ab nächster Woche hingehen kannst. Es könnte ein paar Tage dauern, aber ich bin sicher, dass es kein Problem sein wird."

Ich bin nicht darauf vorbereitet, dass Janelle sich auf mich stürzt, die Arme um meinen Nacken legt und mich so fest umarmt, dass ich fast ersticke.

„Danke, dass du hinter mir stehst."

„Ich werde immer hinter dir stehen." Ich drücke sie sanft und schiebe sie dann ein Stück zurück, damit ich sie ansehen kann. „Du wolltest doch nicht ernsthaft zurück zu Mom?"

„Gott, nein", sagt sie entsetzt. „Ich war nur wütend."

„Gut." Ich lege meine Hände auf ihre Schultern. „Denn ich kann dich nicht zurückgehen lassen, selbst wenn du es wolltest."

„Ich weiß", sagt sie, ohne einen Hauch von Traurigkeit zu zeigen. Sie mag unsere Mutter vermissen, aber das wird niemals deren Verrat an Janelle aufwiegen.

„Okay", sage ich und lasse sie los. „Kommst du hier allein zurecht?"

Janelle rollt mit den Augen. „Ich bin siebzehn, nicht zehn."

„Klugscheißer", antworte ich liebevoll und wende mich ab zur Tür. „Weil ich die Sache mit Veronica in Ordnung bringen muss."

„Du gehst zu ihr?“, fragt sie neugierig und folgt mir in den Korridor.

„Ich bezweifle, dass sie meinen Anruf entgegennimmt“, murmle ich. „Außerdem hat sie eine persönliche Entschuldigung verdient.“

„Du solltest Blumen mitbringen“, schlägt Janelle vor.

Ich werfe ihr einen Blick über die Schulter zu und runzle die Stirn bei dem Gedanken. „Was? Auf keinen Fall. Sie bekommt eine Entschuldigung, keine Blumen.“

„Blumen sind eine gute Art, sich zu entschuldigen“, kontert sie, während ich den Alarmcode eingebe.

Ich öffne die Tür und sehe Janelle an, als ich rausgehe. „Keine Blumen. Schließ die Tür ab und schalte den Alarm ein, wenn ich gehe.“

„Ja, Dad“, sagt sie gedehnt, grinst aber, bevor ich die Tür ganz schließe.

***

Ich bin noch nie bei Veronica gewesen, aber ich habe ihre Adresse und alle möglichen Kontaktinformationen. Sie hat sie mir gegeben, als wir vereinbart haben, dass sie Janelle in ihrer Wohnung unterbringt, wenn ich weg bin. Als ich die Lobby betrete, ist mir nicht klar gewesen, dass Veronicas Wohnung das gesamte oberste Stockwerk einnimmt. Das teilt mir der Concierge des Gebäudes mit, als er in Veronicas Wohnung anruft.

„Ein Mr. Nadeau möchte Sie sprechen, Ms. Woodley“, sagt er ins Telefon.

Was immer Veronica sagt, lässt den Mann erröten. „Natürlich, Ms. Woodley.“

Er legt den Hörer auf, schluckt schwer und sieht mich an. „Es tut mir leid, Sir, aber Ms. Woodley will Sie nicht empfangen.“

„Hat sie das gesagt?“, frage ich zweifelnd.

„Nein, Sir. Sie hat eine Menge Schimpfwörter benutzt, aber im Grunde ist es dieselbe Antwort.“

Hm. Sie wird es mir schwer machen. Ich lächle den Concierge an, bevor ich mein Handy herausziehe. Ich feuere eine kurze Nachricht an Veronica raus. *Lass mich hochkommen oder ich verschwinde und setze Janelle direkt in ein Flugzeug zurück nach West Virginia.*

Ich drücke auf Senden und mache mich auf den Weg zum Ausgang. Ich bin nur ein paar Schritte weit gekommen, als das Telefon in der Lobby klingelt und der Concierge nach mir ruft.

„Mr. Nadeau, warten Sie. Ms. Woodley hat es sich anders überlegt und wird Sie jetzt empfangen.“

Ich lächle teuflisch, verkneife es mir dann aber, bevor ich mich umdrehe. Ich stecke mein Handy weg und nehme eine Karte mit einem temporären Passcode für den Aufzug entgegen, der mich in die oberste Etage bringt, direkt in Veronicas Wohnung.

Als die Aufzugskabine anhält und die Türen aufgleiten, steht Veronica da, die Arme vor der Brust verschränkt, und funkelt mich an.

„Du hast echt Nerven, hierherzukommen, nachdem …"

„Das geht so nicht", sage ich, unterbreche ihre Tirade und gehe direkt auf sie zu. Ihre Augen leuchten kurz auf, bevor sie sich schließen, weil ich sie küsse.

Jesus … es ist nicht meine Absicht gewesen, das zu tun. Aber jetzt, wo mein Mund auf ihrem liegt, ihre Hände sich um meinen Nacken schmiegen und eines ihrer Beine um mich geschlungen ist – und yep, meine Hände auf ihrem Hintern liegen – , kann ich mich nicht mehr daran erinnern, warum ich überhaupt hergekommen bin.

Was auch immer es gewesen ist, es interessiert mich gerade nicht. Ihr Körper fühlt sich zu gut an, wenn er sich an mich presst, und es ist an der Zeit, mir einzugestehen, dass ich sie wie keine andere will, egal, was ich von der Frau halte.

Mit den Händen packe ich ihren Hintern, um sie hochzuheben, und ihre Beine legen sich locker um meine Taille. Ich wende mich nach rechts, zur nächstgelegenen Wand, und drücke sie mit dem Rücken dagegen. Mein Becken presst gegen sie, und ich weiß, dass sie genau spüren kann, wie sehr ich sie will.

Veronica holt Luft und wackelt mit den Hüften, sodass sie sich an mir reibt. Ich küsse sie härter und sie erwidert den Kuss wild.

Ich schaffe es, meinen Mund von ihr zu reißen, lehne meine Stirn gegen ihre und sage mit schnellem Atem: „Wenn wir jetzt nicht aufhören, werde ich dich ficken."

Veronicas Lippen sind geschwollen, ihre Augen leuchten und ihre Haut ist gerötet. Bei meiner Androhung zuckt sie nur die Schultern.

„Von mir aus. Ich hatte schon sehr lange keinen Sex mehr."

Nun, ich schon. Auf dem letzten Roadtrip habe ich jemanden abgeschleppt, aber das gesamte Erlebnis war nichts im Vergleich dazu, wie verdammt heiß dieser Kuss mit Veronica gewesen ist, während sie an die Wand gepresst war.

„Außerdem", sagt sie, neigt den Kopf und fährt mit ihren Lippen an meinem Kinn entlang, was mir ein Kribbeln über den Rücken jagt, „wäre es ja nur ein Hassfick."

Ich sehe sie an. „Ein Hassfick?"

„Ja", antwortet sie mit einem Stirnrunzeln. „Ich meine, was sollte es sonst sein? Du magst mich nicht, ich mag dich nicht. Ein Hassfick."

„Ich hasse dich nicht", sage ich empört.

„Ich dich auch nicht. Also nennen wir es einen Ich-mag-dich-nicht-Fick, wenn dir das besser gefällt."

Ich überlege kurz und entscheide dann, dass es sich richtig anhört. Dann zucke ich leicht mit den Schultern, bevor ich ihren Mund für einen weiteren weltenerschütternden Kuss nehme.

„Bitte sag mir, dass du Kondome hast“, haucht sie mir in den Mund.

Fuck. Ich ziehe mich wieder zurück und sehe sie an. „Ich habe keins. Ich bin nicht mit der Absicht hierhergekommen, dass wir das tun würden.“

Sie zieht die Augenbrauen zusammen. „Aber haben nicht alle Männer eins in der Tasche? Für alle Fälle?“

„Nein, das machen nicht alle Männer“, weise ich sie zurecht. In Wahrheit hatte ich eins in der Hosentasche, aber ich habe es auf der letzten Reise benutzt.

Veronica seufzt bedauernd, während ich sie auf den Boden hinunterlasse. Der Moment ist vorbei, und ich bezweifle, dass er noch einmal wiederkommt.

Unsere Hände lösen sich voneinander und sie rückt ihre Kleidung zurecht. Sie räuspert sich und sagt: „Also, warum bist du hier?“

Die Hitze ist aus ihr gewichen, aber bevor sie sich daran erinnert, dass sie sauer auf mich war, nutze ich die Gelegenheit und erwidere: „Ich wollte mich dafür entschuldigen, wie ich dich bei mir zu Hause behandelt habe. Mir war nicht klar, dass es zwei sehr unterschiedliche Seiten der Geschichte gibt, aber Janelle hat mich aufgeklärt.“

Sie sagt kein Wort, sondern mustert mich nur kühl.

„Und ich möchte dir dafür danken, wie du damit umgegangen bist. Dass du Janelle verteidigt hast. Zuerst dachte ich, du wärst zu weit gegangen, aber in Wirklichkeit hast du sie besser geschützt, als ich es vielleicht hätte tun können. Ich kann nicht sagen, ob ich den Mann so konfrontiert hätte."

Veronica blinzelt überrascht über mein Kompliment. „Danke, dass du das sagst."

Ich nicke bestätigend. „Ich nehme Janelle von dieser Schule und werde sie auf die Phoenix Fine Arts Highschool schicken."

Veronicas Gesicht erhellt sich und für einen Moment bin ich sprachlos und von ihrer Schönheit absolut geblendet. Ich meine, sie ist so oder so eine hinreißende Frau, aber wenn sie wahre Freude ausstrahlt, ist sie einfach faszinierend.

„Das ist fantastisch", schwärmt sie. „Janelle ist so begabt im Zeichnen."

„Ich weiß", antworte ich mit einem liebevollen Grinsen. „Ich habe Hunderte von Zeichnungen, die sie mir über die Jahre geschickt hat. Ich hätte mir die Zeit nehmen sollen, ihre Schule besser auszuwählen, aber das werde ich Anfang nächster Woche nachholen."

„Du bist ein guter Bruder", sagt sie leise, aber ich sage nichts dazu.

Es fällt mir sehr schwer, Janelle gegenüber das Richtige zu tun. Bisher scheint Veronica einen viel besseren Draht zu ihr zu haben als ich, und sie hat mehr für ihr Glück hier getan. Ich habe noch viel aufzuarbeiten.

„Nun, ich gehe jetzt besser." Es ist total unangenehm, dass wir gerade noch ficken wollten und ich jetzt gehe. Aber es gibt keinen Grund, zu bleiben, denn sie hat recht … wir mögen uns nicht.

„Okay", sagt sie, und ich gehe zum Aufzug. „Warte … Riggs."

Ich schaue sie an, und am Tonfall ihrer Stimme erkenne ich, dass ihr Zögern nicht das Geringste mit Küssen oder Sex zu tun hat. Sie klingt besorgt.

„Ich will nicht neugierig sein und du musst mir auch keine Details erzählen, aber Janelle hat gesagt, dass sie einer Freundin etwas aus ihrer Vergangenheit anvertraut hat, die es dann in der Schule verbreitet hat."

„Das stimmt", bestätige ich.

„Ich muss nicht wissen, was passiert ist, und ich gehe davon aus, dass Janelle es mir sagen wird, wenn sie will. Aber hat sie mit einer Art Trauma zu kämpfen, von dem ich zumindest wissen muss, damit ich sie besser schützen kann?"

Ich habe das nicht erwartet, aber mir wird warm ums Herz wegen der Sorge, die sie um meine Schwester zeigt. Es berührt mich tiefer, als ich es mir hätte vorstellen können.

Ich gehe einen Schritt auf sie zu und erkläre: „Es ist nicht wirklich ein Geheimnis und nein, es ist kein tiefes Trauma. Es hätte eins werden können, aber ich habe sie da rausgeholt."

„Sie war nicht sicher bei eurer Mutter?", vermutet sie.

„Bei dem neuen Mann meiner Mom, Shep", stelle ich klar. „Mom hat ihn kennengelernt und nach ein paar Wochen geheiratet. Keine zwei Tage nach dem Einzug in das Haus hat er versucht, sich an Janelle heranzumachen."

„O mein Gott." Veronica keucht erschrocken auf und legt eine Hand an ihren Hals. „Hat er ...?"

Ich schüttele den Kopf. „Sie hat ihn abgewehrt. Es ist ihr gelungen, ihr Physikbuch in die Hände zu bekommen, das ziemlich dick war, und sie hat ihm damit ins Gesicht geschlagen. Dann hat sie ihm in die Eier getreten."

„Und sie hat dich angerufen, damit du sie abholst?"

Ich verziehe bitter das Gesicht. „Nein. Sie hat meiner Mutter erzählt, was passiert ist, und die wollte ihr nicht glauben. Dann rief sie mich an, und ich nahm das nächste Flugzeug, um sie abzuholen. Sie übernachtete bei einer Freundin, und am nächsten Tag packte ich sie ein und nahm sie mit zu mir."

„Hat sich deine Mom dagegen gewehrt?"

„Ich habe ihr einen Scheck überreicht, der hoch genug war, dass sie nicht groß um ihre Tochter kämpfen wollte", sage ich angewidert.

Veronica nickt nachdenklich und bringt ein Lächeln zustande. „Du bist ein guter Bruder", sagt sie, eine Wiederholung von vorhin, aber mit mehr Nachdruck – so, als würde sie es wirklich glauben.

„Ich arbeite noch daran", räume ich ein und wende mich wieder dem Aufzug zu. Ich frage mich kurz, was passieren würde, wenn ich in den nächsten Supermarkt gehen und eine Schachtel Kondome besorgen würde. Würde sie mich hereinbitten, wenn ich mit ihnen in der Hand auftauchen würde?

Höchstwahrscheinlich nicht. Die Stimmung ist kaputt.

Ich tippe auf den Knopf, um die Fahrstuhltüren zu öffnen, und erinnere mich daran, sie zu fragen, während ich über meine Schulter zu ihr schaue: „Magst du Mittwochabend immer noch auf Janelle aufpassen?“

Wir haben ein Spiel in Vegas.

„Natürlich“, sagt sie. „Und außerdem wollte ich etwas fragen. Nächsten Samstag findet das monatliche Familientreffen statt und ich würde Janelle gern mitnehmen. Ich habe eine Menge Cousins und Cousinen, einige in ihrem Alter, und ich dachte, es wäre eine gute Gelegenheit für sie, neue Freunde zu finden.“

„Familientreffen?“, frage ich und finde es seltsam, dass so etwas monatlich stattfindet.

„Meine Familie ist riesig und steht sich sehr nah. Wir treffen uns einmal im Monat, einfach so, um Spaß zu haben. Wir feiern auch alle Feiertage und Geburtstage zusammen. Sogar den Murmeltiertag.“

„Du machst Witze.“

„Ja, das mit dem Murmeltiertag war ein Scherz, aber wir haben wirklich am Samstag ein großes Treffen. Darf sie mit?“

„Ähm, ja, klar. Wenn sie will.“

„Du bist auch herzlich willkommen“, sagt sie höflich.

„Danke, aber nein“, erwidere ich, ohne über das Angebot nachzudenken. Je mehr Zeit ich mit Veronica verbringe, desto mehr mag ich sie, und das kann für jemanden wie mich nur Ärger bedeuten.

Kapitel 13

Veronica

„Ihr macht das jeden Monat?“, fragt Janelle erstaunt, als sie sich im Garten meiner Großmutter umsieht.

Es sind mindestens fünfzig Leute hier, und im Laufe der nächsten Stunde werden noch etwa fünfundzwanzig weitere nach und nach hinzukommen. Unsere monatlichen Woodley-Familientreffen sind nachmittägliche Angelegenheiten, gefüllt mit Essen, Alkohol für diejenigen, die verantwortungsbewusst genug sind, um einen Fahrer oder Uber-Pläne zu haben, und viel Gelächter. Ich habe die erste halbe Stunde nach unserer Ankunft damit verbracht, Janelle allen vorzustellen und necke sie damit, später alle gehörten Namen bei ihr abzufragen.

„Normalerweise öfter als einmal im Monat, weil jemand Geburtstag hat oder ein anderer Feiertag ansteht. Wir sind eine Familie, die immer für eine Party zu haben ist.“

Janelle lächelt. „Genau so fühlt es sich an. Eine Party, auch wenn nichts Bestimmtes gefeiert wird.“

„Au contraire“, sage ich und lache. „Wir feiern, dass wir Woodleys sind.“

Meine Großmutter Katherine – die je nach Laune auch auf Kat, Kate, Katie oder Kathy reagiert – heiratete 1961 unseren Familienpatriarchen Levon

Woodley. Zwischen 1962 und 1972 bekamen sie sieben Kinder. Mein Dad, Jason, ist das mittlere Kind.

Mein Vater heiratete meine Mutter Lila 1995 und ist das einzige Kind, das nicht in die Fußstapfen seiner Eltern trat: Er und meine Mom bekamen nur ein Kind– mich –, und nicht eine ganze Schar wie meine drei Tanten und drei Onkel. Die haben zusammengezählt, nämlich insgesamt sechsundzwanzig Kinder. Während mein Großvater Levon vor zwei Jahren verstorben ist, sind alle anderen in der Familie noch am Leben und zeugen munter weiter. Das erklärt, dass wir bei jedem dieser Treffen etwa fünfundsiebzig Leute sind, wenn man Ehepartner und Kinder mit einbezieht.

„Du hast so ein Glück." Janelle seufzt, während sie ihre Gabel in ihren Nudelsalat steckt.

Wir sitzen an einem der vielen Tische, die im Garten aufgestellt sind, und im Moment sind wir nur zu zweit. Es ist ein bisschen kühler als gewöhnlich im Januar in Phoenix, die Temperatur erreicht höchstens fünfzehn Grad. Trotzdem ist draußen immer noch der beste Ort, um sich aufzuhalten, da Grandma Katie in ihrem kleinen modernen Haus im Pueblo-Stil einfach nicht den Platz für so viele Leute hat. Es ist das charmanteste Ding, das je aus weißem Lehm gebaut wurde, mit gewölbten Türöffnungen und schweren, frei liegenden Balken, aber mit nur etwa hundertachtzig Quadratmetern ist es zu eng für unsere große Familie.

Das Essen wird von allen Anwesenden beigesteuert. Jeden Monat wird eine Excel-Liste herumgeschickt, und mein Beitrag heute ist ein Chicken-Burrito-Auflauf. Zu meiner Überraschung hatte Janelle, als ich sie abgeholt habe, einen großen Korb mit Butterhörnchen vorbereitet, was wirklich nicht nötig gewesen wäre.

Riggs war nicht da, und als ich beiläufig nachgefragt habe, hat sie mir erzählt, dass er ins Fitnessstudio gegangen ist, aber bald wieder zurückkäme. Ich weiß nicht, ob ich erleichtert oder enttäuscht war, da ich ihn seit einer Woche nicht mehr gesehen habe.

Seit er mich das letzte Mal geküsst hat – schon wieder –, sind wir sehr nah dran gewesen, eine Grenze zu überschreiten, was höchstwahrscheinlich eine schreckliche Entscheidung gewesen wäre. Ich bin froh, dass er keine Kondome dabei hatte.

Mehr oder weniger.

Vielleicht auch nicht.

Ich weiß es nicht, aber ich weiß, dass mich noch nie jemand so sehr durcheinandergebracht hat wie Riggs Nadeau.

Umso verwirrender ist es, dass ich, bevor wir gegangen sind, einen Zettel für Riggs auf dem Küchentisch hinterlassen habe.

Wenn du deine Meinung änderst, komm zu uns. Das Essen wird ausgezeichnet sein und die Gesellschaft noch besser.

Ich habe nicht mit meinem Namen unterschrieben, aber die Adresse von Grandma Katie hinterlassen. Ich habe keine Hoffnung, dass Riggs auftauchen wird. Er mag sich vielleicht bemühen, mehr mit seinen Mannschaftskameraden zu unternehmen, aber er hat keinen Grund, mit meiner Familie zusammen zu sein.

Nach unserem letzten Treffen, das peinlich endete, hat er allen Grund, mir aus dem Weg zu gehen.

„Wie war der Rest deiner Schulwoche?", frage ich, während ich meinen Löffel in eine Schüssel mit Onkel Abes Alarmstufe-fünf-Chili tauche.

Janelle hat am Dienstag an der Fine Arts Highschool angefangen. Sie ist am Mittwochabend bei mir geblieben, während Riggs bei einem Spiel in Vegas war, und vor Begeisterung nahezu übergesprudelt, so gut hat es ihr gefallen. Aber den Rest der Woche habe ich sie nicht mehr gesehen, da mein Studium begonnen hat. Es ist hektisch gewesen.

„Läuft immer noch super", sagt Janelle, nachdem sie ihren Bissen heruntergeschluckt hat. Sie hat sich für die geräucherten Rippchen meines Cousins Chappy entschieden und nimmt sich ein weiteres. „Die Schüler dort sind viel netter. Nicht so hochnäsig."

„Das freut mich." Ich betrachte die junge Frau, während sie in das Rippchen beißt. Es gibt einen Grund, warum sie in mein Leben getreten ist, und vielleicht auch umgekehrt, und ich genieße es so sehr, sie kennenzulernen. Sie hat mir einen Teil zu einem erfüllten Leben geschenkt, von dem ich nicht wusste, dass ich es brauche.

Eine Welle der Zuneigung trifft mich besonders intensiv, als ich mich an ihren Aufenthalt letzten Mittwoch erinnere. Während Riggs mir nur das Nötigste darüber erzählt hat, warum sie bei ihm ist, hat Janelle mir den Rest erzählt. Offenbar ist der Stiefvater, der versucht hat, sich an sie ranzumachen, der dritte Ehemann ihrer Mutter. Der erste war Riggs' Dad, der in Louisiana lebt, der zweite war ihr Vater Bruce, der vor ein paar Jahren gestorben ist. Und jetzt ist da dieser Idiot namens Shep, der glaubt, wenn er in die Familie einheiratet, kann er auch Janelle haben.

Es schmerzt mich, dass Janelles Mutter ihr nicht geglaubt hat, was passiert ist. Riggs hat versucht, sie dazu zu bringen, es der Polizei zu melden, aber Janelle hat sich geweigert, vor allem, weil Sheps Vater Hilfssheriff ist. Es war ihr klar, dass das nichts bringen würde, und außerdem sagte sie mit einem Kichern: „Er war am Ende derjenige, der in dieser Nacht körperlich verletzt wurde. Nicht ich."

„Ich bin froh, dass du Riggs anrufen konntest", habe ich geantwortet. Wir hatten es uns in meinem Bett gemütlich gemacht und uns einen Becher Ben-&-Jerry's-Eiscreme geteilt.

„Ich kann mich immer auf ihn verlassen", sagte sie, und obwohl ich weiß, dass das stimmt, weiß ich auch, dass ihre Beziehung noch etwas gehemmt ist. Ich kann mir vorstellen, dass sich das mit der Zeit bessern wird.

Ich bin enorm neugierig auf Riggs' Background. Denn obwohl zwischen ihm und Janelle elf Jahre liegen, muss es eine Zeit gegeben haben, in der Riggs der nicht so guten Erziehung durch seine Mutter und Janelles Vater ausgesetzt war, der, wie sie sagte, Alkoholiker war.

Aber ich habe Janelle nicht weiter danach ausgefragt und akzeptiert, was sie mir erzählen wollte. Ich habe so viel Mitgefühl für sie, und wohl auch für Riggs, weil ihr Familienleben so gegensätzlich zu meinem ist.

„Wie sind Chappys Rippchen?“, frage ich, während sie lächelnd kaut.

Sie stöhnt genüsslich.

Ich schaue mich auf dem Hof um, wühle mich durch die Horden von Woodleys und entdecke Chappy. Ich nicke in seine Richtung. „Das ist er, in den Jeans und dem rot-karierten Hemd. Er hat Jura studiert und ist viermal durch die Prüfung gefallen. Während er für die fünfte Prüfung gelernt hat, kaufte er mit einem Kumpel einen Foodtruck, weil er ziemlich gut in Sachen BBQ ist. Es war ein sofortiger Erfolg hier in Phoenix. Das Verrückte daran ist, dass er die Prüfung zwar beim fünften Mal bestanden hat, aber kein Anwalt mehr sein wollte. Er ist total glücklich mit seinem Imbisswagen.“

„Das ist eine coole Geschichte“, sagt sie, nachdem sie einen Schluck Limonade getrunken hat. „Wer ist die Frau, mit der er spricht?“

„Eine Cousine. Elisa."

„Warum ist sie so angezogen?", fragt Janelle.

Elisa trägt ihre typische, wie ich sagen würde, schwarze Uniform. Einen leichten, langärmeligen schwarzen Rollkragenpullover, eine schwarze Hose, die sich an ihre schlanke Figur schmiegt, und schwarze flache Schuhe. Ihr Haar ist zu einem Knoten gebunden.

„Sie ist eine Ballerina und trägt immer Schwarz. Sie hat früher für das Arizona-Ballett getanzt und unterrichtet jetzt an einer der größten Tanzakademien in Phoenix."

„Mann, du hast wirklich interessante Leute in deiner Familie", sagt Janelle beeindruckt.

„Warte nur, bis du meine Großtante Persephone kennenlernst", sage ich lachend. Denn niemand ist so interessant wie sie.

„Persephone?" Janelle zieht ihre Augenbrauen hoch. „Das ist ein außergewöhnlicher Name."

„Es ist nicht wirklich ihr Name." Ich beuge mich verschwörerisch vor. „Ihr richtiger Name ist Alice, aber sie hat sich vor etwa fünfzehn Jahren in Persephone umbenannt, also nennen wir sie auch so. Viele in der Familie sagen, sie sei ein bisschen verrückt, aber ich sehe sie eher als vielseitig an."

Janelle lacht, und ihre Augen leuchten, als sie sagt: „O wow … jetzt verstehe ich es."

„Was verstehst du?", frage ich neugierig.

„Du hast mir erzählt, dass dein Ex-Mann deine Familie nicht mochte und nach eurer Heirat nicht gern mitgekommen ist."

„Das stimmt“, antworte ich, nicht sicher, worauf sie hinauswill.

„Du hast eine riesige, wunderbar interessante Familie. Mit Leuten, die durch Prüfungen fallen, Ballett tanzen und ihre Namen ändern. Und ich wette, er konnte damit nicht umgehen. Ich wette, er war die Art von Kerl, der denkt, dass sein Geld ihn interessant macht, und ich wette, deine tolle Familie hat sein Ego zu sehr verletzt, als dass er damit umgehen konnte.“

Ich starre sie fassungslos an, denn dass sie das so durchschaut, ist unglaublich. „Du hast den Nagel auf den Kopf getroffen, warum Jace meine Familie nicht mochte.“

„Die Leute sind neidisch auf das, was sie nicht haben können“, sagt Janelle mit einem wissenden Blick. „Verdammt, ich bin auch neidisch auf deine Familie, nur damit du es weißt.“

Ich stupse sie spielerisch an. „Warte damit lieber, bis du Großtante Persephone kennengelernt hast.“

„Hey, Janelle.“

Wir schauen beide nach rechts, als sich eine Handvoll Teenager in Janelles Alter nähert. Die Gruppe wird von Dahlia angeführt, einer sechzehnjährigen Cousine zweiten Grades, die eine erstklassige Fußballspielerin ist.

„Willst du mit uns Cornhole spielen?“

„Gern“, sagt sie fröhlich und dreht sich zu mir um, als wollte sie fragen, ob es in Ordnung ist.

Ich verscheuche sie mit einer Geste und sie verschwindet in der Menge.

Ich bin voll und ganz zufrieden, denn ich habe gewusst, dass sie mit den jungen Leuten hier Spaß haben wird.

Ich widme mich wieder meinem Chili und unterbreche immer wieder für einen Small-Talk mit den Leuten, die an meinem Tisch vorbeikommen. Ich behalte Janelle im Auge, wo sie das Wurfspiel Cornhole aufgestellt haben und zwei mitreißende Speed-Games laufen, Kinder gegen Erwachsene.

Ich beobachte Persephone, die im Gespräch mit Grandma Katie ist. Persephone und Katie sind Schwägerinnen, Persephone ist Levons jüngere Schwester. Die beiden Frauen stehen sich unglaublich nahe und sind im Laufe der Jahre mehr wie echte Schwestern geworden.

Gerade als ich mich wieder meinem Essen zuwenden will, fällt mir etwas anderes ins Auge, und ich zucke zusammen, als ich feststelle, dass Riggs aus der Küche auf die hintere Veranda getreten ist. Er fragt Tante Mollie etwas, ich nehme an, wo er Janelle finden kann, aber sie sieht sich im Garten um und zeigt auf mich.

„Oh, Schätzchen … ist er nicht ein leckeres Sahneschnittchen?“

Ich verdrehe die Augen und entdecke dann meine Cousinen Beth und Carolyn, die ein paar Meter von mir entfernt stehen und Riggs anstarren, als er auf uns zukommt. Ich weiß nicht, ob man ihn mit einem Sahneschnittchen vergleichen kann, aber lecker ist er.

Es ist offensichtlich, dass er auf mich zukommt, und Beth schleicht sich dicht an mich heran und gibt mir einen Klaps auf den Arm. „Ist er dein Date?“

„Was?“, rufe ich aus und verneine dann entschlossen. „Auf keinen Fall.“

„Du musst mich ihm vorstellen“, sagt sie eindringlich, als er näher kommt.

„Vielleicht später“, flüstere ich aus dem Mundwinkel. „Aber jetzt verzieht euch beide.“

Beth kichert. „Oh, du stehst auf ihn. Warum gibst du es nicht zu?“

„Geh weg, bevor ich dich in den Schwitzkasten nehme und dich zum Gehen zwinge“, knurre ich.

Beth und Carolyn lachen laut, aber sie schleichen sich weg, gerade als Riggs ankommt. Er wirft einen Seitenblick in ihre Richtung, und als sein Blick wieder zu mir zurückkehrt, mache ich eine Geste in Richtung meiner Cousinen.

„Falls du ein Date suchst, die beiden sind Single und interessiert.“

„Ich bin nicht auf der Suche“, sagt er rau und geht um den Tisch herum, um den Platz einzunehmen, den Janelle frei gemacht hat. „Außerdem brauche ich mich nur mit dir zu streiten, und schon bekomme ich Sex. Kein Grund für ein Date.“

Schockiert bleibt mir der Mund offen stehen.

Er starrt mich ausdruckslos an. „Was ist? Du weißt, dass das stimmt.“

Ich schließe den Mund und zucke mit den Schultern. „Da hast du recht. Nächstes Mal wäre es aber hilfreich, wenn du ein Kondom dabeihättest."

Riggs lehnt sich in seinem Stuhl zurück und betrachtet die Leute vor ihm, während er lässig sagt: „Ich habe eins in meinem Geldbeutel."

„Ist das dein Ernst?"

„Yep."

Ich lasse den Blick über meine Familienmitglieder schweifen, die lachend und gesellig um mich herumlaufen. Ich kann nicht glauben, dass ich dieses Gespräch mit ihm führe. Ich kann nicht sagen, ob er es ernst meint, ob er mich anmacht oder ob er nur scherzt und kein Kondom dabeihat. Ich habe keine Ahnung, was ich von ihm zu erwarten habe, weil er so ein Rätsel ist, also halte ich es für sicherer, das Thema zu wechseln.

„Ich bin überrascht, dass du gekommen bist", sage ich im Plauderton.

Er antwortet zunächst nicht, da er Janelle ausfindig gemacht hat und ihr Lachen beobachtet, während sie mit den anderen Jugendlichen spielt. „Ich dachte mir, ich sollte mir die Gelegenheit nicht entgehen lassen, an meinem freien Tag etwas Zeit mit Janelle zu verbringen."

„Oh, Mist", rufe ich aus. „Es tut mir so leid."

Riggs blickt mich stirnrunzelnd an. „Was denn?"

„Dass ich sie an deinem freien Tag mitgenommen habe. Natürlich würdest du gern Zeit mit ihr verbringen."

Er hebt eine Hand, um mich zu unterbrechen. „Nein, ist schon okay. Ich möchte, dass sie Spaß hat, und sie wollte wirklich mit dir gehen. Danke, dass du mich eingeladen hast."

„Gern geschehen", antworte ich. Erleichtert, mich doch nicht dazwischen zu drängen. „Willst du etwas essen?"

„Du hast gesagt, es wäre gut."

„Und ich sagte, die Gesellschaft wäre auch gut." Ich lache und erhebe mich von meinem Stuhl. „Komm mit. Es ist unmöglich, alle Gerichte zu probieren, also zeige ich dir die besten Sachen. Wenn du zum Beispiel kein scharfes Essen magst, musst du dich von Onkel Abes Alarmstufe-fünf-Chili fernhalten. Und wenn du Tofu magst, findest du ihn garantiert in allem, was meine Cousine Rita macht."

Riggs lächelt, antwortet aber nicht, sondern bemerkt stattdessen Janelles Blick von der anderen Seite des Gartens. Ihr Gesicht verzieht sich zu einem breiten Begrüßungslächeln und sie winkt ihm zu. Er winkt zurück.

Sie gibt ihm ein Zeichen, zu ihr zu kommen, und zeigt auf die Cornhole-Bretter. Er nickt und tut so, als würde er einen Teller mit Essen halten und essen. Sie zeigt ihm ihr Verständnis mit einem Daumen hoch.

Ich werte das als ein hervorragendes Zeichen dafür, dass sie ihre Kommunikation verbessern, denn sie sind jetzt offenbar vertraut genug miteinander, um ohne Worte auszukommen.

Ich führe Riggs zu den vier Essenstischen und mache ihm Vorschläge. Er ist ein abenteuerlustiger Esser und probiert sogar etwas von Ritas Tofu-Auflauf. Er nimmt eine große Portion von meinem Burrito-Auflauf, obwohl ich ihm gesagt habe, dass es sich um ein ziemlich einfaches Gericht handelt.

Während er seinen Teller belädt, kommen meine Familienmitglieder, um sich vorzustellen. Es hat sich herumgesprochen, dass Janelle die Schwester eines Spielers der Arizona Vengeance ist, und die Leute sind neugierig, ihn kennenzulernen. In meiner Familie gibt es viele Eishockeyfans, aber niemand flippt deswegen in seiner Nähe aus. Er posiert sogar netterweise für ein paar Fotos.

Ich stelle Riggs meinen Eltern vor und schätze mich glücklich, dass ich keine Mutter und keinen Vater habe, die übermäßig darauf erpicht sind, dass ich wieder heirate. Sie werfen mir keine suggestiven Blicke zu und wackeln auch nicht wissend mit den Augenbrauen. Sie versuchen nicht, mich Riggs anzudrehen, sondern betreiben eine leichte, nahezu zurückhaltende Konversation mit ihm, um nicht aufdringlich zu wirken. Riggs antwortet mit Offenheit und Leichtigkeit, was vermutlich eine große Verbesserung gegenüber seiner früheren Zurückhaltung im Umgang mit Menschen ist.

Meine Eltern tun so, als wäre er keine große Nummer, was er sicher zu schätzen weiß, obwohl ich ziemlich sicher bin, dass mich meine Mutter später anrufen und höflich fragen wird, ob wir uns daten.

Ich schnappe mir ein zusätzliches Stück Maisbrot, um mein Chili fertig zu essen, und führe Riggs zurück zum Tisch. Sein Teller ist prall gefüllt und er hält eine Bierflasche fest. Wir lassen uns auf unseren Stühlen nieder, und ich beginne, auf die verschiedenen Familienmitglieder hinzuweisen, so wie ich es bei Janelle getan habe. Ich versuche, zu jeder Person etwas Skurriles oder Interessantes zu sagen, obwohl mein Cousin Percy – den ich sehr liebe – der langweiligste Kerl der Welt ist, also fällt es mir bei ihm schwer. Das Beste, was ich sagen kann, ist: „Er ist ein wirklich guter Steuerberater."

Riggs hört zu, während er isst und an seinem Bier nippt. Er ist zwar kein großer Redner, aber ein sehr guter Zuhörer.

„O nein", flüstere ich, als ich das Kronjuwel unserer Familie auf uns zukommen sehe. Leise murmle ich Riggs zu: „Was auch immer du tust, stimme einfach allem zu, was sie sagt."

Riggs reckt den Hals, hält mit der Gabel auf dem Weg zum Mund inne und runzelt fragend die Stirn.

Schnell informiere ich ihn. „Hier kommt meine Großtante Persephone. Die meisten Menschen haben Angst vor ihr. Ich entschuldige mich im Voraus."

Okay, das ist eine etwas dramatische Ausführung zu der bevorstehenden Vorstellung. Es ist nur so, dass Riggs so ruhig und gelassen ist, dass ich ihn gern ein wenig erschüttert erleben würde. In Wahrheit ist Persephone keineswegs Furcht einflößend, sondern eher auf angenehme Weise verstörend, und ich kann mir niemand besseren vorstellen, um ihn zu erschüttern. Ich freue mich schon darauf.

Alice „Persephone" Woodley ist nicht nur lediglich eine Person und meine Großtante. Sie ist eine echte Marke, die sich vor fünfzehn Jahren neu erfunden hat. Sie ist dreiundachtzig Jahre alt und war noch nie verheiratet. Aber wenn man ihr zehn Minuten Zeit gibt, um über ihr Leben zu sprechen, wird sie erzählen, dass sie im Laufe der Jahrzehnte unzählige Liebhaber hatte, sowohl männliche als auch weibliche. Sie wird sogar so weit gehen, zu sagen, dass sie jetzt einen hat, der dreißig Jahre jünger ist. Ich weiß nicht, ob das stimmt oder nicht, da ich den besagten Herrn noch nie getroffen habe, aber ich hoffe, dass es wahr ist. Jeder hat es verdient, etwas zu haben, was ihn glücklich macht.

Es gibt Mitglieder der Familie, die eher konservativ sind, und viele von ihnen glauben, dass Tante Persephone ein bisschen verrückt ist. Die meisten von uns erkennen in ihr jedoch einen abenteuerlustigen Geist, der gern seine Andersartigkeit zur Schau stellt. Sie sagt zwar die abgedrehtesten Dinge, und man wird bei fast allem ungläubig die Augenbrauen hochziehen, aber wenn man sie mit Vorsicht genießt, wird man verstehen, dass sie ganz normal ist, nur ein bisschen exzentrisch.

„Sieh an, sieh an, sieh an“, säuselt Persephone, als sie sich dem Tisch nähert und Riggs ganz offen von oben bis unten mustert.

Sie ist wie eine Esoterikerin gekleidet, in ein langes, fließendes Kleid in sattem violett und burgunderrot, mit einer Silberkette an ihrer schmalen Taille. Sie trägt einen schwarzen Strickschal mit Glöckchen an den Quasten, die beim Gehen leise klingeln. Dazu große silberne Ohrringe und ein Tuch, das sie sich um das schüttere Haar gebunden hat. Und um zu zeigen, dass sie immer noch eine moderne Frau ist, hat sie ein Nasenpiercing mit einem kleinen Diamanten.

Ich erfreue mich kurz an Riggs' Schockstarre, bevor er seinen Gesichtsausdruck in den einer höflichen Begrüßung verwandelt.

„Du bist ja ein cooler Typ“, sagt Persephone, als sie ihm gegenüber stehen bleibt.

„Da bin ich nicht so sicher“, entgegnet er gedehnt und bietet seine Hand an. „Ich bin Riggs.“

Anstatt sie zu schütteln, ergreift sie sein Handgelenk und dreht seine Handfläche nach oben. Sie fährt mit einem leuchtend rot lackierten Fingernagel eine der Linien entlang und murmelt: „Deine Potenzlinie verläuft sehr lang und tief.“

Eine Mischung aus einem verlegenen Stöhnen und einem amüsierten Kichern dringt aus meiner Kehle. Riggs wirft mir einen Blick zu und ich zucke hilflos mit den Schultern.

Persephone fährt eine weitere Linie nach. „Da ist aber auch viel Schmerz.“

Okay, jetzt wird es ein bisschen zu persönlich. Nicht, dass das Gerede über seine Potenz nicht persönlich gewesen wäre, aber da ich weiß, dass Janelle und Riggs aus nicht einfachen Verhältnissen stammen, stoppe ich das hier lieber mal.

„Genug mit dem Handlesen." Ich ziehe Riggs' Hand aus Persephones Griff. „Hast du dir schon etwas zu essen genommen?", frage ich meine Tante, um das Thema zu wechseln.

Sie wirft mir ein schelmisches Grinsen zu, denn sie weiß genau, dass ich sie nicht aufhalten kann, wenn sie den Kerl, der neben mir sitzt, herausfordern will. Aber sie beschließt, brav zu sein und Riggs in Ruhe zu lassen.

Mit einer Handbewegung Richtung Terrasse sagt sie: „Ich warte auf Steve. Er sollte jeden Moment hier sein."

„Steve?", fragt Riggs. „Dein Mann?"

Persephone rümpft hochmütig und leicht beleidigt die Nase. „Als ob ich jemals so tief sinken würde, zu heiraten. Nein, Steve ist mein Liebhaber. Er ist erst dreiundfünfzig Jahre alt."

Leider hat Riggs gerade einen Bissen von meinem Chicken-Burrito-Auflauf genommen und verschluckt sich nun daran. Ich klopfe ihm auf den Rücken, und nach ein paar Schlucken Bier hat er sich wieder unter Kontrolle.

Persephone lächelt triumphierend, weil sie weiß, dass sie ihn aus der Fassung gebracht hat.

„Nun, meine Lieben, ich muss jetzt weiter. Noch mehr Leute verwirren."

Ich lache vergnügt. „Ich liebe dich, Tante Persephone."

Sie zwinkert mir zu. „Ich liebe dich auch." Dann sieht sie Riggs an. „Über dich werde ich mir ein Urteil vorbehalten."

Riggs beobachtet sie beim Weggehen, und als sie außer Hörweite ist, sagt er: „Ich hoffe, du nimmst es mir nicht übel, aber sie ist ohne Zweifel die seltsamste und zugleich faszinierendste Person, die ich je getroffen habe."

„Das beleidigt mich nicht und sie würde es als Kompliment auffassen. Du kannst es ihr gern selbst sagen, bevor du gehst."

„Vielleicht werde ich das", sagt er und widmet sich wieder seinem Essen.

Nachdem Riggs gegessen hat, machen wir uns auf den Weg zum Cornhole-Spiel und er schließt sich den Gegnern von Janelle an. Sie ist genauso ehrgeizig wie er und es wird Blödsinn geredet. Zum ersten Mal, seit ich sie kenne, scheinen sie sich völlig wohlzufühlen. Es ist eine Freude, sie dabei zu beobachten.

Ich mische mich unter die Leute, unterhalte mich mit meinen Familienmitgliedern und erfahre, was in deren Leben so vor sich geht. Ab und zu treffe ich auf Janelle oder Riggs. Mir ist aufgefallen, dass er sich mit verschiedenen Mitgliedern des Woodley-Clans unterhält und manchmal drei, vier, fünf Leute um sich herum in ein Gespräch verwickelt. Ich spiele sogar eine Partie Cornhole gegen Riggs und frage mich, ob er mich genauso abcheckt, wie ich ihn abchecke, wenn er sich leicht nach vorn beugt, bereit, seinen Wurf zu machen.

Auch wenn die Dinge zwischen uns im Sand verlaufen sind, da wir anscheinend über schnippische Kommentare hinaus sind, heißt das nicht, dass ich mich nicht mehr zu ihm hingezogen fühle. Das Einzige, woran ich festmachen kann, dass er sich immer noch zu mir hingezogen fühlt, ist, dass ich ihn ein paarmal dabei erwischt habe, wie er mich intensiv angestarrt hat. Und er hat nicht einmal den Anstand, wegzuschauen, wenn ich ihn dabei erwische. Er redet weiter mit demjenigen, mit dem er sich gerade unterhält, und sein Blick bleibt eine Ewigkeit auf mir haften, bevor er ihn langsam abwendet.

Riggs und Janelle sind unter den ersten Partygästen, die gehen. Insgesamt ist Riggs wahrscheinlich anderthalb Stunden geblieben, also eine Stunde und fünfzehn Minuten länger, als ich erwartet habe. Gott, ich bin überrascht, dass er überhaupt aufgetaucht ist.

Er verabschiedet sich formell, während Janelle noch schnell etwas mit ihren neuen Freunden unternimmt. Riggs wendet sich zuerst an Grandma Katie und bedankt sich herzlich für die Einladung, und sie sagt ihm, dass er jederzeit wiederkommen kann.

Riggs verabschiedet sich von meinen Eltern und einer Handvoll anderer, aber er geht Persephone aus dem Weg.

Ich begleite sie beide zur Tür und auf die Veranda.

„Mist. Ich habe meine Handtasche vergessen."

Sie eilt davon und lässt Riggs und mich allein zurück, was unangenehm ist. Als wir inmitten der vielen Familienmitglieder im Garten gewesen sind, war es weniger erdrückend als zu zweit hier draußen.

Ich versuche, witzig zu sein, um die Stimmung aufzulockern. Ich will auch einen letzten Versuch unternehmen, ihn zu verunsichern, denn seine ruhige Fassade scheint die neue Norm zu sein. „Wenn ich etwas sage, was dich irritiert und genug verärgert, können wir dann einen Quickie machen, bevor Janelle zurückkommt?"

Ich dachte, das könnte Riggs beleidigen, denn ich bin mir über seinen Sinn für Humor immer noch nicht im Klaren. Ich bin erstaunt, als er ein verschmitztes Lächeln aufblitzen lässt – so leicht, dass sich sein Mund kaum verzieht, aber es ist da.

Und dann wird seine Miene herausfordernd. „Ich kann das Kondom sofort aus meinem Geldbeutel holen."

Wir werden hier auf gar keinen Fall einen Quickie hinlegen, weder mit noch ohne Provokation. Aber die Tatsache, dass er ein Kondom in seinen Geldbeutel gesteckt hat, sagt schon etwas.

Es ist eine Einladung, die Anziehungskraft zwischen uns auf das nächste Level zu bringen, anstatt auf einen Streit zu warten, der unsere Hormone in Wallung bringt.

Mein Blick bleibt an seinem hängen, und noch nie war ich mir bei einem impulsiven Angebot wie dem, das ich gleich machen werde, so sicher. „Ich schicke dir den Code für den Aufzug aufs Handy und setze dich auf die Gästeliste, wenn du später vorbeikommen willst."

Riggs kommt nicht dazu, etwas zu sagen, denn Janelle stürmt zur Tür hinaus, die Handtasche über die Schulter gehängt. Sie läuft mir direkt in die Arme und umarmt mich ausgiebig.

„Vielen Dank, dass du mich eingeladen hast. Das war der größte Spaß, den ich hatte, seit ich hierhergezogen bin."

„Ich bin so froh, dass du mitgekommen bist und meine Familie kennengelernt hast." Ich drücke sie und wir lassen uns los.

Mein Blick wandert zu Riggs, und alles, was ich bekomme, ist ein kurzes Nicken.

Kein Dankeschön.

Kein Schwärmen über das Essen oder die fabelhafte Gesellschaft.

Nicht einmal ein Hinweis darauf, ob er mein Angebot heute Abend annimmt.

Er und Janelle wenden sich der Straße zu und gehen auf dem Bürgersteig dorthin, wo auch immer er geparkt hat.

Kapitel 14

Riggs

Ich lasse Janelle in der Wohnung zurück. Sie telefoniert mit ihrer neuen Freundin Dahlia, die sie auf Veronicas Familienfeier kennengelernt hat. Ich habe ein schlechtes Gewissen, weil ich gegangen bin, aber als ich ihr gesagt habe, dass ich mich mit einem Freund treffen würde, hat sie mich dazu gedrängt, zu gehen. Wir haben den Abend zusammen verbracht, inklusive selbst gemachter Pizza, die gar nicht mal so übel war.

Als ich ihr erzählt habe, dass ich „mit einem Freund abhängen" würde, war das so gesehen keine richtige Lüge. Ich würde Veronica als eine Freundin betrachten, und es ist ganz sicher eine Verabredung. Es ist nur kein Treffen mit einem der Jungs auf ein Bier, wie Janelle vermutet.

Beim Gehen hat sie scherzhaft gesagt: „Nimm einen Uber, wenn du mehr als zwei Bier trinkst."

Ich habe mir nicht die Mühe gemacht, ihre Vermutung zu korrigieren.

Es ist fast zweiundzwanzig Uhr, und ich habe Veronica weder angerufen noch eine Nachricht geschickt, um ihr zu sagen, dass ich komme.

Ich habe mir nicht die Mühe gemacht, weil ich mir nicht sicher war, ob ich es wirklich durchziehe. Verdammt, selbst als ich mich dem Aufzug nähere, nachdem ich mich am Empfangsschalter in der Lobby angemeldet habe, wo der Concierge meinen Ausweis überprüft hat, habe ich Zweifel.

Das wird kein normales Treffen, bei dem ich die Frau hinterher einfach vergesse. Das wird nicht möglich sein, nicht nur, weil Veronica nicht der Typ ist, den man einfach vergisst, sondern weil sie jetzt auch ein untrennbarer Teil meines Lebens ist, da sie sich um Janelle kümmert, wenn ich weg bin.

Die einzige Rettung in diesem potenziellen Fiasko ist, dass ich zuversichtlich bin, dass Veronica nicht auf mehr aus ist als ich.

Wir wollen nur unsere sexuellen Bedürfnisse befriedigen, also gebe ich den Zugangscode zu ihrem Penthouse ein und lasse mich vom Aufzug zu ihr bringen.

Als sich die Türen öffnen, muss ich nicht erwägen, durch Veronicas Wohnung zu schleichen, um sie zu suchen. Ich muss meinen Blick nicht einmal über den gesamten Bereich schweifen lassen, der für mich einsehbar ist, denn Veronica steht in der Küche, und es besteht kein Zweifel daran, dass sie mich erwartet hat.

Ich hätte nicht gedacht, dass ich mich noch mehr zu ihr hingezogen fühlen oder sie noch mehr begehren könnte, als es der Fall war, bevor ich aus dem Aufzug gestiegen bin. Aber sie hat den verdammt heißesten Fummel an, den ich je gesehen habe.

Sie trägt keine ausgefallenen, teuren Dessous, wie ich es ehrlich gesagt von einer reichen Frau erwarten würde. Nein, sie trägt ein einfaches weißes

Tanktop mit Spaghetti-Trägern. Ihre üppigen Brüste spannen den dünnen Stoff, sodass er fast durchsichtig ist und ich ihre harten Brustwarzen ganz deutlich sehen kann. Das Tanktop reicht nur bis zum Bauchnabel, und dazu trägt sie ein Höschen, das wie Shorts geschnitten ist und tief auf ihren Hüften sitzt.

Veronica, die gerade dabei ist, sich Wein in ein leeres Glas zu schenken, erstarrt, als sie mich sieht. Die Flasche ist nur leicht gekippt, sodass sie keine Flüssigkeit verschüttet.

Langsam stellt sie die Flasche ab. Lässig drückt sie eine Handfläche auf die weiße Marmorplatte und kreuzt ein Bein über das andere. Es ist eine sexy, erotische Pose, die bei mir wunderbar funktioniert.

„Genau pünktlich", sagt sie.

Ich mache mir nicht die Mühe, darauf einzugehen. Sie hat gar nicht wissen können, ob und wann ich auftauche. Ich betrachte ihren Körper noch einmal langsam von Kopf bis Fuß und dann noch mal von oben.

„Hast du ein Kondom?", fragt sie mit einem leichten Grinsen im Gesicht.

„Ich habe mehr als eins", antworte ich, während ich auf sie zugehe. Ich liebe die Art, wie ihre Augen bei meiner Ankündigung aufleuchten, und sie wird definitiv mehr bekommen, als sie erwartet hat. „Nimm dir nicht vor, in nächster Zeit auch nur an Schlaf zu denken."

Sie strömt einen Hauch von Unsicherheit aus, und ich mache mir Gedanken, ob sie zögert, aber dann fallen mir fast die Augen aus dem Kopf, als sie das Tanktop auszieht.

Ich stoppe unvermittelt und starre auf ihre befreiten Brüste. Verlangen durchströmt mich bei ihrem kühnen Schritt.

„Gefällt dir, was du siehst?“, wispert sie.

Das reißt mich aus meiner momentanen Lähmung und ich gehe die letzten Schritte auf sie zu. Ich schnappe mir ihre Hand, und sie keucht auf, als ich diese an meinen Schritt drücke. „Fühlt es sich nicht so an, als würde mir gefallen, was ich sehe?“

Ihre Finger schlingen sich um meine mit Jeans bekleidete Erektion und drücken fest zu. In diesem Moment weiß ich, dass sie mir mein Leben schwer machen wird. Und in diesem Fall stürze ich mich ohne Wenn und Aber rein.

Im Nu habe ich eine Hand auf ihren unteren Rücken gelegt, ihre Haut ist warm an meiner Handfläche, und die andere Hand habe ich in ihrem langen, blonden Haar vergraben. Ich ziehe ihren Kopf zurück, entblöße ihren Hals für meine Zähne und knabbere und kratze daran entlang. Dann über ihr Schlüsselbein, entlang der Schwellung einer Brust bis zu ihrer Brustwarze, in die ich sanft beiße, bevor ich sie hart ansauge.

Veronica bäumt sich in meinen Armen auf, ihre Hände tauchen in mein Haar und halten mich fest, als wollte sie sagen: „Wage es ja nicht, damit aufzuhören."

Aber ich kontrolliere die Show, nicht sie, also lasse ich ihre Brustwarze mit einem deutlichen Ploppen frei, bevor ich Veronica loslasse. Ich schiebe sie an der Mitte ihrer Brust sanft etwas zurück, um ihre Hände aus meinen Haaren zu befreien, was nur dazu dient, mir Platz zu verschaffen, um mein T-Shirt auszuziehen. Ich lasse es achtlos neben ihr auf den Boden fallen und genieße es, wie ihre Blicke ohne Scham über meine Brust und meinen Bauch wandern und mich abchecken, so wie ich sie abgecheckt habe.

Ich gehe auf sie zu und aus irgendeinem Grund macht sie einen Schritt zurück. Ihre Augen funkeln herausfordernd, ihre Brust hebt und senkt sich, die eine Brustwarze ist durch meinen Mund noch röter als die andere.

Ich mache einen weiteren Schritt auf sie zu und fasse an meinen Gürtel. Als ich ihn aus der Schnalle schiebe, weicht sie wieder zurück.

„Anders überlegt?", frage ich rau.

Ich ziehe den Gürtel aus den Schlaufen und gehe wieder einen Schritt auf sie zu. Sie weicht zurück, ihr Blick ist interessiert auf den Gürtel gerichtet.

„Der eignet sich hervorragend zum Fesseln von Handgelenken", sage ich locker. Ich liebe es, wie ihre Augen vor Hitze aufblitzen. Ich lasse den Gürtel auf den Boden fallen. „Vielleicht ein andermal. Jetzt möchte ich, dass deine Hände frei sind und tun können, was sie wollen."

Als ich ihre pure Enttäuschung sehe, notiere ich mir innerlich, dass ich irgendwann einen Gürtel benutzen werde. Ich habe sie noch nicht einmal gefickt, aber ich bin schon ziemlich sicher, dass ich in naher Zukunft wieder in ihrem Aufzug landen werde.

Während ich meine Jeans aufknöpfe und den Reißverschluss öffne, spielen wir Katz und Maus in ihrer Küche, bis sie mit dem Rücken an die Wand stößt, die durch einen geschwungenen Torbogen ins Esszimmer führt.

Ich sehe dort einen schweren, qualitativ hochwertigen Esstisch, an dem zehn Personen Platz haben, und denke mir, dass das gut funktionieren wird.

Ich mache einen Satz und packe Veronica. Sie kreischt überrascht auf, gefolgt von einem heiseren Lachen, als meine Hände ihren Hintern packen und sie hochheben. Ihre Beine schlingen sich um meine Taille, genau wie letzte Woche, als wüssten sie, wo sie hingehören, und unsere Münder verschmelzen, als ich ins Esszimmer gehe.

Sie klammert sich fest an mich, ihre Zunge stößt gegen meine. Ich gehe zum Ende des Esstisches und trete den schweren Stuhl aus dem Weg, bevor ich ihren Hintern auf das Mahagoniholz senke. Ich breche den Kuss ab, lege eine Handfläche auf ihre Brust und drücke sie so runter, dass sie mit dem Rücken auf dem Tisch liegt. Ich entledige sie ihrer Shorties, und schon liegt sie nackt auf dem Esstisch.

Sie ist ein verdammtes Festessen.

Kurz kann ich sehen, dass sie voll dabei ist, aber dann kommen ihr Zweifel. Ich warte und sie neigt ihren Kopf zu dem Fenster, das den Blick auf die Skyline von Phoenix freigibt.

„Ich habe keine Jalousien."

„Ist mir egal", entgegne ich.

„Jemand könnte uns sehen", bringt sie es auf den Punkt.

„Ist mir auch egal."

Sie denkt darüber nach, die Unterlippe zwischen die Zähne gezogen, bevor sie schließlich sagt: „Na ja … ich kenne meine Nachbarn ja sowieso nicht."

„Braves Mädchen", lobe ich, während ich ihre Beine mit meinen Händen spreize und mich dazwischen stelle. Ich beuge mich vor und drücke eine Handfläche auf den Esstisch neben ihren Rippen.

Veronica beginnt, sich zu erheben, vielleicht um mir einen Kuss zu geben. Meine andere Hand wandert zwischen ihre Beine, und meine Finger finden sie feucht und warm. Ich schiebe einen hinein und sie fällt mit einem hörbaren Stöhnen zurück auf den Tisch, ihr Becken stößt mir in einem stummen Flehen nach mehr entgegen.

Also gebe ich ihr mehr. Einen weiteren Finger und meinen Daumen, der an ihrer Klit spielt. Sie reagiert so gut auf mich, dass ich spüre, wie sich ihre Muskeln um mich klammern, während ich versuche, aus ihr herauszugleiten. Ich habe darüber nachgedacht, sie mit meinem Mund anzuheizen, weil ich sie unbedingt lecken will, aber sie ist schon bereit.

Sie ist so gottverdammt bereit, und ich bekomme es bestätigt, als sie sagt: „Du bringst mich um, Riggs."

Leider muss ich meine Hand zwischen ihren Beinen wegziehen, aber sie wandert direkt zu meinem Geldbeutel, aus dem ich schnell ein Kondom ziehe.

Veronicas Augen leuchten dankbar.

„Es wird schnell und heftig werden", fühle ich mich gezwungen, ihr zu beichten.

„Es kann mir gar nicht schnell genug gehen", sagt sie und stemmt sich hoch, um mir das Kondom zu entreißen.

Während sie es aus der Verpackung holt, schiebe ich meine Jeans nach unten und befreie meinen Schwanz, der keine Behandlung von Veronica braucht, um bereit zu sein. Er war schon bereit, als ich aus dem Aufzug getreten bin und sie dort habe stehen sehen.

Ich trete näher, und Veronica versucht, mir das Kondom überzuziehen. Ihre Hände zittern und sie sieht unsicher aus. Ich erinnere mich, dass sie verheiratet war. Kondome sind wohl nicht ihre Stärke, also helfe ich ihr, indem ich ihren Fingern und Händen zeige, wie man es macht. Ich unterdrücke ein Stöhnen, als sie es mir überstreift.

Meine Hand wandert in Veronicas Nacken, und ich ziehe sie weiter hoch, damit ich sie wieder küssen kann. Intensiv und leidenschaftlich. Zwischen unseren Lippen und Zungen finden eine rege Kommunikation und Versprechen statt. Meine Hand gleitet zurück zwischen ihre Beine, und ich bearbeite leicht ihre Klit, während wir uns küssen. Ich lasse meine Finger wieder in sie gleiten und genieße, wie warm und feucht sie ist.

Als das Zucken ihrer Hüften nachdrücklicher wird, ziehe ich meine Hand wieder weg. Ich trete zurück, eine Hand immer noch in ihrem Nacken, und ziehe Veronica ganz vom Tisch hoch. Kurz wirkt sie verwirrt und dann blitzen ihre Augen vor Überraschung auf, als ich sie umdrehe.

Als ich mich hinter ihr postiere und meinen harten Schwanz gegen ihren Rücken drücke, gibt sie ein kleines Stöhnen von sich, das entweder Zustimmung oder Protest bedeutet, ich bin nicht sicher. Ich lege einen Arm um ihren Bauch, den anderen über ihre Brüste und presse sie fest an meinen Körper, damit ich ihr ins Ohr flüstern kann: „Ich werde dich jetzt nach vorn beugen und von hinten ficken. Irgendwelche Einwände?"

Veronica schüttelt wild den Kopf. „Gott, nein. Keine Einwände."

„Gut", antworte ich und tue genau das, was ich versprochen habe. Ich löse meinen Griff und beuge sie über den Tisch. Er ist nicht hoch genug, damit sie ihren Bauch und ihre Brust darauflegen und ihren Hintern hoch genug für mich strecken kann. Also stützt sie sich mit den Unterarmen auf dem harten Holz ab, während ich mich gegen sie drücke. Ich benutze meine Hand, um meinen Schwanz zu führen, und gleite langsam in sie hinein.

„Gott“, knurre ich, denn ich kann mich nicht erinnern, dass sich etwas jemals so gut angefühlt hat.

Niemals.

So eng und bereit … so Veronica.

Ich streiche mit meinen Händen über ihren Rücken und höre ihr zufriedenes Schnurren. Mir fallen tausend Möglichkeiten ein, wie ich sie wieder dazu bringen kann, dieses Geräusch zu machen, und ich fange an, sie mir für ein anderes Mal zu merken.

Meine Hände wandern zurück zu ihren Hüften, und ich beginne, mich zu bewegen. Ich gleite heraus und stoße wieder tief hinein. Stetige, kontrollierte Stöße, die an Tempo und Kraft zunehmen. Veronica gibt bei jedem Stoß meiner Hüften winzige keuchende Geräusche von sich, und ich kann die gutturalen Laute nicht unterdrücken, die aus mir dringen. Es fühlt sich so verfickt gut an, ich fühle mich wie ein Tier, als ich sie härter und schneller ficke.

„Fühlt sich … gut an“, stottert Veronica zwischen den Stößen.

„Zu … gut“, antworte ich. Denn es ist gefährlich, wenn sich etwas so gut anfühlt.

„Riggs“, stöhnt sie, als ich besonders tief eindringe und den gesamten Esstisch ein paar Zentimeter nach vorn schiebe. „Ich bin nah dran.“

Fuck, ich auch. Aber ich werde auf gar keinen Fall vor ihr kommen.

Ich ziehe ihre Hüften zurück, lege einen Arm um sie und schiebe meine Hand wieder zwischen ihre Beine. Ich reibe ihre Klit, ohne einen einzigen Stoß auszulassen, und bin erstaunt, als Veronica fast sofort aufschreit. Ihre Pussy zieht sich um meinen Schwanz zusammen, ihre Schreie gehen in ein lustvolles Stöhnen über. Meine Eier ziehen sich zusammen und der Orgasmus braut sich an der Basis meiner Wirbelsäule zusammen. Ich bin bereit, zu kommen.

Ich stoße ein letztes Mal in sie hinein, behalte meine Hand zwischen ihren Beinen und ziehe Veronica mit der anderen an ihrem Hals hoch, sodass sie gerade an mir steht, als ich komme. Ich bewege meine Hüften immer weiter, dringe immer tiefer in sie ein, während ich mich entlade, und es ist der beste verfickte Orgasmus, den ich je hatte.

Er verschlingt mich und kehrt mein Innerstes nach außen, und ich weiß nicht, ob ich so einen Höhepunkt jemals wieder erreichen werde, aber mit dieser Frau werde ich es auf jeden Fall versuchen.

Kapitel 15

Riggs

Es ist erstaunlich, was für einen Unterschied sechs Wochen machen können. Ich habe Baden zwar ab und zu gesehen, aber das letzte Mal, dass wir an einem Tisch bei einem Bier gesessen haben, war vor sechs Wochen nach einem Spiel in New York. Er hat sich im Rollstuhl am wohlsten gefühlt, obwohl er mit Krücken und Beinschienen gehen konnte. Menschenmengen haben ihn zu unsicher gemacht, und das war gefährlich.

Aber jetzt stehe ich vom Tisch im Restaurant auf, an dem ich auf ihn gewartet habe, und kann mir ein Grinsen nicht verkneifen, als er einer Bedienung zu mir folgt.

Kein Rollstuhl. Nur Krücken für die Balance und leichtere Beinschienen. Er manövriert selbstbewusst, muss manchmal Engstellen zwischen Tischen ausweichen, aber nicht ein einziges Mal scheint er aus dem Gleichgewicht zu geraten. Es sieht nicht einmal so aus, als ob es eine große Anstrengung für ihn wäre.

Vielleicht hat er den Rollstuhl schon eingemottet.

Baden erreicht den Tisch, und die Bedienung lächelt, bevor sie sich entfernt. Ich unterdrücke den Drang, um den Tisch herumzugehen und ihm seinen Stuhl herauszuziehen. Ich weiß, dass er es nur mit viel Geschick schaffen wird, aber ich weiß auch, dass er mich schlagen würde, wenn ich ihm helfen wollte.

„Was geht, Mann?“, fragte ich, um die Stille zu füllen, während er sich darauf konzentriert, sich zu setzen. „Sieht aus, als wärst du kurz davor, einen Marathon zu laufen.“

Baden schnaubt amüsiert und ich nehme Platz. Er stellt eine der Krücken ab und balanciert sich aus, während er mit der freien Hand den Stuhl herauszieht. Er dreht sich in einer schlurfenden Drei-Schritte-Bewegung um und lässt sich auf den Stuhl sinken, wobei er die Krücken benutzt, um sein Gewicht abzustützen und eine abrupte Landung zu verhindern. Er bewegt sich geradezu elegant.

Er lehnt sich leicht nach rechts und schafft es, beide Krücken auf den leeren Stuhl zwischen uns zu schieben. Er hält sich mit den Händen an der Unterseite seines Sitzes fest und schiebt sich nahezu nur mit seiner Oberkörperkraft richtig in den Sitz.

„Fuck, das ist eine Menge Arbeit“, keucht er, als er sich niedergelassen hat. „Wer hätte gedacht, dass es so anstrengend sein kann, nur auf dem Arsch zu sitzen?“

„Bei dir sah es leicht aus“, versichere ich ihm.

Eine Kellnerin kommt, und wir bestellen Eiswasser, während wir die Speisekarte durchsehen. Heute gibt es kein Bier, da ich in ein paar Stunden Training habe, und nun ja … Baden trainiert immer, um stärker zu werden.

Er hat mich zum Mittagessen eingeladen, weil er versucht, Gelegenheiten zu nutzen, um sich allein in der Stadt zurechtzufinden und sein Selbstvertrauen zu stärken. Seine Beine kommunizieren zwar inzwischen mit seinem Gehirn, aber sie sind noch nicht auf dem Höhepunkt ihrer Leistungsfähigkeit, und er fährt immer noch einen Van, der für Behinderte umgebaut wurde und mit Handsteuerung funktioniert. Es ist klar, dass er ihn an dem Tag aufgeben wird, an dem er seine Beine wieder voll nutzen kann. Aber im Moment ist es eine enorme Leistung, dass er selbst zu diesem Restaurant gefahren und selbst durch diese Tür gegangen ist. Er hat das mit hoch erhobenem Kopf getan, ohne auf die Leute zu achten, die ihn anstarren. Baden ist in Phoenix eine bekannte Persönlichkeit, denn er ist nicht nur Mitglied des Stanley-Cup-Gewinners, sondern seine Verletzung im letzten Sommer sorgte auch landesweit für Schlagzeilen.

Die nächste halbe Stunde reden wir über Eishockey. Wir sprechen über das gestrige Spiel gegen die Carolina Cold Fury, das wir mit 2:4 verloren haben. Sie sind unsere Erzrivalen schlechthin. Wir haben sie letztes Jahr im Kampf um den Pokal besiegt und ihnen damit die Chance auf einen Dreifach-Erfolg genommen, nachdem sie in den beiden Jahren zuvor den Stanley Cup gewonnen hatten. Sie stehen an der Spitze ihrer Division und wir an der Spitze der unseren. Es könnte im Finale zu einem Rematch kommen.

Nur ... wir haben gestern Abend scheiße gespielt, und das ist das Thema unseres traurigen Gesprächs.

Nachdem Baden und ich die miserable Leistung und die Verbesserungsmöglichkeiten für das nächste Spiel ausführlich besprochen und unser Essen beendet haben – ein Club-Sandwich mit Truthahn für mich und einen riesigen Hamburger für ihn –, stelle ich ihm eine persönliche Frage. Das ist Teil meiner Bemühungen, mich mehr in das Leben meiner Mannschaftskameraden einzubringen; persönliche Dinge anzusprechen, ist der beste Weg, um das zu beschleunigen.

„Deine Fortschritte sind erstaunlich", sage ich. Ein Kompliment, das ich ihm heute schon einmal gemacht habe. „Was sagen die Ärzte und die Reha-Leute dazu, wie es mit deiner Genesung weitergeht?"

Baden trommelt mit den Fingern auf den Tisch und schenkt mir ein freudloses Lächeln. „Du meinst, ob sie glauben, dass ich wieder aufs Eis komme?"

Ich nicke. Denn genau das möchte ich wissen. Ich gehe davon aus, dass Baden eine Ahnung hat und die Geschäftsführung und die Trainer aufgrund der Gespräche mit seinen Ärzten ebenfalls, aber der Rest des Teams weiß nichts.

Und ich bin sein Freund. Ich will wissen, was auf ihn zukommt, denn ich muss wissen, wie ich für ihn da sein und ihn auf die richtige Art unterstützen kann. Das hat mir Baden vor sechs Wochen bei einem Bierchen in New York auch gepredigt.

„Ich werde nie mehr aufs Eis gehen“, sagt Baden und ich kann kein bisschen Selbstmitleid in seinem Tonfall entdecken.

Aber ich bin fassungslos über diese Enthüllung. Er ist ein wandelndes Wunder, und ich habe angenommen, dass er eines Tages wieder hundertprozentig fit sein würde. Er hat so hart gearbeitet, dass ich mir vorgestellt habe, es wäre ein erreichbares Endziel, aber ich wusste nicht, wie lange es dauern würde. „Wirklich? Aber du machst dich so toll.“

Baden setzt sich etwas aufrechter hin, verschränkt die Unterarme auf dem Tisch und lehnt sich vor. „Werde ich ohne diese Schienen und Krücken wieder laufen können? Auf jeden Fall. Werde ich wieder Schlittschuhe anziehen und über das Eis gleiten? Na klar. Aber werde ich die Reflexe und die Geschicklichkeit wiedererlangen, um professionell Eishockey zu spielen? Die Chance steht eins zu einer Million, Riggs, und ich bin normalerweise kein Spieler.“

„Willst du nicht einmal versuchen, diese Eins-zu-eine-Million-Chance zu nutzen?“, frage ich. Denn ganz ehrlich, es hat einen gewissen Vorteil, zu akzeptieren, was die Zukunft bringt.

Baden grinst mich an. „Natürlich will ich diese unwahrscheinliche Chance nutzen. Ich werde mir weiterhin den Arsch aufreißen. Aber ich weiß auch, dass es unwahrscheinlich ist, und habe mich damit abgefunden. Wenn es nicht klappt, liegt es nicht daran, dass ich es nicht versucht habe. Es wird einfach daran liegen, dass mein Körper eine Grenze erreicht hat, die ich nicht mehr überschreiten kann. Und wenn das passiert, ist es für mich auch in Ordnung."

Ich betrachte meinen Freund, der vor anderthalb Monaten noch nicht mein Freund war. Aber ich bin erstaunt über den Frieden, den er gefunden zu haben scheint. „Bereust du es?"

Baden blinzelt mich überrascht an. „Diese Frau gerettet zu haben?"

Ich nicke. Denn Baden wurde als Held gefeiert, der einer Frau das Leben und höchstwahrscheinlich vor einem schrecklichen Missbrauch ihres Körpers rettete. Zu einem erheblichen Preis für ihn selbst.

„Ich bereue es jeden verdammten Tag", sagt Baden ehrlich.

Wieder blinzle ich überrascht. So viel Ehrlichkeit habe ich nicht erwartet. Doch dann schüttelt er den Kopf und lächelt vielsagend.

„Aber jeden verdammten Tag bereue ich es auch wieder nicht. Die Momente des Bedauerns sind flüchtig und nur ein Produkt des Selbstmitleids. Das kommt schon mal vor. Wenn du mich also fragen würdest, ob ich das Gleiche wieder tun würde, nachdem, was ich jetzt weiß. Aber ich bin auch nur ein Mensch … und es gibt Zeiten, in denen ich wünschte, ich hätte es nicht getan."

Ich glaube nicht, dass ich in meinem ganzen Leben jemals eine so brutale Offenheit erlebt habe, und ich habe auch noch nie jemanden mehr respektiert. „Ich werde das nur ein Mal sagen, und wenn du es jemals wiederholst, werde ich es leugnen, aber du bist ein verfickt bewundernswerter Kerl, Baden."

Baden winkt verlegen ab. „Ach, hör doch auf … du bringst mich in Verlegenheit."

Wir lachen, weil es lustig ist und auch, um die Schwere des Gesprächs abzuschütteln.

„Genug von mir", sagt Baden und lehnt sich auf seinem Stuhl zurück. „Was ist denn bei dir so los?"

„Nicht viel. Vorgestern Abend war ich mit Janelle auf einem Konzert. Irgendeine Pop-Prinzessin, von der ich noch nie gehört habe. Es war eine Tortur, aber sie hat sich gut amüsiert."

„Du bist ein guter Bruder", sagt Baden.

Ich erzähle ihm, wie es Janelle ergangen ist, insbesondere in ihrer neuen Schule. Sie scheint aufgeblüht und endlich richtig glücklich zu sein. Sie arbeitet immer noch nachmittags in Clarkes Laden und bleibt bei Veronica, wenn ich auf Reisen bin.

Und allein der Gedanke an Veronica lässt meine Gedanken auf sie fokussieren, was öfter passiert, als ich zugeben möchte. Im Moment kann ich nicht anders, als darüber nachzudenken, dass ich heute Abend zu ihr gehen werde. Es ist drei Wochen her, dass ich sie auf ihrem Esszimmertisch gefickt habe, und seither treiben wir es bei jeder Gelegenheit, die sich uns bietet.

Die Art unserer Beziehung hat sich dahingehend verändert, dass ich keine Provokation brauche, um mit ihr Sex haben zu wollen. Sie muss nicht von mir beleidigt werden, um erregt zu werden. Wir haben uns darauf geeinigt, dass wir gern zusammen ins Bett gehen, also tun wir das einfach.

Manchmal gehe ich nach einem Spiel zu ihr nach Hause, anstatt mit den Jungs wegzugehen. Manchmal gehe ich zu ihr, sobald ich nach einer Reise aus dem Flugzeug komme, wenn sie Zeit hat. Meistens treffen wir uns tagsüber, wenn sie eine Pause von der Uni hat und ich kein Training habe. So kann ich mir die Abende für meine Schwester freihalten.

Es ist nie mehr als ein Fick.

Nun, das stimmt nicht ganz.

So hat es angefangen, aber zugegebenermaßen hat es sich in etwas anderes verwandelt. Meistens verweile ich noch, nachdem wir Sex miteinander gehabt haben. Wir unterhalten uns, sehen fern oder essen etwas. Einmal, als Janelle bei Dahlia übernachtet hat, bin ich die ganze Nacht geblieben. Es wurde nicht viel geschlafen, aber dazwischen passierte einiges.

Erstaunlich lockeres Geplänkel. Aufrichtige Gespräche. Nichts allzu Tiefgründiges oder Persönliches, aber wir haben nie Probleme, Dinge zu finden, über die wir reden können. Ich habe nicht vorgehabt, die ganze Nacht zu bleiben, aber seltsamerweise wollte ich zu keinem Zeitpunkt verschwinden. Es hat sich einfach richtig angefühlt, mit ihr in meinen Armen einzuschlafen. Am nächsten Tag hat sie mir sogar Frühstück gemacht.

Es ist immer eine tolle Zeit mit ihr, aber das Schlimme daran ist, dass mir das Gefühl, nachdem ich sie verlassen habe, nicht gefallen hat. Ich habe meine Überzeugungen über meine Unfähigkeit, eine feste Beziehung zu führen, infrage gestellt und überlegt, ob ich für diese Veränderung bereit bin.

Vielleicht sollte ich es beenden.

Ich fange an, Gefühle für sie zu haben, und das ist etwas, was ich in meinem Leben nie zugelassen habe. Ich habe einfach keinen Platz dafür, und ich glaube auch nicht, dass es die Mühe wert ist.

Es ist so verdammt verwirrend, dass ich sogar versucht habe, einen Streit anzuzetteln. Nicht, um Sex zu provozieren, sondern um sie vielleicht dazu zu bringen, aus Wut mit mir Schluss zu machen. Ich habe eine ätzende Bemerkung über ihr luxuriöses Penthouse gemacht. „Du hast es nach deiner Scheidung zu etwas gebracht.“ Meine Schlussfolgerung war, dass sie sich ihren Besitz nicht selbst verdient hat.

In ihren Augen flackerte Wut auf, genau wie ich es mir gedacht habe.

Veronica erwiderte scharf: „Ich würde lieber in einem Zelt auf einer Müllhalde leben und eine gesunde, glückliche und liebevolle Beziehung führen, als das durchzumachen, was ich mit meinem Ex-Mann durchgemacht habe.“

Das hat mich verblüfft. Ich meine, ich wusste tief in meinem Herzen, dass es Veronica nicht um das Geld gegangen ist. Und ich habe versucht, sie zu provozieren, damit sie vielleicht die Sache beendet, denn ich habe eindeutig nicht den Mut dazu, einfach zu gehen. Aber ich habe nicht damit gerechnet, dass ich Mitgefühl für sie empfinden würde, was mich sehr verwirrt hat, denn was sie durchgemacht hat, ist genau das, was ich von einer Beziehung erwarte. Schließlich ist es das Einzige, was ich je von meiner Mutter und ihrem Männerkarussell, zu dem auch mein Vater und meine zwei Stiefväter gehörten, mitbekommen habe.

Veronica hat nicht verbittert, sondern nur direkt geklungen, als sie erklärte: „Mein Ex-Mann hat mir beigebracht, dass es so etwas wie wahre Liebe nicht gibt."

Da kann ich nur zustimmen.

Darin haben wir tatsächlich eine große Gemeinsamkeit. Deshalb bin ich auch erleichtert gewesen, als Veronica mich danach nicht rausgeschmissen hat. Wir sind beide gleichermaßen abgeneigt gegenüber einer ernsthaften Bindung und der Vorstellung, dass Glück von einer Beziehung ausgeht. Mit dieser Gemeinsamkeit können wir so weitermachen, wie es bisher gelaufen ist.

„Bro", sagt Baden und klopft mit den Fingerknöcheln auf den Tisch. Mein Blick richtet sich auf ihn und er fragt: „Wo bist du geistig?"

„Was meinst du?" Ich blinzle die Gedanken an Veronica weg und hasse meine Tagträume von ihr.

„Du warst ganz woanders.“ Baden wirft mir einen bohrenden Blick zu. „Bin ich so langweilig?“

Er ist ganz und gar nicht langweilig. Tatsächlich ist Baden einer der Menschen, mit denen man superleicht reden kann. Ich weiß, dass das zum Teil daran liegt, dass er zwar ein Mitglied des Teams ist, aber nicht mit mir auf dem Eis kämpft. Aus irgendeinem Grund fällt es mir leichter, mich ihm gegenüber zu öffnen, weil ich nicht so eng mit ihm verbunden bin. Es fällt mir immer noch schwer, mich meinen eigentlichen Teamkollegen gegenüber zu öffnen.

Und nun hat sich eine Gelegenheit ergeben. Eine Chance für mich, eins meiner Probleme mit einem anderen Menschen zu teilen, der mir ein ehrliches Feedback geben wird. Und obwohl er vielleicht hart urteilen wird, hat sich sein Rat schon früher bewährt.

Ich beschließe, das Risiko einzugehen.

„Da ist eine Frau“, sage ich.

Badens Gesichtsausdruck verwandelt sich in reinen Schock und dann bricht er in Gelächter aus. „Du machst Witze.“

Stirnrunzelnd frage ich: „Warum ist das so überraschend?“

Badens Lachen endet in einem Kichern, bevor er den Kopf schüttelt. „Weil … du bist ein Einzelgänger. Ich habe dich nie als den Typ gesehen, der eine Beziehung will.“

„Es ist keine Beziehung“, stelle ich klar. „Wir ficken nur.“

„Dennoch", sagt Baden gedehnt, mit einem verschmitzten Lächeln. „Da hast du dich mehr mit jemandem verbunden als mit allen anderen außer deiner Schwester."

„Stimmt ziemlich genau." Dieses Eingeständnis fällt mir nicht schwer. Es ist eine Tatsache.

Baden beugt sich wieder vor und zeigt damit, dass ich seine volle Aufmerksamkeit habe. „Du hattest noch nie eine Freundin?"

„Nun, doch ... in der Highschool, du weißt schon. Als ich jünger war und es sowieso nie zu etwas Dauerhaftem geführt hätte."

Baden schmunzelt. „Bist du wirklich gegen Monogamie?"

„Ich bin gegen die Ehe und die Verpflichtung."

„Willst du mir sagen, warum? Lass mich dein Seelenklempner sein."

„Vielleicht eines Tages", sage ich, weil ich weiß, dass ich Baden irgendwann von meiner Vergangenheit erzählen werde. Diese geht tiefer als die Tatsache, dass ich eine schreckliche Mutter, einen abwesenden Vater und einen beschissenen Stiefvater hatte. Sie zeichnet ein Bild davon, warum ich so bin, wie ich bin.

Er lenkt das Gespräch ein wenig um und akzeptiert meine Zurückhaltung, meine Vergangenheit zu offenbaren. „Also, was ist das Problem mit dieser Frau? Sagst du mir, wer sie ist?"

Ich könnte die übliche Riggs-Haltung einnehmen und sagen, dass es ihn verdammt noch mal nichts angeht. Aber es macht mir nichts aus, es mit ihm zu teilen. „Es ist Veronica. Und das Problem ist, dass es hier um nichts anderes als Sex geht. Es gibt keine Verpflichtung. Aber ich frage mich, ob es nicht etwas mehr sein sollte. Es ist das erste Mal, dass ich so etwas in Erwägung ziehe, aber dann denke ich, nein … Ich will die Komplikationen nicht."

„Du gehst davon aus, dass sie es kompliziert machen würde." Baden sieht mich intensiv an. „Willst du meinen Rat?"

Mein Ton ist trocken. „Ich hätte dieses Gespräch nicht begonnen, wenn nicht."

„Wenn du sie magst, solltest du etwas daraus machen."

Ich starre ihn an. „Das war's? Das ist dein Rat? Etwas daraus machen."

„Das ist ein guter Rat", betont Baden.

Mein Blick fällt auf den Salzstreuer, an dem ich herumfummele. Als ich zu meinem Freund aufschaue, gebe ich zu: „Ich hatte die schlechtesten Vorbilder, wenn es darum ging, mir zu zeigen, wie eine gesunde Beziehung aussieht. In meiner Welt gab es nie ein glückliches Ende. Das Gegenteil war der Fall, wie du dir vorstellen kannst. Vieles davon war eine Horrorshow. Ich habe das wahre Gesicht von Menschen gesehen, die behauptet haben, sich zu lieben, und das war nie echt."

„Du glaubst nicht an die wahre Liebe? Dass man eine glückliche Beziehung führen kann?"

Ich halte seinem Blick stand und schüttle überzeugt den Kopf. Ich glaube kein bisschen daran.

Baden sieht enttäuscht aus. „Wirklich? Du glaubst nicht, dass das, was Bishop und Brooke haben, echt ist? Erik und Blue? Legend und Pepper? Dax und Reagan? Dominik und Willow? Tacker und Nora? Kane und Mollie?“

„Ich verstehe, was du mir sagen willst“, murmle ich. „Aber diese Beziehungen sind alle noch frisch. Sie haben noch viel Zeit, um zu scheitern.“

„Blödsinn.“ Baden lacht, und er hat einen Lauf, als er fortfährt. „Wirst du dich auf der Verlobungsfeier von Aaron und Clarke wirklich für sie freuen? Wirst du auf ihre Freude anstoßen und es auch so meinen? Oder wird es bedeutungslos sein?“

Ich öffne den Mund, um seine versteckten Anschuldigungen zu bestreiten. Aaron und Clarkes Verlobungsfeier ist übermorgen und natürlich will ich nur das Beste für die beiden.

Aber Badens Telefon klingelt und unterbricht meinen Versuch, mich zu verteidigen. Er hebt seinen Zeigefinger, um mich zum Schweigen zu bringen, während er sein Telefon aus der Seitentasche seiner Cargo-Shorts zieht.

„Hallo?“

Lange sagt er nichts, sondern hört demjenigen aufmerksam zu, wer auch immer am anderen Ende ist. Sein Gesichtsausdruck ist ausdruckslos, verhärtet sich aber schnell. Es macht mich nervös, zu sehen, wie er die Informationen aufnimmt, die ihm präsentiert werden.

„Ich verstehe“, sagt er schließlich. „Ich kann gegen sechzehn Uhr da sein, wenn das okay ist.“

Er hört noch eine Minute zu und verabschiedet sich dann.

Baden scheint in Gedanken versunken zu sein, als er sein Handy mit dem Display nach unten auf den Tisch legt und schließlich zu mir aufschaut.

„Das war einer der Polizisten, die im Fall der Männer ermitteln, die mich angegriffen haben. Sie haben einen Verdächtigen in Gewahrsam und wollen, dass ich auf das Revier komme, um zu sehen, ob ich ihn identifizieren kann.“

Heilige Scheiße. Das ist wichtig. „Nur ein Verdächtiger?“

Er nickt. „Sie werden sein Bild auch an die Polizei von Pittsburgh schicken, damit Sophie es identifizieren kann.“

„Die Frau, die du gerettet hast – ist sie nicht von hier?“

Baden schüttelt den Kopf. „Sie arbeitet im medizinischen Bereich und war nur zum Arbeiten hier. Ihre Heimatstadt ist Pittsburgh, zumindest hat mir das der Detektiv gesagt. Das hat sie mir bei ihrem ersten Besuch nicht gesagt, aber da war ich ja auch noch nicht wirklich in der Lage, mit jemandem zu kommunizieren.“

„Hast du noch Kontakt zu ihr?“

„Nein“, sagt er mit einem schwachen Lächeln. „Sie hat mich an meinen schwersten Tagen besucht, und das war nicht angenehm für sie. Sie war so dankbar und ich war in einer dieser bereuenden

Stimmungen. Ich war ziemlich ungesellig und es war mir unangenehm, also blieb sie nicht lange. Es reichte, um sich zu bedanken und mir eine mitgebrachte Pflanze zu überlassen."

Er sagt es nicht, aber ich kann an seinem Tonfall erkennen, dass er heute bedauert, wie er sie bei diesem Besuch behandelt hat.

„Soll ich mit zur Polizeiwache kommen?" Ich kann mir vorstellen, dass es zwar eine gewisse Erleichterung ist, zu wissen, dass es Gerechtigkeit geben könnte, aber dass dies auch alle möglichen schlechten Erinnerungen wachrufen könnte.

„Ich weiß das Angebot zu schätzen, aber es geht mir gut. Ich muss das sowieso allein machen."

Kapitel 16

Veronica

Das leise Rauschen der Fahrstuhltüren lässt mich aufschrecken und ich drehe den Kopf zum Nachttischwecker.

Mist.

Es ist neunzehn Uhr und Riggs ist pünktlich.

Ich hingegen bin noch nicht bereit für ihn.

Nicht so, wie ich es sein wollte.

Ich bin vor über vierzig Minuten aus der Dusche gestiegen, habe mir ein Badetuch um den Körper und ein weiteres um die Haare gewickelt und bin zu meiner Schlafzimmerkommode gegangen, um das aufreizendste Höschen zu finden, das ich besitze.

Mein Plan war, meinen ganzen Körper mit einer duftenden Lotion einzureiben, ein leichtes Make-up aufzutragen, meine Haare schnell zu föhnen und dann auf dem Bett zu warten, mit der Hand vorn in meinem Höschen, wenn er hereinspaziert.

Ich wollte eine Szene inszenieren, die ihn in den Wahnsinn treiben würde. Deshalb habe ich ihm extra eine Nachricht geschickt, in der ich ihm versprochen habe, dass er sich nicht mehr wird zurückhalten können, wenn er sieht, was ich mir für ihn ausgedacht habe.

Nun … als ich in meiner Schublade herumgewühlt habe, hat der Fernseher meine Aufmerksamkeit erregt. Ich habe eine aufgezeichnete Folge von *Dateline* eingeschaltet, die ich mir halb anhören wollte, während ich mich fertig mache, aber die alte Formel von Mord, Täuschung und Verrat hat es mir angetan. Zuerst stand ich an der Kommode herum, und als Werbung kam, habe ich mich zu meinem Bett begeben, um mir die Fernbedienung zu schnappen und vorzuspulen. Ich habe mich auf den Rand des Bettes gesetzt und weitergeschaut. Bei der nächsten Werbung habe ich wieder vorgespult, und weil meine Sitzposition unbequem war, bin ich in die Mitte des Bettes gerutscht, habe mich an die Kissen gelehnt und meine Beine untergeschlagen.

Nur *ein bisschen mehr*, habe ich mir gesagt, aber die Zeit ist mir davongelaufen, und jetzt ist Riggs hier und ich stecke immer noch in meinen Badetüchern und bin nicht bereit. Außerdem will ich wissen, wer der Mörder ist.

Ich überlege, ob ich in rasender Geschwindigkeit die Badetücher von mir werfen und mich in eine sexy Pose begeben soll, aber mein Blick wird immer wieder auf den Fernseher gelenkt, wo Keith Morrison die Schwester des Mordopfers interviewt.

Es ist intensiv und ich kann nicht wegsehen.

So findet mich Riggs vor, als er mein Schlafzimmer betritt.

Ich halte eine Hand hoch und sage: „Sag nichts. Es sind nur noch etwa acht Minuten, und ich muss wissen, was passiert."

Abrupt dreht sich Riggs auf der Stelle um und marschiert aus dem Schlafzimmer.

Ich bin fassungslos, drücke die Pausentaste und frage mich, ob ich ihn verärgert habe. Ich weiß, dass er etwas viel Heißeres erwartet hat, als dass ich in der Mitte des Bettes sitze und ein großes Handtuch auf dem Kopf trage, während ich *Dateline* schaue.

Ich will vom Bett klettern, aber bevor ich mich bewegen kann, kommt er wieder herein.

„Stopp", befiehlt er und ich verharre an Ort und Stelle. Seine Stimme ist rau, aber er hat ein leichtes Lächeln im Gesicht, als ob er sich amüsiert. „Ich wollte rausgehen und wieder reinkommen … um dich noch einmal so zu erleben."

Ich starre ihn mit großen Augen an und wälze diese Worte in meinem Kopf hin und her.

Gefällt ihm, was er sieht? Ich bin nicht annähernd die Sexbombe, die ich versprochen habe, und sehe wahrscheinlich richtig schlimm aus. Außerdem habe ich keine Lotion aufgetragen, sodass meine Haut ein wenig trocken ist.

Aber anhand seines Tonfalls und seines Blickes erkenne ich, dass er mich genauso anziehend findet, als wäre ich nackt und würde mit mir selbst spielen.

Wie ich es versprochen, aber nicht gehalten habe.

Er sieht mich an, als ob er mich so lieber mögen würde. Als ob der Sex nicht im Mittelpunkt unserer gemeinsamen Zeit stünde, und dieses Wissen schnürt etwas in meiner Brust zusammen.

Seit wir miteinander schlafen, habe ich nicht ein einziges Mal dieses Gefühl gehabt. Es hat fantastischen Sex und einige lustige Gespräche zwischendurch gegeben, aber das ist immer abgekoppelt von anderen Gefühlen gewesen. Das liegt nicht an seiner ursprünglichen Abneigung gegen mich als reiche Geschiedene, sondern an der Tatsache, dass wir beide diese Beziehung unter dem Aspekt eingegangen sind, dass es nicht mehr als Sex sein würde.

Wenn es nur um Sex gehen würde – eine Sache, die jeder von uns überall bekommen kann –, warum scheint es ihn dann zu freuen, mich auf diese Weise vorzufinden?

Und was noch wichtiger ist: Warum bin ich so verdammt froh, dass ich ihn auf eine Weise berühre, die nichts mit Sex zu tun hat?

Riggs und ich definieren uns über die Intimität, die wir teilen. Wir sind heiß im Bett, ernähren uns voneinander und genießen es, uns gegenseitig Lust zu bereiten. In der Kiste passen wir perfekt zusammen.

Aber wie er mich jetzt ansieht … das geht über bloße Lust oder Anziehung hinaus. Riggs sieht mich an, als ob er nicht an Sex denken würde, und das ist beunruhigend.

Ich nicke in Richtung Fernseher, wobei meine Entschuldigung lahm klingt. „Das ist eine wirklich gute *Dateline*-Folge."

„Offensichtlich", antwortet er und rückt an den Rand des Bettes.

Sein Blick fixiert mich so intensiv, dass ich mich unsicher fühle und am Handtuch auf meinem Kopf zupfe, weil ich weiß, dass ich damit bescheuert aussehe. Mein Haar fällt in Wellen aus nassen Strähnen kalt auf meine Haut.

Riggs geht mit einem Knie auf das Bett und stützt sich mit den Handflächen ab. Er krabbelt in meine Richtung, und als er direkt über mir liegt, denke ich, dass er mich gleich küssen wird.

Stattdessen nimmt er mir die Fernbedienung aus der Hand und wirft sie auf den Boden. „Wir schauen *Dateline* später fertig."

Riggs bewegt sich so schnell, dass ich kaum mitbekomme, was passiert. Aber irgendwie reißt er mir das Handtuch vom Körper, legt mich auf den Rücken und spreizt meine Beine weit. Er bewegt sich rückwärts, lässt seinen Mund über meine Haut gleiten und küsst sich von meinem Hals den ganzen Weg hinunter zwischen meine Beine.

Und so lande ich mit den Beinen über seinen Schultern, seine Zunge umkreist meine Klit und meine Welt gerät ins Wanken.

Riggs stößt seine Zunge in mich hinein, und ich kann nicht anders, als zu schreien, weil es sich so gut anfühlt. Meine Hüften wippen und kreisen, verlangen nach mehr. Meine Hände wandern zu seinem Kopf, drücken ihn nach unten und fordern mehr.

Und er gibt mir mehr. Er leckt und saugt und taucht ein. Mein ganzer Körper zittert, meine Fersen graben sich in seinen Rücken und meine Knie umklammern die Seiten seines Kopfes. Ich rufe seinen Namen, als der erste Schub der Ekstase einsetzt und dann Wellen der Lust durch mich schießen.

Gott, ich brauche ihn in mir, und das sage ich ihm auch.

Riggs ignoriert mich jedoch und lässt seinen Mund an meinen nun überempfindlichen Stellen. Seine Zunge umkreist träge meine Klit, es ist die reinste Folter.

„Riggs", knurre ich und versuche, ihn wegzuschieben und dann wieder zurückzuziehen, unschlüssig darüber, was ich will.

Er hebt den Kopf, die Haare zerzaust, und grinst mich an. „Ich bin hier unten noch nicht fertig. Leg dich zurück und genieße den Trip."

„O Gott", schnaufe ich, als ich auf das Kissen sinke. Ich seufze, als er die Innenseite meines Oberschenkels liebkost.

Die Pause ist von kurzer Dauer, denn er schiebt einen Finger in mich hinein und beginnt, mich wieder zu lecken. Er ist ein entschlossener Mann. Ich weiß auch, dass er sich Zeit lassen wird.

Ich lasse los und genieße, wie von ihm empfohlen, den Trip.

***

Riggs fickt mich langsam. Mit den Händen an meinen Unterschenkeln hebt er mich hoch und spreizt mich weiter. Seine Augen sind dunkel, verschwommen vor Lust. Mit zusammengebissenen Zähnen starrt er auf unsere Vereinigung hinunter und beobachtet, wie sich seine dicke Länge in mich hinein und aus mir heraus bewegt.

Er stöhnt, stößt fester zu und richtet seinen Blick auf mich. Ich kann jede Nuance in seinem Ausdruck lesen. Er ist kurz davor, will aber noch nicht kommen. Genau wie ich, denn es fühlt sich so verdammt gut an, dass wir nicht wollen, dass es jemals endet.

Riggs senkt meine Beine leicht ab und schlingt sie um seine Taille. Er lässt sich auf mich fallen, Brust an Brust, und küsst mich sanft, während seine Hüften tief zustoßen.

Er starrt auf mich herab. „Das macht langsam süchtig."

„Mmmm", ist alles, was ich sagen kann, denn wenn er sich so in mir bewegt, kann ich keinen zusammenhängenden Gedanken fassen.

Der Rhythmus, den er vorgibt, macht mich wahnsinnig. Ich spüre jeden Zentimeter, den er mir wegnimmt, um ihn mir sofort wiederzugeben. Ich will mehr davon und mehr Zeit mit ihm, und ich hasse mich dafür, dass ich über solche Dinge nachdenke. Nie würde mir so etwas in den Sinn kommen, wenn ich nicht am Rande eines weiteren explosiven Orgasmus schweben würde.

„Sieh mich an", befiehlt Riggs.

Ich habe gar nicht bemerkt, dass ich meine Augen geschlossen hatte, bis ich sie bewusst öffne, um festzustellen, dass er mich immer noch ansieht.

Es ist eine Herausforderung. Seinen Blick zu halten, während er sich in mir bewegt. Während ich mich mit ihm bewege.

Gemeinsam.

Als mein Orgasmus schließlich einsetzt, ist es unmöglich, mich weiter auf Riggs zu konzentrieren, denn meine Sicht verschwimmt und ich mache eine fast außerkörperliche Erfahrung, bevor ich wieder auf die Erde komme. Riggs zittert, als er kommt, und vergräbt sein Gesicht an meinem Hals. Seine Brust hebt sich von der Intensität dessen, was wir beide erlebt haben, und er knurrt: „Heilige Scheiße, das war gut."

„Wahnsinnig gut", stimme ich leise zu und fahre mit den Fingern durch seine Haare. „Ich dachte wirklich, deine Leistung würde mit der Zeit nachlassen, aber du wirst immer besser."

Riggs hebt den Kopf, um auf mich herabzublicken, und sieht mich grinsen. Er kitzelt mich an den Rippen und wir rollen gemeinsam auf die Seite.

Er kitzelt mich noch einmal und fordert: „Gib es zu. Ich bin der Beste, den du je hattest."

„Das stimmt", gebe ich bereitwillig zu. „Aber andererseits hatte ich bisher nur zwei andere Männer, mit denen ich dich vergleichen könnte. Im Vergleich zu allen Männern der Welt weiß ich nicht, wo du dich einordnen würdest."

Riggs schnaubt und fragt: „Nur zwei?"

Ich ziehe die Augenbraue hoch. „Ich nehme an, du hattest weit mehr als zwei."

„Kein Kommentar", antwortet er. „Und ich nehme an, einer der beiden war dein Mann."

Ich verziehe das Gesicht und hasse es, mich überhaupt an die Intimität zu erinnern, die ich mit Jace gehabt habe. Am Ende hegte ich schreckliche Gefühle für ihn, nicht ganz Hass, aber fast, für alles, was er mir angetan hat. Aber ich spiele es herunter und jammere: „Ihm fehlte es völlig an Fantasie. Ihm war es egal, ob ich komme."

„Arschloch", murmelt Riggs, dann beugt er sich vor, um mich zu küssen. „Für mich ist es das Beste daran. Zuzusehen, wie du kommst."

Ja, mein Herz flattert berührt, aber ich achte absichtlich nicht darauf. Sicher hat er das nicht aus echter Zuneigung heraus gesagt.

„Der andere Kerl war meine Highschool-Liebe", erkläre ich. „Wir haben unsere Jungfräulichkeit aneinander verloren und hatten keine Ahnung, was wir da eigentlich taten. Ich bin mir immer noch nicht sicher, ob ich es weiß."

„Oh, du weißt es." Riggs stützt sich auf einen Ellbogen, um über mir zu schweben. „Vertrau mir … du weißt *wirklich*, was du tust."

Ich lächle und freue mich über das Kompliment.

„Ich muss jetzt los", sagt er mit echtem Bedauern.

Ich wusste, dass wir heute Abend nicht viel Zeit haben würden, denn er hat sich mit einigen seiner Teamkollegen verabredet, und ich werde nie eine Frau sein, die ihm und seinem Team im Weg steht.

Für eine Sekunde sieht er so aus, als würde er es sich noch einmal überlegen, also drücke ich gegen seine Brust. „Geh. Verschwinde von hier. Du hast Freunde, die auf dich warten."

Riggs mustert mich, als ob er immer noch überlegt, ob er seine Kumpels im Stich lassen soll, aber er beugt sich vor und küsst mich ein letztes Mal. „Okay. Ich gehe jetzt."

Ich ziehe die Decke hoch, als Riggs in mein Badezimmer geht, um sich zu waschen. Dann kommt er splitterfasernackt wieder heraus. Es ist keine Strafe, ihm beim Anziehen zuzusehen.

„Macht es dir etwas aus, wenn Janelle nächstes Wochenende mit mir zu Grandma Katie geht?", frage ich.

„Wieder ein Familientreffen?", vermutet er.

Ich nicke. „Und der Geburtstag von Cousin Chappy."

„Natürlich darf sie mit", antwortet er, zieht den Reißverschluss seiner Jeans hoch und schließt den Knopf.

„Du kannst natürlich auch gern mitkommen", sage ich in der Annahme, dass das ein höfliches Angebot ist. Ich bereue es fast sofort, als er sich anspannt. Ich weiß, dass er das für eine Grenze hält, die wir nicht überschreiten sollten. Und er hat wahrscheinlich recht.

„Da habe ich schon etwas vor", sagt er vage.

„Keine Sorge", versichere ich ihm. „Du sollst nur wissen, dass du als Janelles Bruder zu jedem dieser Treffen eingeladen bist. Du musst noch nicht mal mit mir sprechen, wenn du dort bist."

Riggs wirft mir einen Blick zu, der besagt, dass er mich für einen Witzbold hält und dass er schon eine Idee hat, was er zur Strafe mit meinem Mund anstellen könnte. Das hellt die Stimmung auf und alles ist wieder gut.

Als er seine Schuhe angezogen hat, geht er zurück an die Seite des Bettes und beugt sich vor, um mich zu küssen. „Der Abend war großartig“, raunt er.

„Wunderbar“, stimme ich ihm zu. „Wir sehen uns dann übermorgen auf der Verlobungsfeier.“

„Scheiße, das habe ich ganz vergessen“, gibt er zu. „Muss man ein Geschenk mitbringen?“

„Das wäre eine gute Idee“, empfehle ich ihm. Dann stichle ich: „Bringst du ein Date mit?“

Riggs' Blick wird düster. „Willst du, dass ich dich als mein Date mitnehme? Denn wenn ja, dann ist die Antwort Nein. Wir haben vereinbart, nur eine reine Sex-Beziehung zu haben.“

Jetzt bin ich gekränkt. Irgendwie sind wir von einer Neckerei dazu übergegangen, dass er Vermutungen über mich anstellt.

„Nein, ich habe dich nicht nach einem Date gefragt“, schnauze ich ihn gereizt an. „Ich habe ernsthaft gefragt, ob du ein Date hast. Du könntest auch andere Frauen haben, soviel ich weiß.“

Ich erwarte, dass er es abstreitet, aber stattdessen fragt er: „Warum? Bringst du denn ein Date mit?“

An diesem Punkt könnte ich die Situation entschärfen. Wir sind von unserem sehr einfachen Verständnis dessen, was wir sind, abgekommen.

Wir hätten über eine Verpflichtung sprechen sollen, keine anderen Leute zu treffen oder zu ficken, aber das haben wir nicht, also ist es nur zumutbar, wenn ich sage: „In der Tat bringe ich ein Date mit."

Ich bin enttäuscht, als Riggs nicht einmal sauer wirkt. Stattdessen schenkt er mir ein Lächeln. „Na dann … ich hoffe, du amüsierst dich gut. Bis dann."

Und damit geht er, ohne sich zu verabschieden oder sich für einen tollen Orgasmus zu bedanken. Er schließt meine Schlafzimmertür, als er hinausgeht, und ich bin so sauer, dass ich eines meiner Kissen hinterher werfe. Es fällt einen halben Meter zu kurz auf den Boden.

Ich sinke wieder auf die Matratze und schmolle dreißig Sekunden, bevor ich mein Handy vom Nachttisch nehme und Clarke anrufe.

Sie antwortet nach dem zweiten Klingeln. „Wie waren die Sexkapaden heute Abend?"

Ja, sie weiß, dass ich mit Riggs schlafe. Ich habe es ihr nach dem ersten Mal gesagt und sie ist zwiegespalten deswegen. Sie sieht für mich nichts als Herzschmerz voraus, und ich sage ihr immer wieder, dass sie spinnt. Riggs hat nichts an sich, was mein Herz jemals berühren könnte. Doch jetzt, während ich überlege, was ich ihr antworten soll, erinnere ich mich daran, wie er mein Herz heute Abend zum Flattern gebracht hat.

Bevor er wieder zum Arschloch wurde.

„Der Sex war toll", sage ich fröhlich.

Zu fröhlich, denn sie sagt: „Klar doch … das klingt total unecht. Was ist passiert?"

Ich erzähle ihr alles über den Abend, ohne auf die sexuellen Details einzugehen, aber ich wiederhole, dass es besser als je zuvor gewesen ist. Dann erzähle ich ihr das Ende, bis zu dem Punkt, an dem ich das Kissen Richtung Tür geworfen habe.

„Veronica", sagt sie mit leiser, warnender Stimme, „du spielst ein gefährliches Spiel."

„Ich werde schon nicht verletzt werden", versichere ich ihr. „Und er auch nicht. Wenn überhaupt, haben wir beide bewiesen, dass wir uns eigentlich sehr ähnlich sind. Wir haben kein Problem damit, dass es so ist. Außerdem war er völlig unbeeindruckt davon, dass ich ein Date mitbringe."

„Und wen bringst du mit?", fragt sie.

„Devlin", antworte ich, ohne darüber nachzudenken. Er ist der Einzige, den ich mitnehmen würde.

„Aber Devlin ist schwul."

„Klar", antworte ich. „Aber das wissen nur drei Leute … du, ich und Devlin."

Clarke schweigt, aber ich kann ihre Missbilligung durch die Leitung spüren.

„Was ist?", frage ich und dränge sie, es mir einfach zu sagen.

„Du musst ehrlich mit deinen Gefühlen sein", sagt sie sanft.

„Das bin ich."

„Das bist du nicht. Es stört dich, dass er dich nicht als Date haben wollte. Du nimmst Devlin aus Rache mit. Das bedeutet, dass du dich in Riggs verguckt hast."

Ich weigere mich, irgendetwas davon zu akzeptieren. „Erstens bin ich nicht wütend, dass er mich nicht als Date mitnimmt. Zweitens: Devlin ist keine Rache. Drittens, ich habe mich nicht in ihn verguckt."

„Das ist nicht überzeugend. Du hast nur das Gegenteil von dem wiedergekäut, was ich gesagt habe."

„Nun, ich habe ihm gesagt, dass ich ein Date mitbringe, also muss ich es auch tun, ungeachtet meiner ursprünglichen Absichten."

„Wenn du meinst", sagt sie gedehnt.

„Hör zu, mir geht es gut, und ich weiß, dass nie etwas anderes als Sex mit Riggs sein wird. Ich hoffe oder wünsche mir nichts weiter. Komm schon, Clarke … du weißt, dass ich der letzte Mensch auf der Welt bin, der Liebe will und all das widerliche Zeug, das mit Gefühlen zu tun hat. Riggs sieht das genauso."

„Wenn du es sagst", wiederholt sie. Ihre Art, mir zu sagen, dass sie mir nichts von dem abkauft, was ich ihr da unterjubeln will.

Ich liebe sie dafür, dass sie mich liebt und sich Sorgen macht, aber wirklich … ich habe das im Griff. Riggs ist ein vergnügliches Techtelmechtel im Bett und er wird nie mehr sein. Aber wir müssen wirklich ein Gespräch führen, um klarzustellen, dass wir nicht exklusiv sind und uns beiden freisteht, zu tun, was wir wollen, ohne gegenseitige Erwartungen nach mehr.

Kapitel 17

Riggs

Ich bin kein übermäßig geselliger Typ, deshalb ist es mir unangenehm, an Aaron und Clarkes Verlobungsparty teilzunehmen. Ich bin allerdings sehr gespannt, mit wem Veronica auftaucht.

Die Party findet in einem gemieteten Restaurant in Scottsdale statt. Es erfolgte keine pauschale Einladung an die gesamte Organisation, sondern nur an das Team plus Lebensgefährten, ein paar persönliche Freunde von Clarke sowie ihre Familie. Aarons Eltern sind nicht anwesend, und ich habe gehört, dass er keine Beziehung zu ihnen pflegt. Ich weiß nicht, warum das so ist, und muss es auch nicht wissen. Aber es ist etwas, das wir gemeinsam haben.

Ich hänge gerade mit einer Gruppe von Leuten ab, die es schaffen, die Unterhaltung auch ohne meinen Beitrag am Laufen zu halten. Dax und seine Frau Reagan, Kane und seine Verlobte Mollie und, um die Gruppe abzurunden, Jett und seine neue Freundin Emory. Ausnahmsweise sprechen Kane und Mollie nicht über ihre Hochzeit, wofür sicher alle dankbar sind.

„Wie geht es Janelle?", fragt mich Reagan, als das Geplänkel eine Pause macht.

Reagan weiß über meine Probleme mit meiner Schwester Bescheid, da ich letzten Monat die Gelegenheit gehabt habe, mit ihr zu sprechen, nachdem Dax uns zusammengebracht hatte. Ihr Bruder, ein professioneller Eishockeyspieler, hat sie nach dem Tod ihrer Eltern großgezogen, daher weiß sie, was Janelle durchmacht. Nach diesem Gespräch haben Reagan und Dax Janelle und mich zum Brunch eingeladen, und Reagan hat mit Janelle darüber gesprochen, wie schwierig es ist, von einem Bruder erzogen zu werden, der keine Ahnung von Erziehung hat. Und die Hälfte der Zeit weg ist.

Sie haben sich definitiv verbunden.

Nicht so sehr, wie Veronica sich an Janelle gebunden hat und umgekehrt. Sie verbringen viel Zeit miteinander, wenn Veronica auf sie aufpasst, während ich unterwegs bin, und an einigen Nachmittagen arbeiten sie zusammen in der Buchhandlung. Gelegentlich fahren sie zu Grandma Katie.

„Sie macht sich fantastisch“, erzähle ich Reagan. „Sie liebt die neue Schule und scheint sich gut eingelebt zu haben.“

„Es ist fantastisch, dass du Veronica hast, um auf sie aufzupassen, während du auf Reisen bist“, sagt Emory.

Ich bin nicht überrascht, dass sie es weiß. Emory hat es höchstwahrscheinlich von Jett erfahren, der es wahrscheinlich von Aaron weiß. Das ist die Gerüchteküche der Vengeance, aber die Informationen, die weitergegeben werden, sind harmlos, und es ist mir egal, wer es weiß.

So etwas hätte mich vor ein paar Monaten noch wütend gemacht, aber jetzt schenke ich Emory ein aufrichtiges Lächeln. „Ich kann mich wirklich glücklich schätzen, Veronica zu haben."

Nur, dass du sie nicht wirklich hast. Sie kann jeden Moment mit einem anderen Typen hier auftauchen.

Mollie wechselt das Thema, indem sie zu einem Tisch hinüber nickt, an dem Baden mit Emorys Schwester Jenna spricht. „Ich bin froh, dass Jenna gekommen ist."

Emory nickt und lächelt zu ihrer Schwester hinüber. „Ich auch. Es tut ihr gut, mal rauszukommen und unter Leuten zu sein."

Ich betrachte Jenna und Baden, die zusammensitzen. Ich habe Emorys Schwester nur ein einziges Mal bei einer anderen Gelegenheit getroffen und kenne ihre Geschichte nicht, aber sie hat Narben, die ihren Kiefer hinunter und ihren Hals entlang laufen und im Kragen ihres Shirts verschwinden. Baden hat selbst Narben – eine große im Gesicht, von der Schläfe bis zum Kiefer, und mehrere am Körper, die von dem Angriff auf ihn herrühren.

Ich frage mich, ob sie über ihren gemeinsamen Schmerz zusammenfinden werden.

Meine Aufmerksamkeit kehrt zum Gespräch zurück. Ich merke, dass ich etwas verpasst habe, aber ich kann das Wesentliche aufschnappen.

„Sie ist unzufrieden mit ihrem Job. Sie möchte gern für die Printmedien arbeiten, aber die sterben gerade qualvoll. Sie möchte kündigen, aber ich möchte nicht, dass sie es tut, weil sie so endlich aus dem Haus kommt", sagt Emory.

Ich entnehme daraus, dass sie immer noch über Jenna reden. Und ich weiß nicht viel über das Thema, aber ich stimme zu, dass die Printmedien aussterben. Heutzutage beziehen die meisten Leute ihre Nachrichten von einer App auf ihrem Handy.

„Vielleicht sollte sie sich mit digitalen Medien beschäftigen", schlage ich vor. Alle Augen richten sich auf mich, und ich bin sicher, dass sie überrascht sind, dass ich mich tatsächlich an der Unterhaltung beteilige. Ich sehe Emory an. „Du weißt schon … sie kann in deine Fußstapfen treten."

Emory blinzelt überrascht und ein Lächeln erscheint auf ihrem Gesicht. „Das ist wirklich gar keine schlechte Idee."

Emory plaudert darüber, aber ich schalte sofort wieder ab, weil Veronica durch das Restaurant geht. Am Arm eines Mannes. Sie sehen aus wie ein verdammtes Hollywood-Paar. Er ist groß, muskulös, sieht fast perfekt aus, hat ein makelloses Äußeres und strahlt Selbstbewusstsein aus. Sie sieht aus wie eine Göttin in dem ärmellosen schwarzen Kleid, das ihre Kurven umschmeichelt und bis zur Mitte der Waden fällt. Ein diagonal über die Brust geführter Stoffstreifen gibt den Blick auf ihr Dekolleté frei und ist sexy und edel zugleich.

Innerlich wird mir glühend heiß, als ich sehe, wie sie sich an ihn klammert. Und dann rauscht es in meinen Ohren, als ich meinen vor Wut pochenden Puls spüre.

Ohne mich zu entschuldigen, trenne ich mich von der Gruppe und gehe in Veronicas Richtung. Als ich an Baden und Jenna vorbeikomme, fängt Baden mich ab.

Er hält sich an der Lehne seines Stuhls fest und lehnt sich zu mir heran. „Du musst dich beruhigen."

„Ich bin ruhig", stoße ich hervor.

„Dein Gesicht sagt etwas anderes."

Ich atme tief ein und langsam wieder aus. „Ich will einfach nur mit ihr reden."

„Das ist in Ordnung." Sein Blick ist intensiv und leicht besorgt. „Aber denke daran, dass dich die reine Eifersucht dazu antreibt. Du musst dich fragen, was dir das sagt, und die Dinge so akzeptieren, wie sie sind."

Ich schaue meinen Freund an. „Geht es noch kryptischer?"

Baden grinst. „Du verstehst mich sehr gut."

Leider tue ich das.

Baden ist zugegebenermaßen mein engster Freund geworden und er kennt mich so gut wie kein anderer. Wir sind uns noch nähergekommen, seit ich ihm von Veronica erzählt habe. Und ich habe ihm bei der Gegenüberstellung, die er auf dem Polizeirevier machen musste, als Kontaktperson gedient. Er hat mich danach angerufen, um mir zu sagen, dass er einen seiner Angreifer identifizieren konnte. Sophie war jedoch nicht in der Lage, ihn auf den Fotos, die nach Pittsburgh geschickt wurden, wiederzuerkennen. Das hat für eine Menge Frustration gesorgt, denn es gibt keine Möglichkeit für die Polizei, den Mann zu verhaften, wenn ein Opfer ihn identifiziert und das andere nicht.

Der Polizei ist es jedoch gelungen, aufgrund von Badens Identifizierung einen Beschluss zum Abhören des Telefons des Verdächtigen zu erhalten, und sie hoffen, dass sie damit etwas Belastendes serviert bekommen. Im Moment ist Baden jedoch mehr als frustriert und verärgert, da er davon ausgegangen ist, dass Gerechtigkeit in greifbarer Nähe sein könnte.

Ja, ich habe mit ihm über Veronica gesprochen und er hat mir seine Sorgen mitgeteilt.

Ich muss respektieren, was er gesagt hat. Ich nicke ihm zu und gestehe damit ein, dass er vielleicht weiß, wovon er spricht.

Ich entferne mich von meinem Freund und gehe durch den Raum, schlängle mich durch die Leute, um mich Veronica und ihrem Date zu nähern.

Ihre Augen weiten sich, als sie mich näher kommen sieht. Ich werfe nicht einmal einen Blick auf ihr Date. „Kann ich mit dir unter vier Augen sprechen?“, frage ich höflich.

Sie runzelt verwirrt die Stirn, sagt dann aber: „Sicher.“

Sie wendet sich an den Mann an ihrer Seite und tätschelt seinen Arm. „Ich bin gleich wieder da, Devlin. Holst du uns etwas zu trinken und wir treffen uns an der Bar?“

Er schenkt ihr ein strahlendes Lächeln, wirft mir einen unsicheren Blick zu und geht Richtung Alkohol. Ich hoffe, er verschluckt sich daran. Und was für ein blöder Name ist eigentlich Devlin?

Ich nehme Veronica am Ellbogen und begleite sie durch die Menge. Ich sehe mich um und versuche, eine dunkle Ecke oder Nische zu finden, in der wir uns unterhalten können. Frustriert, weil hier viel zu viele Menschen sind, werfe ich einen Blick auf die Garderobe und den Angestellten, der dort sitzt und gelangweilt auf seinem Handy surft. Ich ziehe Veronica in diese Richtung, erreiche ich die Theke, hole einen Hundert-Dollar-Schein aus meiner Brieftasche und schiebe ihn ihm zu.

Sein Kopf ruckt hoch und er richtet sich auf. „Wie kann ich Ihnen helfen, Sir?"

„Nimm das Geld und verschwinde für fünfzehn Minuten."

Der Junge nickt überschwänglich, schnappt sich den Hunderter und huscht davon.

Ich ziehe Veronica in die Garderobe und schließe die Tür hinter mir.

Und dann ist mein Mund auf ihrem. Ich habe sie in meinen Armen und drücke sie mit dem Rücken an die Wand; links und rechts von uns hängen Jacken. Sie reagiert sofort, schlingt die Arme um meinen Nacken und ihre Zunge kommt meiner entgegen.

Ich presse meinen Körper an ihren. Ich versuche, ihr Bein hochzuziehen, um es um meine Taille zu wickeln, aber ihr Kleid ist zu eng. Das Problem ist schnell gelöst, denn ich nehme den Stoff und schiebe ihn über ihre Hüften.

Sie macht sich nicht einmal die Mühe, sich gegen mich zu wehren. Ich küsse sie weiter, meine Finger wandern zwischen ihre Beine und in den Schritt ihres Höschens, wo ich sie bereits feucht vorfinde.

Sie stöhnt, als ich einen langen Finger in sie schiebe, und ihre Hüften zucken gegen mich. Ich will, dass sie schnell und hart kommt, also bearbeite ich ihre Klit, und es dauert nur Sekunden – wirklich nur Sekunden – und sie explodiert. Ich sauge ihren Schrei in meinen Mund, während ich sie weiter küsse und sie sich von ihrem Orgasmus erholen lasse.

Als ich mich von ihr zurückziehe, erwarte ich ein verträumtes Lächeln auf ihrem Gesicht, aber stattdessen sieht sie mich finster an. „Ich dachte, du wolltest reden?"

Oh, stimmt ja. „Du darfst dich mit niemandem außer mir treffen."

Veronica zieht eine elegante Augenbraue hoch. „Du kannst mir nicht befehlen …"

Ich küsse sie erneut, um sie zum Schweigen zu bringen. Hart und dominant. Ich warte, bis sie sich mir unterwirft und ihre Arme wieder um meinen Hals legt, bevor ich meinen Mund von ihrem losreiße.

Ich beuge mich hinunter, sodass wir fast Nase an Nase stehen, und knurre: „Das mit uns ist exklusiv. Wenn du mich fickst, triffst du dich mit keinem anderem. Nicht zum Ficken, nicht zum Ausgehen. Hast du das verstanden?“

Sie sieht verärgert aus. „Ich glaube nicht, dass …“

Ich küsse sie erneut.

Als ich mich dieses Mal zurückziehe, lächelt sie. Sie neigt den Kopf, sodass wir uns in die Augen sehen. „Na gut. Ich habe es verstanden.“

„Gut. Nach der Party bringe ich dich nach Hause. Ich hoffe, dein Lover hat nichts dagegen.“

Veronica kichert, während sie ihr Kleid nach unten zieht und dabei mit den Hüften wackelt.

„Was ist so lustig?“, frage ich.

Sie richtet sich auf und grinst mich an. „Er ist nur ein Freund und er ist schwul.“

Ich blinzle sie dümmlich an. Diese ganze krasse Eifersucht, auf die ich laut Baden achten und deren Botschaft ich akzeptieren soll, empfinde ich nur wegen eines schwulen Kerls? „Bist du sicher, dass er schwul ist?“

„Yep. Er ist ein sehr guter Freund. Meine Tugendhaftigkeit ist bei ihm völlig sicher. Aber das war eine beeindruckende Demonstration von Eifersucht.“

„Ich war nicht eifersüchtig“, knurre ich.

Sie stellt sich auf die Zehenspitzen und küsst mich, wobei sie beide Hände auf meine Wangen legt. „Vielleicht hilft es, dass ich genauso eifersüchtig gewesen wäre, wenn du mit einem Mädchen aufgetaucht wärst.“

Das gefällt mir und ich lächle. „Es hilft“, gebe ich zu.

Kapitel 18

Veronica

Ich schaue auf meine Uhr und dann zu Janelle. „Er wird bald hier sein."

Janelle nickt gelassen. Wir stehen vor dem Eingang der Aula ihrer Highschool, in der ihre Arbeiten in einer Kunstausstellung gezeigt werden. Drei ihrer Werke sind da drin und sie ist schon ganz aufgeregt.

Als Janelle mich gebeten hat, zu ihrer Ausstellung zu kommen, war ich sowohl erfreut als auch gerührt. Aber ich weiß nicht, wie Riggs darüber denkt, denn wir haben es absichtlich vermieden, etwas zusammen zu unternehmen, weil wir still übereingekommen sind, dass Janelle nichts von uns erfahren soll.

Ich vermute, das liegt daran, dass wir uns zwar auf Monogamie geeinigt haben, aber dennoch keine ernsthafte Beziehung führen. Es geht immer noch nur um Sex, und das wollen wir einer Siebzehnjährigen nicht als erstrebenswert vorleben.

Als sie mich eingeladen hat, habe ich mich nicht zurückhalten können, zu fragen: „Ist Riggs damit einverstanden? Ich möchte ihm nicht seine Zeit mir dir wegnehmen."

Es hat mich verblüfft, als sie geantwortet hat: „Riggs war derjenige, der vorgeschlagen hat, dass ich dich einlade. Da du dafür gesorgt hast, dass ich von meiner alten Schule geflogen und so hier gelandet bin. Ein großer Teil dieses Erfolges ist also dir zu verdanken."

Ich habe gelacht. „Das war aber nicht ganz so."

Janelle antwortete: „So will ich es aber sehen."

Wir warten vor der Tür, weil Riggs sich verspätet. Er hat heute Training, also haben wir vereinbart, dass ich Janelle herbringe und er uns hier trifft.

„Da ist er!", sagt Janelle aufgeregt und deutet in seine Richtung.

Ja, da ist er. Er sieht unglaublich gut aus in seiner anthrazitfarbenen Hose und dem Oberhemd und mit den noch leicht feuchten Haaren. Er eilt über den Parkplatz und hält einen riesigen Blumenstrauß für Janelle in der Hand.

Er kommt nahezu rutschend vor uns zum Stehen. „Tut mir leid, dass ich zu spät bin. Der Coach war heute ein Tyrann." Riggs hält seiner Schwester die Blumen hin. „Für die angehende Künstlerin. Auf eine fantastische erste Ausstellung. Ich bin sicher, dass es noch viele weitere geben wird."

Janelle nimmt die Blumen. „Wow. Mir hat noch nie jemand Blumen geschenkt."

Verdammt, das macht mich traurig. Dieses schöne junge Mädchen hat so etwas noch nie erlebt. Schön, dass es ihr Bruder ist, der ihr dieses Erlebnis beschert. Sie wird es nie vergessen.

Riggs' Blick fällt auf mich und er lächelt. Er macht eine schwungvolle Geste zur Tür. „Sollen wir reingehen und sehen, wie talentiert meine Schwester ist?"

„Ich denke, ja“, stimme ich zu und Janelle und ich gehen vor ihm hinein.

In den vergangenen zwei Wochen, seit Riggs' beeindruckendem Auftritt bei der Verlobungsfeier, haben wir uns nur dreimal treffen können, weil er viel unterwegs war und ich zur Uni gegangen bin. Aber es gibt keinen Zweifel, dass die Dinge anders geworden sind. Wir fallen nicht mehr beim ersten Anblick übereinander her wie früher. Der Sex hat bei unseren Treffen immer an erster Stelle gestanden.

Aber jetzt telefonieren wir und schreiben uns Nachrichten, um uns beim anderen zu melden. Einmal habe ich beiläufig vorgeschlagen, dass wir zu Abend essen sollten, wenn er vorbeikommt, also habe ich Ofenhühnchen gemacht.

Ein anderes Mal ist er aufgetaucht, als ich versucht habe, eine Batterie in einem piepsenden Rauchmelder zu wechseln. Er hat mich sofort von der Leiter gescheucht und sich um das Problem gekümmert. Dann meinte er, ich müsste alle Batterien austauschen, also ist er durch meine Wohnung gegangen und hat genau das getan.

Als er fertig war, hat er gesagt: „Ruf mich an, wenn du Hilfe bei solchen Dingen brauchst.“

Das hat bei mir zugegebenermaßen ein gewisses Flattern im Bauch verursacht.

Riggs hat auch mehr Interesse an meinen studentischen Aktivitäten gezeigt und Fragen zu meinen Träumen und Zukunftsvisionen gestellt.

Im Gegenzug versuche ich, mehr über Eishockey zu lernen, und er ist nur zu gern bereit, mir alles beizubringen, was ich wissen muss. Bei uns geht es immer noch um den Sex, und der ist besser als je zuvor, seit wir uns der Monogamie verschrieben haben. Zwischen uns gibt es keine Grenzen.

Und in einer sehr interessanten Wendung der Ereignisse, die bestätigt, dass sich die Dinge zwischen uns definitiv geändert haben, haben wir über Safer-Sex-Praktiken gesprochen und beschlossen, die Kondome wegzulassen. Wir haben beide keine Krankheiten und ich nehme die Pille.

Und ja, der Sex ist ohne Kondome noch besser geworden. Er ist intimer und rührt Empfindungen an, vor denen wir zu viel Angst haben, um sie anzusprechen.

Riggs und ich folgen Janelle durch ein Labyrinth von Kunstausstellungsstücken, die in der Aula aufgebaut sind. Janelle stellt ihre Aquarelle aus. Das bedeutet nicht, dass die Aquarellmalerei ihre wahre und einzige Leidenschaft ist. Sie liebt das Skizzieren und arbeitet auch mit Ton, aber die Aquarellmalerei ist das, was sie im Moment am meisten interessiert.

Als ich die drei Bilder sehe, bin ich so überwältigt von ihrem Talent und der Schönheit der Werke, dass ich nicht verstehe, wie sie jemals ein anderes Fach wählen konnte.

„Die sind spektakulär", sage ich, während ich sie betrachte. Als ich mich umdrehe, um Janelle anzusehen, strahlt sie zurück. „Kann ich dich beauftragen, etwas für meine Wohnung zu malen?"

Janelles Augen werden groß. „Wirklich?"

„Wirklich", sage ich entschieden. „Deine Werke sind besser als viele von professionellen Künstlern, die ich gesehen habe."

Janelle dreht den Kopf zu ihrem Bruder, als könnte sie das Kompliment nicht ganz verstehen oder annehmen.

Er nickt und lächelt. „Sie sind wunderbar, Kleines. Dein Talent ist unbeschreiblich."

Obwohl wir nur hier sind, um Janelles Arbeiten zu bewundern, gehen wir höflich durch die ganze Aula. Es dauert nicht lange, bis Janelle sich von uns losreißt und ihre Freunde findet. Riggs und ich amüsieren uns, kritisieren die Kunst, finden immer etwas Nettes zu sagen und raunen uns dann zu, wie viel besser Janelle ist als ihre Klassenkameraden.

Offensichtlich sind wir voreingenommen.

Nach etwa fünfundvierzig Minuten stürmt Janelle mit einem anderen Mädchen im Schlepptau auf Riggs und mich zu.

Ich kenne sie nicht, aber Riggs sagt: „Hi, Melody."

„Hallo, Mr. Nadeau", antwortet sie und eine Zahnspange blitzt in ihrem Mund auf. „Meine Eltern und ich möchten wissen, ob Janelle mit uns zu Abend essen und dann bei mir übernachten darf."

Riggs schaut zu seiner Schwester, die ihn erwartungsvoll anschaut. Sie hat jetzt ein Sozialleben und scheint das Angebot annehmen zu wollen. „Nun, wenn du heute Abend nicht mit deinem altmodischen Bruder abhängen willst, geht das wohl in Ordnung."

Janelle schlingt ihre Arme um Riggs' Hals und umarmt ihn. Nicht, weil er ihr etwas Spektakuläres erlaubt hätte, denn er hat sie schon früher woanders übernachten lassen, sondern weil er mit ihr darüber gescherzt hat und die Absicht hatte, den Abend mit ihr zu verbringen. Und doch erkennt er ihr Bedürfnis nach Freunden an.

Im Grunde genommen ist Riggs der Elternteil, den sie immer gebraucht hat.

Die Erkenntnis lässt mir für einen Moment vor Rührung die Kehle eng werden.

Nachdem wir vereinbart haben, die Betreuung von Janelle an Melodys Eltern zu übergeben, verlassen Riggs und ich die Aula. Als wir uns von allen entfernt haben und uns bereit machen, den Parkplatz zu betreten, mache ich einen Vorschlag. „Hast du Lust, mit zu mir zu kommen und die sexy Dessous zu sehen, die ich heute gekauft habe?"

Riggs antwortet nicht sofort, sondern lässt seinen Blick über den Parkplatz schweifen, als ob er über mein Angebot nachdenken würde. Kurz sinken meine Hoffnungen. Ich verstehe nicht, warum er nicht darauf anspringt. Schließlich geht es bei uns nur um Sex, und er mag es sehr, wenn ich sexy Dessous trage.

Als sein Blick wieder zu mir gleitet, sagt er: „Wie wäre es, wenn wir erst einmal in einem schönen Restaurant essen gehen? Vielleicht einen Spaziergang am Fluss entlang machen?"

Ich starre ihn verwirrt an, weil ich sicher bin, dass ich ihn falsch verstanden habe.

Er lacht auf. „Ja, wie bei einem Date."

Ich ziehe die Augenbrauen zusammen und sehe ihn skeptisch an. „Wer bist du und was hast du mit Riggs gemacht?"

Er schüttelt den Kopf, nimmt mich am Ellbogen und begleitet mich über den Parkplatz. „Danach gehen wir zu dir und du kannst mir die Dessous vorführen."

Da bin ich voll dabei.

Es fühlt sich aber erst richtig seltsam an, als wir im Restaurant ankommen. Auf dem Weg dorthin haben wir uns über Janelle und ihr künstlerisches Talent unterhalten. Sie hat sich an mehreren Universitäten beworben und wurde auch angenommen, aber keine von denen hat herausragende Kunstkurse. Bisher hat sie noch nicht über Kunst als Hauptfach nachgedacht, und darüber muss Riggs bald mit ihr reden.

Sobald wir im Restaurant sind, kehrt eine peinliche Stille ein. Es ist, als wüssten wir nicht, was wir tun sollen, wenn wir uns nicht gegenseitig berühren.

Ich will gerade vorschlagen, dass wir verschiedene Sexstellungen besprechen könnten, die wir noch nicht ausprobiert haben, als Riggs sagt: „Wie kam es dazu, dass du mit deinem Ex-Mann verheiratet warst? Aus dem, was du und Janelle mir erzählt habt, schließe ich, dass er das größte Arschloch der Welt ist. Und ich kann mir nicht vorstellen, dass du ein Arschloch tolerierst."

Ich weiß nicht, wie ich antworten soll. Ich weiß nicht, ob ich ihm das erzählen will, denn ein Teil von mir schämt sich zutiefst, dass ich mich auf ein Arschloch eingelassen habe.

Andererseits wird mir sofort klar, dass ich Riggs zutraue, dass er mich nicht vorschnell verurteilt. Und das hätte ich vor ein paar Monaten noch nicht von ihm behaupten können, als er das Schlimmste von mir gedacht hat, weil ich eine reiche Geschiedene bin.

Ich zucke mit den Schultern und fahre mit der Fingerspitze über den Boden meines Wasserglases, der von Kondenswasser benetzt ist. „Ich war jung und dumm. Er hat mich im Sturm erobert und mich überzeugt, das College für ihn abzubrechen. Im Nachhinein denke ich, dass ich immer wusste, dass er ein Arschloch ist, aber ich war so geblendet von dem Lebensstil, dass ich mich ausnutzen ließ. Es war ein oberflächliches Verlangen, diese Dinge besitzen zu wollen, und ging auf Kosten meiner Würde."

„Sei nicht so hart zu dir selbst", sagt Riggs mit einem durchdringenden Blick. „Wir alle tun bedauerliche und dumme Dinge, wenn wir jung sind."

„Ja", sage ich leise. „Aber ich habe so viel Zeit mit diesem Verlierer verschwendet. Zeit, die ich jetzt endlich zurückgewinnen will."

„Indem du deinen Abschluss machst?"

Ich nicke.

„Janelle hat mir erzählt, dass du eine Art gemeinnützige Organisation gründen willst, um Menschen zu helfen, und dass du deine ganzen Alimente dafür gespart hast. Warum tust du das nicht einfach, anstatt dich mit einem Studium herumzuschlagen?"

Eine berechtigte Frage, mit der ich mich viele Monate auseinandergesetzt habe. „Ich bin definitiv in der Lage, das Projekt sofort zu starten. Aber ich will erst beenden, was ich angefangen habe. Bevor ich Jace kennenlernte, war es mein wichtigstes Ziel, einen Hochschulabschluss zu machen, und er hat mich aus der Bahn geworfen. Ich habe eine schreckliche Entscheidung getroffen und meine Ziele über Bord geworfen. Ich muss zu Ende bringen, was ich für mich selbst begonnen habe. Ich habe nicht das Gefühl, dass ich ihn wirklich hinter mir lassen und vorwärtskommen kann, bis ich das tue."

Riggs ist still und starrt mich an. Ich habe das Gefühl, unter einem Vergrößerungsglas zu stehen.

Ich verziehe den Mund angesichts der ganzen Tragödie. „Ziemlich dumm, was?"

Ein sanftes Lächeln umspielt seine Lippen. „Ziemlich bewundernswert."

Wir sprechen über meine Vision für die Wohltätigkeitsorganisation, die ich gründen möchte. Ich erfahre mehr darüber, wie er zum Eishockeyspieler geworden ist, und lausche seinen Worten, die seinen Weg durch das College und seinem Wechsel in die Profiliga beschreiben.

Das Essen ist köstlich, und unser Gesprächsstoff lässt nicht nach. Als wir schließlich das Restaurant verlassen, beschließen wir, den Spaziergang am Fluss sausen zu lassen und meine neuen Dessous zu begutachten. Wie wir es am besten können, werden wir den Abend damit ausklingen lassen, dass wir uns gegenseitig Lust verschaffen.

Aber als Riggs mir die Autotür öffnet, muss ich mir eingestehen, dass heute Abend der Abend ist, an dem ich wirklich anfange, mich in ihn zu verlieben.

Kapitel 19

Veronica

Es ist Nachmittag, wir befinden uns mitten in einem höchst ungewöhnlichen, sintflutartigen Regen in Phoenix, und ich mache eine seltene Pause, um Zeit mit Janelle und Clarke in der Buchhandlung zu verbringen. Janelles Lehrer haben einen Fortbildungstag und ich habe meine Arbeit für die Uni beendet, also habe ich mir gedacht, ein wenig mit ihnen abzuhängen.

Nur weil wir in der Wüste leben, heißt das nicht, dass wir keine Regenschauer bekommen. Allerdings ist ein heftiger Regen wie dieser im Februar eher ungewöhnlich. In der Regel bleiben die Leute drinnen, und so haben wir seit über einer Stunde keinen Kunden mehr gehabt.

Clarke hat ein paar Lieder abgespielt, und wir haben albern getanzt und Lippensynchronisationen zu einem Popstar gemacht, den ich nicht kannte, bis Janelle mich aufgeklärt hat.

Ich beobachte Janelle, wie sie herumhüpft und ausgelassen lacht, und empfinde eine intensive Zuneigung für sie. Ich habe auch einen Anflug von Schuldgefühlen, weil sie absolut keine Ahnung hat, dass ich mit ihrem Bruder auf einer intimen Ebene liiert bin. Nicht, dass sie die Details unserer Art von Beziehung wissen sollte, und vielleicht muss sie überhaupt nichts wissen, aber ich fühle mich trotzdem schuldig.

Besonders nach unserem Date gestern Abend.

Ich kann nicht aufhören, darüber nachzudenken. Es ist, als hätten Riggs und ich die Linie im Sand überschritten, die wir gezogen haben, und wir sind beide damit einverstanden, auf der jeweils anderen Seite zu bleiben. Als wir die Grenze überschritten haben, hat sich die Art unserer Intimität geändert. Der Sex letzte Nacht war so, wie ich ihn noch nie erlebt habe, und ich weiß, dass etwas Magisches passiert ist.

Mit ihm in einem Restaurant zu sitzen, Wein zu trinken und gutes Essen zu genießen, während wir uns unterhalten und besser kennenlernen, habe ich für uns nicht vorausgesehen. Innerlich versuche ich immer noch, abzuklären, ob das wirklich eine gute Entwicklung ist.

Ich denke, ich mache mir Sorgen, dass ich mir selbst nicht treu bin. Mein Ex-Mann hat mir so viel angetan. Und ich habe mir so fest vorgenommen, nie wieder einem anderen Mann zum Opfer zu fallen. Was bedeutet, dass ich mich nie wieder mit meinem Herzen einlassen wollte. Leider ist es neugierig geworden und hat begonnen, sich einem Mann zu öffnen, von dem ich nie gedacht hätte, dass er sich die Mühe machen würde, meine Gefühle zu erwidern.

Janelle und ich kommen uns mit jeder Woche, die verstreicht, näher. Durch die Zeit, die wir ab und zu hier im Buchladen verbringen, durch Nachrichten oder Anrufe, wenn ich mit ihr abhänge, während Riggs zu Spielen weg ist, und wenn wir zu

Grandma Katie fahren, ist Janelle ein sehr wichtiger Teil meines Lebens geworden. Am meisten Angst macht mir, dass Riggs ihr möglicherweise den Kontakt zu mir verbieten könnte, sollte unsere Beziehung schiefgehen. Ich möchte ihre Zuneigung und Freundschaft nicht verlieren. Das ist mir viel wichtiger als alles, was ich mit Riggs haben könnte.

Die Frage ist, ob er das auch so sehen würde. Würde er zustimmen, dass es immer noch in Janelles bestem Interesse wäre, mich in ihrem Leben zu haben?

Das sind Dinge, die ich mit Riggs besprechen muss, bevor wir weitermachen.

Ein neuer Song beginnt, und Janelle fängt an, zu einem anderen Beat herumzutanzen. „Das ist ein toller Song."

Ihre Art, zu tanzen, ist sicher anders als meine, und ich weiß, dass ich in meinem Alter dabei albern aussehe. Aber außer Janelle und Clarke ist niemand hier, der über mich urteilt, und es macht mir nichts aus, wenn ich mich vor ihnen lächerlich mache. Also tanze ich mit Janelle und versuche, ihre Bewegungen nachzumachen.

„Das ist super!" Sie lacht und tänzelt an meine Seite. „Aber mach es so."

Ich beobachte, was sie tut, und versuche, meinen Tanz anzupassen. Ich sehne mich nach den Tagen, als ich ihr den „Macarena" hätte beibringen können, was viel einfacher ist als das hier.

Die Glocken über der Eingangstür läuten und Janelle und ich erstarren. Ich drehe mich schnell um und greife nach ihrem iPhone, um die Musik zu stoppen.

Als ich mich wieder umdrehe, sind ein Mann und eine Frau eingetreten und die Tür schließt sich hinter ihnen. Ich erkenne sie an ihrer Kleidung als Touristen, aber es ist die Gürteltasche der Frau, die sie verrät.

Ich reiche Janelle ihr Telefon und sehe, dass ihr Gesicht blass geworden ist. Sie starrt das Pärchen an und auch ich schaue genauer hin.

„Na, willst du deine Mutter nicht in den Arm nehmen?", fragt die Frau Janelle, während sie ihre Arme ausstreckt.

Ihre langen Acrylnägel sind in einem kitschigen, leuchtenden Pink lackiert und ihr gesträhntes helles Haar hat einen dunklen Ansatz.

Janelle bewegt sich keinen Zentimeter.

Das ist Janelles Mutter Sandra, und das muss ihr Stiefvater Shep sein.

Ich habe eine Menge über Janelles Beziehung zu ihrer Mutter erfahren. Janelle ist unglaublich zurückhaltend. Sie sprechen etwa einmal in der Woche miteinander, und immer nur dann, wenn Janelle sie anruft, um sich nach ihr zu erkundigen. Die Beziehung wurde meiner Meinung nach für immer zerstört, als ihre Mutter sich weigerte, zu glauben, dass ihr Stiefvater versucht hat, sich an Janelle zu vergreifen.

Riggs hat mir ursprünglich erzählt, was passiert ist, aber in den letzten Wochen hat sich Janelle zur ganzen Situation geäußert. Sie ist so verdammt verbittert, dass ihre Mutter ihr nicht geglaubt hat. Je näher sie und ich uns kommen, desto mehr ist sie bereit, darüber zu erzählen. Nicht über das, was passiert ist, sondern wie sie sich dabei gefühlt hat. Je mehr sie erzählt, desto mehr gelobe ich, ihr zu helfen, diese Erinnerungen zu lindern, indem ich ihr neue, schöne Erinnerungen schenke.

Es gibt ein Patt mit Janelles Mutter, die ihre Hände ausstreckt, und dem Mann neben ihr, von dem ich annehme, dass er Janelles Stiefvater ist. Er hat ein Grinsen im Gesicht, das ich ihm am liebsten wegschlagen würde.

Als sie den Laden betreten haben, haben sie sich zwischen mir und Janelle und der Kasse positioniert. Dahinter befindet sich Clarkes Büro. Über die Schulter der Mutter hinweg sehe ich, dass Clarke mit einem besorgten Gesichtsausdruck herausschaut. Sie hält ihr Handy hoch und formt lautlos mit den Lippen das Wort *„Polizei?“*

Obwohl hier Janelles Mutter vor ihr steht, zögere ich nicht angesichts all dessen, was ich über diese Frau und den Stiefvater weiß, Clarke ein unmerkliches Nicken zu schenken, das sie mit ihrem eigenen quittiert. Ich habe kein gutes Gefühl bei der Sache. Die Polizei zu rufen, ist vielleicht übertrieben, aber ich gehe lieber auf Nummer sicher.

„Was machst du denn hier?“, fragt Janelle ihre Mutter. Sie versucht, ungezwungen und respektvoll neugierig zu klingen. Aber die Tatsache, dass sie sich keinen Zentimeter bewegt hat, um ihre Mutter wie gewünscht zu umarmen, zeigt mir, dass sie sich überhaupt nicht freut, sie zu sehen.

Ihre Mutter lässt die Arme sinken, schürzt die Lippen und wirft Janelle einen tadelnden Blick zu. „Können deine Eltern dich nicht einfach besuchen kommen?“

Janelles Blick wandert zu ihrem Stiefvater. „Er ist nicht mein Elternteil.“

Sheps Augen blitzen bösartig auf. „O Darling, sag das nicht. Ich vermisse dich sehr.“

Janelle zittert bei diesen Worten, und das ist der Punkt, an dem ich mich entschließe, einzugreifen.

Ich stelle mich vor Janelle, um mich zwischen sie und die Leute zu begeben, die ihr im Moment Angst machen. Ich hebe eine Hand und zeige mit dem Finger auf die Tür. „Das war's. Sie müssen jetzt gehen. Sie sind hier nicht willkommen.“

Clarke erscheint in der Tür zu ihrem Büro und beobachtet alles aufmerksam. Ich nehme an, sie hat die Polizei gerufen.

Sandra starrt mich an. „Wir sind hier, um Janelle mitzunehmen.“

Hinter mir ruft Janelle: „Was? Nein!“

Ich schüttle den Kopf über Sandra. „Kommt nicht infrage.“ Ich schaue über meine Schulter zu Janelle und beruhige sie. „Dazu wird es nicht kommen.“

Sie atmet zittrig aus und nickt mir dankbar zu.

„Ich bin ihre Mutter.“ Sandra macht einen kleinen Schritt auf mich zu und verschränkt die Arme vor der Brust. „Ich habe Rechte.“

„Sie haben diese Rechte abgetreten“, sage ich ruhig.

„Wir hätten unsere Rechte nur abgetreten, wenn Riggs uns Geld zahlen würde. Wir sind hier, um zu kassieren. Also, entweder das Geld oder Janelle.“

Das ist eine schockierende Nachricht, und Janelle keucht hinter mir auf. Ich weiß, dass Riggs ihnen bereits einen saftigen Scheck ausgestellt hat, und es ist mir wirklich egal, ob Riggs versprochen hat, ihnen mehr zu geben, aber sie werden hier nicht mit Janelle weggehen.

Shep tritt vor. „Er zahlt nicht, also wollen wir sie zurück.“

Mir kommt die Galle hoch, denn ich weiß genau, warum er sie zurückhaben will. Ich starre beide an, wiederhole aber ruhig: „Sie wird nicht mit Ihnen gehen. Riggs hat das Sorgerecht.“

Shep lehnt sich zur Seite und nimmt Blickkontakt mit Janelle auf, die hinter mir steht. Er schnippt mit den Fingern und zeigt auf den Boden neben sich. „Du kommst jetzt sofort hierher. Du gehst mit mir und deiner Mama mit. Wenn Riggs dich zurückhaben will, kann er das Geld bezahlen, das uns zusteht.“

„Ich werde nicht mitkommen“, sagt Janelle, und ich bin stolz auf die Stärke in ihrer Stimme.

Ich muss sie nicht ansehen, um zu wissen, dass ihr Kinn hoch erhoben ist und ihre Schultern gestrafft sind.

„Wie sie es gesagt hat“, wiederhole ich, „sie wird nicht mitkommen.“

Mehrere Sekunden lang starren wir uns an. Sandra sieht nicht übermäßig selbstbewusst aus, und ich werfe einen Blick auf Clarke, die vor Sorge auf ihrer Unterlippe kaut.

Es ist Shep, der meine Aufmerksamkeit erregt, als er auf uns zukommt. „Das werden wir ja sehen.“

Er versucht, an mir vorbeizukommen, um zu Janelle zu gelangen, aber ich stelle mich ihm einfach in den Weg und blockiere ihn. Der Kerl ist nicht so groß wie Riggs, aber er ist gut zwölf oder dreizehn Zentimeter größer als ich und wiegt gut zwanzig Kilo mehr. Ich werde einen Faustkampf mit ihm nicht überstehen und ich habe Angst, aber er wird Janelle auf keinen Fall in die Finger bekommen.

Frustriert knurrend packt Shep meinen Oberarm und schleudert mich weg. Es geht so schnell, dass ich weder darauf vorbereitet bin noch das Gleichgewicht auf meinen hohen Absätzen halten kann, sodass ich auf den Boden knalle.

Ich wische mir die Haare aus dem Gesicht und sehe, wie Shep nach Janelle greift. Er umklammert ihren Arm, und es macht mich wütend, dass er es wagt, sie anzufassen. Mit einer Geschicklichkeit, von der ich nicht wusste, dass ich sie besitze, erhebe ich mich vom Boden, mache zwei Schritte in meinen Louboutins, springe auf seinen Rücken und schließe meinen linken Arm um seine Kehle. Er ist so fassungslos, dass er Janelle loslässt.

„Janelle!“, rufe ich, während ich fester zudrücke. „Geh mit Clarke ins Büro!“

Ich bin dankbar, dass sie nicht widerspricht, sondern um den Kassentresen herumläuft. Ich beobachte sie danach nicht weiter, höre aber die Bürotür zuschlagen. Fürs Erste ist sie in Sicherheit.

„Du verdammte Schlampe“, knurrt Shep.

Er streckt eine Hand über seine Schulter aus, packt die Haare an meinem Hinterkopf und zieht so stark, dass ich keine andere Wahl habe als meinen Griff, um seinen Nacken zu lockern. Wieder schleudert er mich von sich weg und ich fliege, aber der Fall wird abrupt gestoppt, weil er meine Haare nicht loslässt.

Ich schreie vor Schmerz auf, als er mich an den Haaren zurückzieht, damit ich direkt vor seinem Gesicht stehe. Shep holt mit seiner Hand aus, schlägt direkt auf meinen Wangenknochen, und ein krachendes Geräusch hallt durch den Raum. Gleichzeitig lässt er mein Haar los, und ich stolpere erneut zu Boden. Ein Schwindelgefühl überkommt mich, während meine Ohren von dem Schlag klingeln.

Shep geht auf die Bürotür zu, und ich gehe in die Knie, fest entschlossen, diesen Scheißkerl irgendwie zu Fall zu bringen. Aber dann läuten die Glocken an der Tür – es klingt, als hätten die Engel gerade ihre Flügel bekommen – und die Polizisten stürmen mit gezogenen Waffen in den Laden.

Kurz sehen die Beamten zu mir, bevor sie zu Sandra blicken, die ihre Hände zur Kapitulation hochhält, und dann zu Shep, der ein paar Meter von der Bürotür entfernt wie erstarrt ist.

Die Polizisten erkennen ihn als die Bedrohung und einer von ihnen hebt seine Waffe. „Sir ... bleiben Sie stehen und nehmen Sie sofort die Hände hoch."

Ein anderer Polizist hilft mir vom Boden auf und fragt: „Sind Sie diejenige, die den Notruf gewählt hat?"

„Meine Freundin war es. Sie und ein Mädchen sind zur Sicherheit im Büro eingeschlossen." Ich nicke zu Sandra und dann zu Shep. „Sie sind hierhergekommen, um das Mädchen zu holen, aber sie haben nicht das Sorgerecht."

Ein anderer Polizist geht zu Sandra hinüber, nimmt sie am Arm und führt sie weg.

Ein dritter Beamter geht zu Shep, und da er eine körperliche Bedrohung darstellen könnte, werden ihm Handschellen angelegt. Das verschafft mir sicheren Zugang zum Büro, also klopfe ich an die Tür, um Clarke und Janelle mitzuteilen, dass es sicher ist, herauszukommen.

Clarke, Janelle und ich erklären die Situation, auch, dass Riggs das Sorgerecht hat. Sein Name ist bekannt, und die Polizisten sind beeindruckt, dass sie gerufen wurden, um der Familie eines Spielers der Arizona Vengeance zu helfen. Nachdem sie den Kern unserer Geschichte verstanden haben, sprechen sie mit Sandra und Shep.

Janelle, die die ganze Zeit über sehr tapfer gewesen ist, wirft sich in meine Arme. Sie drückt mich so fest an sich, dass ich kaum noch atmen kann. „Es tut mir so leid. Du hast mich mit deinem Leben beschützt. Du bist verrückt, Veronica. Ich kann nicht glauben, dass du das getan hast."

Ich drücke sie zurück und mir kommen die Tränen. „Ich liebe dich, Kleines."

„Ich liebe dich auch", flüstert sie.

Als sie sich zurückzieht, trifft ihr Blick auf mein Gesicht und ihre Augen verengen sich vor Wut. Sie streckt eine zitternde Hand aus und berührt meinen Wangenknochen, der wehtut. „Er hat dich geschlagen?"

Mit sanften Fingerspitzen betaste ich den Knochen und zucke zusammen. „Es war ein Schlag mit der offenen Hand. Ich habe ihn kaum gespürt."

Janelle versucht, zu lächeln, als ich versuche, den Vorfall herunterzuspielen, aber es gelingt ihr nicht. Wir schauen beide zu ihrer Mutter hinüber, die wütend versucht, sich bei einem der Beamten aus der Sache herauszureden. Shep weigert sich beharrlich, zu reden. Der Beamte sagt, Shep werde verhaftet und wegen Körperverletzung angeklagt und, nachdem sie mit Riggs gesprochen haben, möglicherweise auch wegen versuchter Entführung.

„Wir müssen deinen Bruder anrufen", sage ich zu Janelle.

Sie schüttelt den Kopf. „Er ist im Stadion und bereitet sich auf ein Spiel heute Abend vor."

„Tut mir leid“, sage ich ernst, „aber er muss herkommen.“

Janelle nickt widerwillig, und ich lasse sie los, um mein Telefon aus dem Büro zu holen. Ich freue mich nicht darauf, diesen Anruf zu machen.

***

Zum Glück ist das Stadion nur zehn Minuten vom Buchladen entfernt und Riggs schafft es in weniger als zehn Minuten. Er stößt die Tür auf, stürmt herein und sieht sich wild um. Sein Blick fällt zuerst auf seine Mutter und Shep, die mit Polizisten in einer Ecke stehen, und dann sucht sein Blick weiter, bis er bei Janelle verharrt. Sie steht neben mir und er kommt auf uns zu. Sein Blick streift zuerst über sie, bevor er zu mir gleitet. Sein Gesichtsausdruck wird härter, als er wohl einen blauen Fleck in meinem Gesicht sieht.

Riggs sieht über seine Schulter zu Shep und dann wieder zu mir. „Hat er dir das angetan?“

Ich schenke ihm ein strahlendes Lächeln. „Ich bin sicher, es sieht schlimmer aus, als es sich anfühlt.“

Riggs streckt die Hand aus und zieht Janelle in eine kurze Umarmung, bevor er sie sanft von sich schiebt, damit er auf sie herabsehen kann. „Geht es dir gut?“

Janelle nickt und blickt zu mir. „Veronica hat mich gerettet.“

Riggs sieht mich an. Ich habe ihm am Telefon nur gesagt, dass seine Mutter und Shep aufgetaucht sind und darauf bestanden haben, dass Janelle mit ihnen geht, und dass wir die Polizei gerufen haben.

Ich erzähle ihm keine schrecklichen Details, und Riggs blickt mit einer hochgezogenen Augenbraue, die stumm verlangt, dass er alles erfährt, zu seiner Schwester,

Janelle fährt fort, die Abfolge der Ereignisse zu erklären, indem sie meine Beteiligung an ihrer Rettung vor Shep dramatisiert. Riggs' Gesichtsausdruck wird immer tosender, als er erfährt, was genau seine Mutter und Shep getan haben.

Als Janelle fertig ist, entschuldigt sich Riggs und geht los, um mit dem zuständigen Beamten zu sprechen.

Schließlich kommt er zu uns zurück und sagt: „Sie bringen Shep auf die Polizeiwache und er wird wegen tätlichen Angriffs auf Veronica angezeigt. Man wird einen Entführungsversuch in Erwägung ziehen, aber bevor sie das tun, brauchen sie eine offizielle Aussage. Da ich gerade ein Spiel habe, haben sie zugestimmt, dass Janelle und ich morgen früh auf das Revier kommen dürfen. Ich fahre zurück in die Arena und nehme Janelle mit. Sie kann während des Spiels in der Loge des Besitzers bleiben."

Clarke meldet sich zu Wort. „Ich gehe auch zu dem Spiel und kann bei ihr bleiben."

Riggs nickt und richtet seine Aufmerksamkeit auf mich. Er sagt kein Wort, greift aber nach meinem Ellbogen und führt mich von Janelle und Clarke weg auf die gegenüberliegende Seite des Buchladens, wo wir etwas Privatsphäre haben. „Die Polizei möchte, dass du sofort mit auf die Wache kommst und eine Aussage machst, damit sie Anklage erheben können."

Ich nicke. „Ja, natürlich."

„Ich würde mit dir gehen, wenn ich könnte", sagt Riggs mit einem mehr als besorgten Gesichtsausdruck.

Bei seinem Angebot wird mir ganz warm ums Herz. „Ich komme schon zurecht. Ich werde mit Vergnügen meine Aussage machen."

Riggs versucht zu lächeln, aber ich kann sehen, dass es ihm schwerfällt. Er ist wütend. „Ich würde ihm sofort in den Arsch treten, wenn ich damit durchkäme und nicht neben ihm im Knast landen würde."

Ich schnaube. „Ehrlich, du würdest ihn mit einem Schlag außer Gefecht setzen. Das wäre nicht sehr befriedigend."

Riggs lächelt oder lacht nicht. Er ist ernsthaft beunruhigt. Er tritt ein wenig näher und sieht mich durchdringend an. „Kann ich heute Abend nach dem Spiel vorbeikommen, damit wir reden können? Ich werde sehen, ob Janelle bei Jim und Ella bleiben kann."

„Natürlich", murmle ich und endlich löst sich die Anspannung in seiner Haltung.

Er hält eine Weile meinen Blick, dann nickt er mir kurz zu und geht.

Kapitel 20

Riggs

Janelle wartet auf mich im Familienraum im Untergeschoss, nicht weit von unseren Umkleideräumen entfernt. Dort können Familienangehörige und Freunde mit Ausweisen nach den Spielen auf die Spieler warten. Janelle sitzt mit Clarke zusammen und unterhält sich angeregt unter Einsatz ihrer Hände. Sie lächelt, scheint sich wohlzufühlen, und ich frage mich, ob sie die ganze erbärmliche Sache mit unserer Mutter, die sie mitnehmen wollte, schon abgeschüttelt hat.

Natürlich glaube ich nicht eine Minute, dass sie wegen Janelle hier waren. Sie waren nur wegen des Geldes hier, sonst nichts.

Allerdings sitzt Shep jetzt im Knast und dreht Däumchen. Der leitende Polizeibeamte in diesem Fall hat mir geschrieben, dass sie ihn bis zu achtundvierzig Stunden ohne Anklage festhalten dürfen, während sie weiter ermitteln. Wir haben einen Termin für mich und Janelle vereinbart, um uns morgen früh mit ihm zu treffen, um unsere offiziellen Aussagen zu machen. Sie werden dann eine Entscheidung über die endgültige Anklage treffen.

Das ist für mich in Ordnung, denn es bedeutet, dass im Moment alle vor Shep in Sicherheit sind, und ich bezweifle, dass meine Mom den Mut hat, etwas auf eigene Faust zu unternehmen. Nachdem

Janelle und ich den Buchladen verlassen hatten, hat sie mein Telefon mit Anrufen und Nachrichten überflutet, aber ich habe sie alle ignoriert. Ich bin immer noch viel zu wütend auf sie, um zu reden.

Ich kann es kaum erwarten, zu Veronica zu kommen, denn wir haben eine Menge zu besprechen. Sie hat ihr Leben in Gefahr gebracht, um Janelle zu schützen, und das hat Gefühle in mir ausgelöst, die ich loswerden muss. Einer der Polizisten hat mir erzählt, dass Shep ein Messer bei sich trug. Ich weiß nicht, ob Veronica das wusste oder nicht, aber das ist irrelevant. Sie hat sich in eine Situation gestürzt, ohne die mögliche Gefahr für sich selbst zu bedenken. Ich habe das Gefühl, ihr viel zu schulden, weil sie meine Schwester beschützt hat, und ich habe keine Ahnung, wie ich ihr das jemals wieder zurückgeben kann.

Ich gehe hinüber zu Clarke und Janelle, und als Clarke mich sieht, steht sie auf.

Sie macht eine Handbewegung und sagt: „Sie gehört ganz dir."

„Danke, Clarke", sage ich und schaue auf meine Schwester hinunter.

„Tolles Spiel übrigens", fügt sie hinzu und wirft Janelle einen Kuss zu, bevor sie geht.

Janelle will aufstehen, aber ich schüttle den Kopf und setze mich neben sie. „Wir müssen kurz reden."

„Oh-kay", dehnt sie das Wort zögernd, auf der Hut wegen meines nüchternen Tons.

Ich verlagere meine Sitzposition, um ihr zugewendet zu sein. „Geht es dir gut?“

„Du meinst, nachdem Mom und Shep in der Absicht aufgetaucht sind, mich zu entführen?“ Sie grinst und hält ihre beiden Daumen hoch. „Mir geht's prima.“

Ich sehe sie ausdruckslos an. „Ich weiß nicht, ob du das ernst meinst.“

Janelle lacht und gibt mir einen leichten Klaps auf den Arm. „Mir geht's gut. Ich bin nicht traumatisiert, versprochen. Es sei denn, du hast vor, mich mit ihnen zurückzuschicken.“

„Nie im Leben“, schwöre ich.

Ihr Lächeln verzieht sich ein wenig. „Was hat Mom damit gemeint, dass sie dir die Rechte nur für Geld überschrieben haben?“

Seufzend reibe ich mir das Kinn, denn ich bin müde. Nicht vom Spiel, sondern von der Scheiße, die meine Mutter ständig anrichtet, um die Leute gegeneinander aufzubringen.

Ich lehne mich gegen die Couch und lege einen Arm über die Rückenlehne. Es sind noch ein paar andere Angehörige in der Familien-Loge, aber im Moment haben wir unsere Ruhe. Trotzdem spreche ich mit leiser Stimme. „Als du mich wegen Shep angerufen hast und ich dich abholen wollte, bin ich zuerst zu Mom gegangen.“

Janelle nickt. „Du hast mich zu Marie gehen lassen.“

Das war die einzige Möglichkeit, sie in Sicherheit zu bringen, bis ich von San Diego nach West

Virginia fliegen konnte. Ich riet ihr, sich aus dem Haus zu schleichen und sich irgendwo zu verstecken. Sie wählte ihre beste Freundin, und ich sprach mit Maries Mutter, um sicherzugehen, dass es in Ordnung war.

Ich schaffte es in weniger als vierundzwanzig Stunden dorthin, aber die ganze Zeit über hatte ich die Befürchtung, dass meine Mutter oder Shep sie finden würden. Ich ging direkt zu unserer Mutter und hatte Angst, dass ich Shep töten könnte.

Stattdessen machte ich meiner Mutter ein einmaliges Angebot, mir das Sorgerecht für Janelle zu geben; dafür würde ich Shep unversehrt lassen.

„Mom war zuerst nicht damit einverstanden, dass du mit mir kommst, aber dann bot sie an, für einen bestimmten Preis die Papiere zu unterschreiben."

Janelle rümpft die Nase. „Das ist geschmacklos."

„So ist Mom eben. Jedenfalls hatte ich keine Lust, lange zu verhandeln, also habe ich ihr einen Scheck über zehntausend Dollar ausgestellt und sie hat die Sorgerechtspapiere unterschrieben. Ich habe sie von einem Anwalt aufsetzen lassen, als ich auf dem Weg nach West Virginia war, und ich habe sie am Flughafen ausgedruckt. Ich wollte sie Mom sofort überreichen. Ich wollte nicht, dass sie Zeit hat, darüber nachzudenken, und die zehntausend Dollar waren zu verlockend. Es tut mir leid, wenn es so aussieht, als hätte ich für dich bezahlt."

„Keine Angst", versichert sie mir. „Ich bin dankbar, dass du mich von dort weggeholt hast. Aber warum ist sie aufgetaucht und hat gesagt, du schuldest ihr mehr Geld?"

„Typisch Mom." Meine Abscheu vor der Frau, die mich auf die Welt gebracht hat, ist so groß wie noch nie. „Sie und Shep haben mir mehrmals geschrieben und mich angerufen, weil sie mehr Geld wollten. Sonst gingen sie vor Gericht, um das Sorgerecht zurückzubekommen. Ich habe sie ignoriert, weil ich genau weiß, dass sie kein Geld haben, um gegen mich zu klagen, und selbst wenn, würde dich kein Gericht unter diesen Bedingungen zurückschicken. Ich hätte allerdings nicht gedacht, dass sie den ganzen Weg hierher machen würden."

„Bist du sicher, dass es keine Möglichkeit gibt, dass sie mich zurückholen können?", fragt Janelle ängstlich.

„Das geht auf keinen Fall. Die Papiere sind wasserdicht, und selbst wenn sie es versuchen würden, bin ich sicher, dass kein Gericht dich in diese Situation zurückgehen lässt. Du bist auch alt genug. Das Gericht würde auf deine Wünsche hören. Ich habe das alles schon mit meinem Anwalt besprochen."

„Puh", sagt Janelle übertrieben und wischt sich über die Stirn.

Ich lächle, strecke die Hand aus und ziehe Janelle in eine Umarmung. „Ich bin froh, dass es dir gut geht."

„Ich auch. Veronica ist irgendwie cool, oder?"

„Darauf kannst du Gift nehmen“, sage ich, als ich Janelle loslasse und meine Miene wieder ernst wird. „Hör zu … ich möchte, dass du heute Nacht bei Jim und Ella bleibst. Jim wird bald hier sein, um dich zu holen.“

„Warum?“, fragt sie und runzelt die Stirn.

„Weil ich zu Veronica gehen will.“ Ich beobachte aufmerksam ihre Reaktion. Janelle hat keine Ahnung, dass wir uns … regelmäßig treffen.

„Oh, um ihr noch einmal zu danken?“, vermutet sie.

Ja, ich habe auf jeden Fall vor, ihr auf ganz besondere Weise zu danken, aber das ist nicht der Hauptgrund.

„Ich weiß, das ist vielleicht ein Schock“, beginne ich und versuche, behutsam anzufangen, „aber … ähm …. ich habe mich sozusagen mit Veronica getroffen.“

Janelles Kinnlade fällt herunter. „Das gibt's doch nicht.“

„Doch.“

„Nein!“, ruft sie ungläubig aus. „Ich meine … ihr beide verhaltet euch nie so, als wärt ihr mehr als Bekannte. Du lädst sie nie zu uns zum Essen ein. Ihr datet nicht. Sie hat nie etwas erwähnt, und ich glaube, es würde ihr schwerfallen, einen neuen Freund geheim zu halten. Ich kann nicht …“

Janelles Worte reißen ab und sie rollt mit den Augen, als die Erkenntnis sie hart trifft. Eine schuldbewusste Hitze kriecht in meinen Nacken.

„Wenn du sagst, dass du dich mit Veronica getroffen hast, dann meinst du das nicht im herkömmlichen Sinne, also mit einem Date, oder?“

Ich schüttle den Kopf. „Es begann etwas …. unkonventionell, was das Daten angeht.“

„Ihr hattet nur Sex“, wirft sie mir vor.

Ich zucke zusammen, aber ich will sie nicht anlügen. „Die Dinge haben sich in letzter Zeit verändert.“

„Und wie?“, fragt sie.

„Ich möchte mit ihr andere Dinge machen als nur Sex. Wir hatten gestern Abend nach deiner Ausstellung ein Date.“

„Oh“, sprudelt es aus Janelle heraus und Erleichterung liegt in ihrer Stimme. „Du magst sie also?“

„Ja“, stimme ich zu, aber ich bin mir immer noch nicht sicher, was das alles bedeutet, also erkläre ich es nicht weiter. Ich muss mir über einiges klar werden. „Und ich möchte heute Nacht bei ihr bleiben. Ich will mich auch vergewissern, dass es ihr gut geht, und ich will ihr wirklich für das danken, was sie getan hat. Das ist eine Schuld, die du und ich nie zurückzahlen können.“

„Das würde sie nie von uns erwarten“, sagt Janelle.

„Ja … das verstehe ich.“ Vieles an Veronica ist so weit von meinem ursprünglichen Eindruck von ihr entfernt wie nur möglich.

Jim kommt zur Tür herein und schlendert in unsere Richtung. Ich hebe das Kinn und Janelle schaut über ihre Schulter. Sie steht von der Couch auf, genau wie ich.

„Bist du sicher, dass es dir nichts ausmacht, heute Nacht bei Jim und Ella zu bleiben?“, frage ich.

„Natürlich“, versichert sie mir.

„Und du bist einverstanden … mit mir und Veronica?“, frage ich zögernd.

„Versprich mir, dass du sie irgendwann mal zum Essen zu uns einlädst.“

Mein Gott, ich versuche immer noch, den großen Schritt, gestern Abend auf ein Date gegangen zu sein, zu verkraften, samt den intensiven Gefühle für diese Frau, und jetzt drängelt Janelle auch noch.

Aber eine Einladung zum Essen kann ja nicht schaden, also nicke ich. „Versprochen.“

Wir umarmen uns wieder und Janelle verschwindet mit Jim. Ich habe ihm kurz erzählt, was passiert ist, aber ich weiß, dass ich ihm mehr Details schulde.

Ich schulde meinem ganzen Team mehr Einzelheiten.

Ich fahre zu Veronicas Wohnung. Mir schwirrt der Kopf vor lauter Dingen, die ich sagen will, ohne zu wissen, ob ich sie sagen soll, und ich frage mich, wann ich kneifen und nichts sagen werde. Es wäre so einfach, sie mit Sex abzulenken und das alles unausgesprochen zu lassen.

Glücklicherweise habe ich mich in dem Moment, in dem ich im Aufzug stehe, schon festgelegt. Ich werde meine Karten auf den Tisch legen und alles weitere auf mich zukommen lassen.

Als sich die Tür zu Veronicas Wohnung öffnet, bin ich nicht darauf vorbereitet, dass sie ein schwarzes Netznegligé trägt, das so durchsichtig ist, dass ich erkennen kann, dass sich darunter nichts befindet.

Damit habe ich nicht gerechnet, denn als ich sie gefragt habe, ob ich heute Abend vorbeikommen könne, habe ich ihr gesagt, ich wolle reden. Als ich ihr vor einer Weile eine Nachricht geschrieben habe, dass ich auf dem Weg sei, hat sie gemeint, sie würde eine Kanne Tee aufsetzen.

Ich trinke zwar keinen Tee, aber ich habe vermutet, dass sie sich darauf vorbereitet, dass wir uns unterhalten.

Sex war das Letzte, woran ich gedacht habe.

Okay, das ist nicht wahr. Ich denke immer daran und habe mir vorgenommen, sie heute Abend *nach* unserem Gespräch so oft wie möglich kommen zu lassen. Ich habe mir gedacht, dass wir bis danach warten sollten, weil Veronica und ich dazu neigen, die Zeit zu vergessen, wenn wir total ineinander aufgehen.

Ohne ein Wort zu sagen, kommt sie auf mich zu. Ich spanne mich am ganzen Körper an und mein Schwanz wird steif. Aber sie nimmt nur meine Hand und führt mich zur Couch. Mein Blick fällt auf ihren Hintern, der unter dem transparenten Stoff verdammt sexy ist.

Sie bleibt an der Couch stehen und bedeutet mir, mich zu setzen. „Du hast gesagt, du willst reden."

Ich setze mich wie befohlen hin, knurre aber: „Ich kann auf keinen Fall mit dir reden, wenn du so angezogen bist."

„Soll ich es ausziehen?", fragt sie schmunzelnd.

„Das ist nicht hilfreich", schimpfe ich, aber ich würde mich nicht beklagen, wenn sie es ausziehen würde.

Stattdessen schiebt sie meine Beine auseinander und geht vor mir auf die Knie. Ohne jede Vorwarnung oder Ankündigung ihrer Absichten bewegen sich ihre Hände zu meinem Gürtel, und sie beginnt, ihn zu öffnen. Ich beobachte fasziniert, wie er aus der Schnalle rutscht, sie den Knopf meiner Hose öffnet und langsam den Reißverschluss runterzieht.

Sie beugt sich über meinen Schoß und presst ihren Mund auf die harte Kontur meiner Erektion, die gegen meine Boxershorts drückt.

„Was machst du da?", frage ich mit einem rauen Unterton.

„Ich werde dich ein wenig auflockern", wispert sie, während ihre Fingerspitzen in den Bund meiner Shorts wandern. „Heb deine Hüften."

Ich komme ihrer Bitte nach und im nächsten Moment hält sie meinen Schwanz mühelos in der Hand. „Du warst in der Buchhandlung angespannt und siehst auch jetzt angespannt aus. Lass mich das in Ordnung bringen."

„Mein Gott." Ich lehne den Kopf zurück an die Couch und starre an die Decke.

Die erste Berührung ihrer Lippen auf meiner nackten Haut lässt meine Hüften leicht hochzucken. Ihr Mund ist so warm, als sie mich in sich aufnimmt, und das Gefühl entspannt mich kein bisschen. Ich habe höchstens das dringende Bedürfnis, in ihrer Kehle zu kommen, und werde mich nicht zurückhalten.

Es ist nicht das erste Mal, dass Veronica mich im Mund hat, und ich bin verdammt sicher, dass es nicht das letzte Mal sein wird. Sie ist eine Göttin mit ihrer Zunge.

Beinahe hätte ich ein enttäuschtes Schnauben von mir gegeben, als ihr Mund plötzlich verschwunden ist, aber dann ist sie auf der Couch und über mir mit gespreizten Beinen. Die Knie in die Kissen gepresst, schweben ihre Brüste in dem dünnen schwarzen Stoff direkt vor meinem Mund. Ich versuche, mich an sie zu schmiegen, aber eine ihrer Hände geht zu meiner Brust und drückt mich zurück. Mit der anderen Hand ergreift sie meinen Schwanz und lässt sich nach unten sinken.

Langsam nimmt sie mich Zentimeter für Zentimeter auf, und ich muss mich an den Kissen festhalten, um nicht nach oben und in sie hineinzustoßen. Als sie ganz sitzt, spüre ich, wie sie meinen Schwanz drückt, und meine Augen rollen in den Kopf zurück.

Sie küsst meine Kehle, und ich schließe die Augen, während sie mich langsam reitet.

Jesus, diese Frau hat mich völlig gefesselt. Das Gleiten ihrer Pussy, ihr warmer Atem auf meiner Haut, die Zärtlichkeit, die sie an den Tag legt … Sie will sich um mich kümmern, während ich zum Teil hierhergekommen bin, um mich um sie zu kümmern.

Es ist eine Überdosis an Gefühlen und Empfindungen, und mein Orgasmus braut sich schnell zusammen. Ich packe sie an den Hüften und dränge sie, das Tempo zu erhöhen. Sie hat die Augen geschlossen und ihre Unterlippe zwischen den Zähnen. Ich muss ganz dringend kommen. Aber gleichzeitig mit ihr.

„Sieh mich an", fordere ich.

Diese schönen Augen öffnen sich und blicken in meine. Wir sehen uns an, während sie mich reitet. Mit meiner Hilfe bewegt sie sich schneller.

Kommt ein bisschen härter herunter.

Nimmt mich noch viel tiefer auf.

Ich habe Veronica oft genug gefickt, um die verräterischen Anzeichen dafür zu kennen, wann sie zum Orgasmus kommt. In dieser Hinsicht ist sie keine Multitasking-Expertin; sie hält vor dem Orgasmus einige Sekunden inne, bevor er sie überrollt.

Mit einem leisen Stöhnen drückt sie mich fest an sich und flüstert: „Gleich."

„Ich weiß", raune ich und stoße mein Becken gegen ihres.

Einmal, zweimal, dreimal, hart, und sie schreit ihre Erlösung heraus, während ich so heftig in ihr explodiere, dass ich fast ohnmächtig werde.

Veronica bricht auf mir zusammen. Ich lege die Arme um ihren Rücken, halte sie fest, während mein Schwanz in ihr weiter zuckt.

Ich versuche, meine Gedanken neu zu ordnen, denn ich bin hergekommen und habe nur an eines gedacht, nur an eines. Eines Tages werde ich auf mein Leben zurückblicken und mich genau an diesen Moment erinnern, an dem ich begonnen habe, mich in Veronica Woodley zu verlieben. Und zwar, als Janelle mir erzählt hat, was Veronica getan hat, um sie zu schützen.

Und jetzt hat es sich komplett verfestigt. Das war der Anfang. Wegen dem, was Veronica für mich und meine Schwester getan hat – sie zu beschützen, obwohl sie selbst angegriffen wurde –, habe ich mich voll und ganz in sie verliebt.

Die Frage ist jetzt nur, ob ich den Mut habe, diesen Weg weiterzugehen.

Kapitel 21

Veronica

Mein genialer Plan, Riggs einen zu blasen, was zu noch genialerem Sex geführt hat, scheint nicht aufgegangen zu sein. Nachdem wir uns geduscht und ich mir einen Morgenmantel angezogen habe, um nicht mehr abzulenkend zu wirken, sitzt er an meiner Kücheninsel, während ich Tee einschenke. Riggs sieht wieder genauso angespannt aus wie vorhin, als er gekommen ist.

Ich trete an den Rand der Kücheninsel ihm gegenüber und schiebe ihm seine Tasse Tee zu. Ich halte meine in den Händen und puste, während ich ihn beobachte. Riggs starrt auf seine Tasse hinunter, rührt sie aber nicht an.

„Ich kann wohl nicht gut blasen", stelle ich fest.

Er hebt den Kopf und verengt die Augen. „Wie kommst du denn darauf? Du kannst verfickt gut blasen. Wenn mir jemand sagen würde, ich könnte den ganzen Tag rumsitzen und mir von dir einen blasen lassen, wenn ich meine Eishockeykarriere aufgebe, würde ich sie sofort aufgeben."

Ich schnaube und grinse ihn über den Rand meiner Tasse hinweg an. „Du scheinst nicht ganz bei Trost zu sein."

Riggs schiebt die Tasse Tee beiseite und faltet seine Hände auf dem Tresen. „Ich möchte dich etwas fragen."

„Schieß los“, entgegne ich, nehme einen kleinen Schluck und stelle meine Tasse auf die Arbeitsplatte aus Granit.

„In den letzten zwei Tagen haben sich die Dinge zwischen uns verändert, und ich versuche herauszufinden, wie und warum, weil es mir widerstrebt, so etwas geschehen zu lassen.“

„Das kann ich dir nicht beantworten.“

„Dann sag mir, warum es bei dir so war.“ Seine Augen suchen in meinen nach einer Art von Orientierung. „Du warst einer Beziehung gegenüber genauso abgeneigt wie ich. Was war deine Ausrede?“

Ich lehne mich über den Tresen, stütze mich mit meinen Unterarmen ab und verschränke meine Finger. „Du weißt, ich hatte eine schreckliche Ehe. Mein Ex war kontrollsüchtig und gewalttätig. Ich war entsetzt und habe mich dafür geschämt, dass ich mich überhaupt auf diese Beziehung eingelassen habe. Und als ich mich endlich befreien konnte, hatte ich das Gefühl, dass ich wegen meines schrecklichen Mangels an Urteilsvermögen selbst schuld war. Ich war mir nicht sicher, ob man keinem Mann vertrauen kann, aber ich wusste, dass ich definitiv nicht in der Lage war, das herauszufinden, weil ich es bei Jace erst nach unserer Heirat gesehen habe.“

Riggs nickt, als ob er verstehen würde, dann fällt sein Blick wieder auf seine Tasse.

„Willst du mir den Grund für dein Trauma verraten?“, frage ich, ohne wirklich zu glauben, dass er das tun wird. Vielleicht haben sich die Dinge zwischen uns so verändert, dass wir nicht mehr nur Sex haben, sondern Sex mit einer gewissen Andeutung, dass wir uns mögen, und vielleicht auch mehr, aber ich bin mir nicht ganz sicher.

Er sieht mir in die Augen und ich mache mir Sorgen wegen der Emotionslosigkeit in seinen.

„Als ich fünfzehn war, habe ich meinen Stiefvater – Janelles Dad – mit einem Küchenmesser niedergestochen und es wurde eine Anklage wegen versuchten Mordes erwogen."

Herausforderung spiegelt sich in seinem Gesicht wider, als würde er nur darauf warten, dass ich ausflippe und fliehe. Offensichtlich steckt mehr hinter der Geschichte, aber ich kann sehen, dass er versucht, mir Angst zu machen und mich damit zu verscheuchen.

Das wird nicht funktionieren. Ich habe schon das Schlimmste gesehen, was Männer zu bieten haben. „Wie ich dich kenne, hatte Janelles Vater es sicher verdient."

Riggs atmet tief durch – vielleicht aus Erleichterung – und nickt. „Nach der Scheidung meiner Eltern heiratete meine Mutter einen Mann namens Bruce Adamik und er wurde mein Stiefvater. Sie bekamen Janelle, als ich elf war. Bruce war ein gewalttätiger Trinker und nicht der Typ, der uns nur gelegentlich herumschubste. Eines Abends schlug er meiner Mutter so fest ins Gesicht, dass er ihr den Kiefer brach. Sie fiel bewusstlos auf den Boden. Ich wusste, dass er sich als Nächstes gegen mich wenden würde, aber leider kam Janelle zufällig ins Zimmer. Das Geschrei hatte sie geweckt."

„O Gott", flüstere ich entsetzt. „Wie alt muss sie gewesen sein, vier Jahre?"

Riggs nickt verbittert. „Jedenfalls schrie Bruce sie an, sie solle verschwinden, doch sie erstarrte, als sie unsere Mutter auf dem Boden liegen sah. Es machte Bruce wütend, dass er sie nicht verscheuchen konnte, also ging er auf sie los. Ich bin dazwischengegangen und habe ihm gesagt, er solle sich stattdessen an mir vergreifen."

Unwillkürlich lege ich eine Hand auf mein Herz, das vor lauter Anspannung heftig pocht.

Riggs bemerkt es, aber sagt nichts dazu. Er fährt mit seiner Geschichte fort. „Ich war nicht so groß wie mein Stiefvater, aber mit fünfzehn war ich auch nicht klein. Es dauerte eine Weile, bis er die Oberhand gewann, und ich hielt mich eine Zeit lang gut. Aber irgendwann war er auf mir und hatte seine Hände um meine Kehle gelegt. Janelle schrie ihn an, er solle aufhören, und Bruce lockerte seinen Griff um mich so weit, dass er sich vorbeugen und ihr eine Ohrfeige geben konnte."

Tränen steigen mir in die Augen.

„Janelle richtete sich auf, sah mich an und sie war voller Blut. Als ich das sah, bin ich durchgedreht. Ich konnte ihn wegstoßen, aber er kam direkt hinter mir her. Ich weiß gar nicht mehr, wie es passiert ist, aber irgendwie war ich an der Küchenschublade und habe ein Fleischermesser herausgezogen.

Ich drehte mich um und stieß es ihm direkt in den Bauch."

„Gut", knurre ich und hoffe, dass die Geschichte mit dem Tod des Mannes endet. Harte Worte? Ja, aber diese Geschichte macht mich wütend.

„Ich habe den Notruf gewählt. Die Polizei kam. Mom und Bruce kamen ins Krankenhaus. Ich wurde verhaftet."

Ich keuche auf. „Aber warum?"

„Weil er ein Messer im Bauch hatte", sagt Riggs mit einem freudlosen Lächeln. „Aber vor allem, weil sie auf der Stelle ein paar schnelle Entscheidungen getroffen haben. Am nächsten Tag sprach der Staatsanwalt mit mir. Nachdem er sich die ganze Geschichte angehört hatte, die von meiner Mutter und Janelle bestätigt wurde, sowie die Schnitte und Prellungen im Gesicht und am Kopf begutachtet hatte, kam er zu dem Schluss, dass ich aus Notwehr gehandelt hatte."

„Gott, Riggs. Das ist das Schlimmste, was ich je gehört habe. Was ist mit Bruce passiert?"

Abscheu durchdringt seine Miene. „Er hat es überlebt und wurde wegen Körperverletzung angeklagt. Am Ende hat er sechs Monate im Gefängnis gesessen, und als er rauskam, hat ihn meine Mutter gleich wieder aufgenommen."

„Machst du Witze?" Ich kann mir so etwas nicht mal vorstellen. „Das ist wie ein Verrat an dir und Janelle."

Riggs nickt. „Es war der Anfang vom Ende meiner Beziehung zu ihr. Janelle war noch zu jung, um zu verstehen, was da vor sich ging. Meine Mom und ich trennten uns endgültig, als sie sich von Bruce überreden ließ, mich zu einem Onkel nach Minnesota zu schicken."

„Wow", antworte ich, denn diese Geschichte hat mehr Wendungen, als ich mir je hätte vorstellen können.

„Am Ende war es das Beste für mich. Ich habe in einer wirklich guten Jugendliga in Pittsburgh gespielt, und in Minnesota konnte ich auf eine Highschool gehen, die sich auf Eishockey spezialisiert hat. Das hat mein Spiel auf ein neues Niveau gehoben und mir ein Stipendium für Wisconsin verschafft. Und dann wurde ich auch noch gedraftet."

„Es ist etwas Gutes dabei herausgekommen", sage ich nachdenklich. „Aber was war mit Janelle?"

„Das war der beschissene Teil. Sie zurückzulassen. Aber ich war auch nur ein Kind. Jedenfalls hat Bruce nicht lange, nachdem ich nach Minnesota gegangen war, zu Jesus gefunden und mehrere Jahre nicht getrunken, aber er war sehr streng mit Janelle. Dann wurde er rückfällig, aber er hat sie nie wieder geschlagen, nur meine Mom, weil er wusste, dass er damit durchkommt. Er starb, als er mit seinem Auto gegen einen Baum prallte. Er war betrunken und nicht angeschnallt. Janelle war fünfzehn und ich spielte zu der Zeit in San Diego."

Riggs erzählt mir weiter, wie ihre Mutter in den nächsten Jahren nach Bruce' Tod mit verschiedenen Männern zusammen war – bis sie Shep

Mergeron kennenlernte. Sie heiratete ihn zwei Wochen, nachdem sie ihn kennengelernt hatte, und es dauerte nur ein paar Tage, bis er sich an Janelle ranmachte.

In den Jahren, in denen Janelle bei ihrer Mutter lebte und Riggs Eishockeyprofi war, hielt er sehr engen Kontakt. Sie sprachen jeden Tag miteinander und im Sommer verbrachte sie Zeit mit ihm. Er fuhr so oft wie möglich nach Hause, nicht um seine Mutter zu besuchen, sondern wegen Janelle. Und so war es nur logisch, dass Riggs sie wegholte, als Shep versuchte, sie zu missbrauchen.

„Ich hätte sie mitnehmen sollen, sobald ich in die Liga gekommen bin“, sagt Riggs nachdenklich. „Aber meine Mom hätte sie auf keinen Fall ohne irgendeine Art von Provokation weggegeben. Als Shep sie angemacht hat, hatte ich endlich ein Druckmittel.“

„Wie wirst du dich ihnen gegenüber verhalten?“, frage ich und erinnere mich plötzlich daran, dass sie noch hier sind.

„Meine Mutter werde ich ignorieren. Sie hat versucht, mich dazu zu bringen, ihr mehr Geld zu zahlen, und das kann sie vergessen. Deshalb sind sie auch gekommen. Ich hoffe, dass sie Shep einbuchten.“

„Der Polizeibeamte, der mich heute Nachmittag befragt hat, scheint ein guter Kerl zu sein. Ich bin mir sicher, dass sie eine versuchte Entführung hinzufügen werden, nachdem du und Janelle morgen ausgesagt habt. Vielleicht klagen sie sogar deine Mutter als Mittäterin an."

Riggs verzieht das Gesicht. „Ich sollte Mitleid mit ihr haben, aber ich empfinde keins. Janelle wird es wahrscheinlich haben, sie hat immer noch eine gute Seele."

„Im Gegensatz zu dir und mir, den verbrauchten, abgestumpften Arschlöchern, die wir sind", witzle ich.

Riggs bricht in Gelächter aus, und ich kann nicht anders, als mich ihm anzuschließen.

Er lächelt mich über den Tresen hinweg an. „Du und ich sind ein gutes Paar."

Was für ein schöner Gedanke, dem ich zustimme. „Darüber lässt sich nicht streiten."

„Du hast dich Shep in den Weg gestellt, so wie ich mich Bruce in den Weg gestellt habe, um sie zu beschützen", sagt er.

Ich erstarre bei diesen Worten. Das ist mir nicht klar gewesen, als er mir seine Geschichte erzählte, aber ja, wir haben dasselbe für ein Mädchen getan, das wir beide lieben.

„Veronica", sagt er sanft und erhebt sich von seinem Hocker. Er kommt um die Insel herum und ich drehe mich ihm zu, während er seine Hände auf meine Hüften legt. „Du und ich sind uns ähnlicher, als ich es je für möglich gehalten hätte. Wenn es unter Millionen von Frauen eine gäbe, mit der ich es riskieren würde, dann wärst du das. Ich meine, wie könntest du es nicht sein?"

„Was soll das denn bedeuten?“, flüstere ich. Ich denke, dass ich es verstehe, aber ich will nichts Falsches hineininterpretieren.

„Es bedeutet, dass ich mir absolut sicher war, dass ich mich in meinem ganzen Leben nie in eine Frau verlieben würde, und das hat sich als falsch erwiesen. Ich komme damit klar, aber ich habe eine Scheißangst, weil ich noch nie in einer festen Beziehung war. Ich weiß nicht einmal, was ich tun oder sagen soll, aber ich weiß, dass ich viel mehr von dir will als nur Sex. Ich nehme an, ich muss herausfinden, was das alles bedeutet, aber die eigentliche Frage ist wohl: Willst du es auch mit mir versuchen?“

In Anbetracht meiner Vergangenheit sollte man meinen, dass ich Zeit brauche, um das Für und Wider abzuwägen und zu überlegen, ob ich bereit bin, meine strikte Keine-Beziehung-Regel aufzugeben, um mich selbst zu schützen.

Ich brauche dazu nur etwa eine Millisekunde, bevor ich meine Arme um Riggs’ Nacken schlinge und mich auf die Zehenspitzen stelle, um ihn zu küssen. Daran ist nichts Sexuelles, aber es ist ohne Zweifel die intimste Berührung unserer Lippen, die wir je gehabt haben. Dieser Kuss ist eine Erklärung von uns beiden, dass unsere Beziehung jetzt eine andere ist.

Eine bedeutungsvolle.

Und ich kann es kaum erwarten, zu sehen, wohin das führt.

Kapitel 22

Riggs

Während ich zum Stadion fahre, denke ich darüber nach, was für ein toller Tag das werden wird. Er fing großartig an – Aufwachen in Veronicas Bett. Wurde noch besser – Frühstück mit Veronica und Janelle. Und jetzt kommt noch ein fulminanter Abend – ein Spiel, bei dem Veronica und Janelle zusehen.

Danach gehen wir mit der Mannschaft ins Sneaky Saguaro, um zu feiern, denn ich bin sicher, dass wir heute Abend gewinnen werden.

Als ich heute Morgen mit einer schönen, nackten, klugen, mutigen, aufrichtigen und selbstlosen Frau aufgewacht bin, schien sich meine Einstellung stark verändert zu haben. Oder vielleicht ist es die Akzeptanz einer solchen Frau in meinem Leben, die die Wurzel der Veränderung ist. Was auch immer es ist, ich fühle mich so lebendig wie schon lange nicht mehr.

Natürlich gibt es immer noch Ängste und Unsicherheiten, aber ich gehe davon aus, dass diese schwinden werden, je mehr Veronica ein Teil meines Lebens wird. Selbst wenn sie nicht verschwinden, fühle ich mich trotzdem lebendig. Die Verheißung der Hoffnung mit einem Hauch von Ungewissheit lässt mein Adrenalin in die Höhe schnellen.

Nachdem wir aufgewacht sind, miteinander geschlafen und geduscht haben, haben wir Janelle von Jim und Ella abgeholt. Trotz des Altersunterschieds von vier Jahren kommen Janelle und Lucy sehr gut miteinander aus und haben gestern Abend viel Spaß gehabt. Laut Ella sind sie erst nach drei Uhr morgens ins Bett gegangen, aber Janelle hat die jugendliche Energie auf ihrer Seite, also mache ich mir keine Sorgen.

Wir sind zu dritt zum Frühstück gegangen, und während der ganzen Autofahrt hat Janelle mich und Veronica ausgeschimpft, weil wir unsere Beziehung vor ihr versteckt haben. Sie ist nicht dumm und versteht unsere Unsicherheiten besser als wir selbst, also haben wir ihr den Spaß gegönnt.

Als wir uns zum Essen hingesetzt haben, hat Janelle über andere Dinge geplaudert: Schule, Kunst, einen Jungen, den sie mag, worüber ich sie zehn Minuten lang ausgequetscht habe, und die Aussicht, sich diesen Sommer von Veronica Strähnchen ins Haar färben zu lassen. Da habe ich abgeschaltet und mich auf meine Rühreier mit Speck konzentriert.

Nach dem Frühstück habe ich Veronica bei ihr zu Hause abgesetzt. Von dort aus wollte sie zur Buchhandlung gehen, wo sie sich mit Janelle treffen würde, nachdem wir bei der Polizei unsere Aussagen gemacht haben. Zwar arbeiten die beiden in der Buchhandlung, aber ich vermute, dass es für sie eher eine Art Auszeit ist.

Bevor Veronica aus dem Auto gestiegen ist, gab es einen peinlichen Moment, weil ich nicht wusste, wie wir uns verabschieden sollten. Diese Beziehungssache ist seltsam, und zudem hatten wir ein Publikum auf dem Rücksitz, was es noch seltsamer gemacht hat.

Veronica löste das Problem für mich, indem sie mein T-Shirt griff und mich zu einem harten, schnellen Kuss an sich zog. Janelle hat im Hintergrund gekichert, und auch wenn es mir peinlich gewesen ist, dass Janelle es mitangesehen hat, habe ich mich über die Initiative von Veronica gefreut. Die einzigen Beispiele von öffentlicher Zurschaustellung von Körperkontakt, die ich in meinem Leben als Erwachsener je gehabt habe, waren bisher brüderliche Umarmungen mit meiner Schwester. Also bin ich sicher, dass es eine Lernkurve gibt und es mir bald leichter fallen wird.

Janelle ist auf den Beifahrersitz gesprungen und wir sind zur Polizeiwache gefahren. Dort sind wir fast zwei Stunden lang gewesen, während Janelle ihre Geschichte ein paarmal mit den Polizeibeamten durchgegangen ist, die sie auf wichtige Details festgenagelt haben, die sie gegen Shep verwenden können. Ich bin so stolz auf ihre Stärke, ihr Durchhaltevermögen und ihre Entschlossenheit. Ich habe die Sorgerechtsunterlagen mitgebracht und die Daten auf meinem Handy angeboten, um ihnen die sich wiederholenden Nachrichten von meiner Mutter und Shep zu zeigen, in denen sie mehr Geld forderten, sonst würden sie um das Sorgerecht kämpfen.

Am Ende sagte der Polizeibeamte, dass er nicht nur genug in der Hand habe, um Shep wegen versuchter Entführung anzuklagen. Zusätzlich zu der Anklage wegen Körperverletzung, weil er Veronica geschlagen hat, sondern dass er auch eine Anklage gegen Shep und meine Mutter wegen Erpressung erheben könne. Er erwog eine Anklage wegen Beihilfe zur versuchten Entführung gegen meine Mutter und wollte wissen, was Janelle und ich davon halten.

Wir haben ihm gesagt, er solle tun, was das Gesetz hergibt, und haben so unsere Hände in Unschuld gewaschen. Er hat uns mitgeteilt, er würde uns über die Anklage und das weitere Vorgehen informieren.

Im Auto hat Janelle mich angesehen. „Ich schwöre hiermit feierlich, dass wir nie mehr an sie oder Shep denken werden."

Ich habe sie angelächelt.

Sie hat den kleinen Finger ausgestreckt und gesagt: „Versprochen."

Ich habe dieses Ehrenwort oft mit ihr gemacht, als sie jünger war. Und obwohl ich weiß, dass es unmöglich sein wird, nicht mehr an unsere Mutter zu denken – weil sie einfach unsere Mutter ist und immer noch ein gewisses Maß an Liebe aus den Zeiten in uns schlummert, in denen sie eine gute Mutter war –, habe ich meinen kleinen Finger mit ihrem verschränkt. „Versprochen."

Jetzt, wo Janelle sicher im Buchladen bei Veronica untergebracht ist, Shep im Gefängnis sitzt und ich mir keine Sorgen mehr wegen meine Mutter machen muss, beginne ich auf der Fahrt zum Stadion, in den Spielmodus zu kommen.

Ich drehe *Soundgarden* auf und lasse die Musik durch mich fließen. Ich verdränge die Gedanken an Veronica, Janelle, meine Mutter, Shep und all die anderen Sorgen aus meinem Kopf. Ich denke an den heutigen Gegner, die Seattle Storm, und als ich mich dem Parkplatz für die Spieler nähere, bin ich voll und ganz in meinen Job vertieft und in das, was ich da draußen tun muss, um meinem Team zum Sieg zu verhelfen.

Es ist das erste Mal, dass ich über „mein Team" auf eine besitzergreifende Art nachdenke, und ich bin sicher, dass Baden sagen würde, dass ich damit große Fortschritte in sozialer Kompetenz mache.

Als ich meinen Blinker betätige, um nach links auf den Parkplatz abzubiegen, bemerke ich eine Schar von Reportern am Eingang, der durch ein Schwingtor versperrt und mit Sicherheitspersonal besetzt ist. Es ist seltsam, denn normalerweise versammeln sie sich nicht vor einem normalen Saisonspiel hier, und sie scheinen aufgeregt zu sein, als sie mein Auto sehen. Meine Fensterscheiben sind geschlossen, aber ich kann hören, wie sie Dinge wie „Ihre Schwester" und „Strafanzeige" rufen.

„Shit", murmle ich, als der Sicherheitsbeamte das Tor für mich öffnet. Ich fahre an meinen üblichen

Platz, und das Tor wird geschlossen, um die Reporter zurückzuhalten. Aber als ich aus meinem Auto aussteige, rufen sie mir gezielt Fragen zu.

„Riggs … Riggs … was sagen Sie zu der letzten Aussage Ihrer Mutter?“

„Riggs, können Sie uns mehr über den Sorgerechtsstreit um Ihre Schwester erzählen?“

Und meine Lieblingsfrage: „Riggs, haben Sie Ihre jüngere Schwester entführt?“

„Gottverdammt noch mal.“ Ich schnappe mir meine Sporttasche, schließe die Autotür und will direkt zum Gebäude gehen.

Doch der Kommentar eines anderen Reporters lässt mich aufhorchen. „Riggs, Ihre Mutter erhebt schwere Anschuldigungen gegen Sie. Wird die Polizei eingeschaltet werden?“

Das lässt mich innehalten, denn ich habe den Verdacht, meine Mutter lässt sich öffentlich darüber aus, dass Janelle bei mir wohnt.

Ich marschiere zu den Reportern hinüber, ohne zu wissen, wer die Frage gestellt hat. Fotoapparate klicken und Videokameras sind auf mich gerichtet. „Was sagt meine Mutter?“, frage ich und versuche, ruhig und besonnen zu klingen.

Ein Mann tritt vor und hält mir ein Mikrofon hin. „Sie sagt, Sie hätten Ihren Stiefvater niedergestochen, ihn fast getötet und seien verhaftet worden. Wir können keine Aufzeichnungen darüber finden. Möchten Sie das kommentieren?“

Sie werden auch keine Akte finden. Alle Informationen über meine Beteiligung wurden gelöscht, als sie festgestellt haben, dass ich in Notwehr gehandelt hatte. Und als Bruce wegen Angriffs auf uns drei angeklagt wurde, wurden unsere Namen geschwärzt, weil Janelle und ich minderjährig waren. Die Informationen stammen direkt aus dem Mund meiner Mutter, und ausschließlich von ihr.

„Kein Kommentar", sage ich zu den Reportern.

„Riggs", ruft ein Reporter, „glauben Sie, dass die Nichtbeantwortung von Fragen als ein Zeichen von Schuld interpretiert werden kann?"

Ich drücke den Rücken durch, und jede Faser meines Wesens schreit danach, mich zu verteidigen, aber ich will meine Mutter nicht über die Medien angreifen. Das würde nur zu einem Medienzirkus werden, und das will ich Janelle, Veronica und meinem Team nicht antun. Also atme ich tief durch und drehe mich in Richtung Spielereingang. Die Reporter rufen weiter ihre Fragen, während ich weggehe, aber sie werden leise, sobald ich drinnen bin und die Tür hinter mir zugeht.

Ein langer Gang führt zu einem weiteren, der sich mit einem anderen kreuzt, der das gesamte Untergeschoss der Arena umrundet. Auf der rechten Seite befinden sich die Umkleideräume, auf der linken Seite die Trainingsräume und das Büro des Mannschaftsarztes.

Ich bleibe vor der Tür stehen und hole mein Handy heraus. Mit ein paar gezielten Suchbegriffen bei Google finde ich eine lokale Nachrichtensendung, die vor etwa einer Stunde gesendet worden ist. Ein Reporter interviewt meine Mutter. Mit einem mulmigen Gefühl im Bauch starte ich das Video.

Der Moderator beginnt mit einer „verblüffenden Geschichte von der Mutter des Arizona-Vengeance-Verteidigers Riggs Nadeau, die schwere kriminelle Anschuldigungen erhebt.“ Ein Reporter wird eingeblendet, der mit meiner Mutter auf einer unkenntlichen Straße steht, vermutlich in Phoenix.

Ich höre mit wachsender Wut zu, wie meine Mutter eine rührselige Geschichte ohne jeglichen Zusammenhang mit der Wahrheit erzählt. Sie behauptet, dass ich Janelle von ihr und ihrem liebevollen Stiefvater Shep entführt habe und dass ich in der Vergangenheit gewalttätig gewesen sei und meinen Stiefvater niedergestochen habe. Ohne zu unterscheiden, dass sie über zwei verschiedene Männer spricht, Bruce und Shep.

Mit einem Knurren schließe ich das Video, ohne mir den Rest anzusehen. Was spielt das schon für eine Rolle? Sie lügt über alles, und ich habe nicht die Absicht, mich darauf einzulassen. Aber die Leute werden das sehen, und es gibt einige, die die wahre Geschichte erfahren müssen. Janelle und Veronica kennen sie bereits, aber mein Team nicht.

Mit entschlossenem Schritt biege ich am Ende des Flurs rechts ab und gehe in die Umkleidekabine. Alle Spieler sollten hier in der Anlage sein, aber nicht alle sind in der Umkleidekabine. Ich beschließe, Trainer Perron um Hilfe zu bitten.

Fünf Minuten nachdem ich mich mit ihm getroffen und ihm erklärt habe, was los ist, schickt er eine Nachricht an das gesamte Team, in der er alle auffordert, sich in fünfzehn Minuten im Teambesprechungsraum einzufinden.

Der liegt in einem oberen Stockwerk, und anstatt den Aufzug zu nehmen, benutze ich die Treppe und nutze die Gelegenheit, um Veronica im Buchladen anzurufen.

Als sie antwortet, ist ihre Stimme süß und klingt erfreut, von mir zu hören. „Hey, du."

„Tut mir leid, dass ich dir deine Laune verderben muss", sage ich vorbereitend. „Aber ich muss dir erzählen, was vor sich geht."

Sie senkt ihre Stimme, was mir sagt, dass Janelle vielleicht in Hörweite ist. „Was ist los?"

„Meine Mutter hat mit einem lokalen Fernsehreporter gesprochen, und es gibt ein Video, in dem sie eine vage und falsche Version dessen erzählt, was zwischen mir und Bruce passiert ist. Außerdem behauptet sie, ich hätte Janelle entführt. Sie lässt mich wie einen Psychopathen dastehen."

„Jesus", antwortet Veronica nach Luft schnappend. „Sie ist eine Verrückte."

Ich nehme ihr das nicht übel. „Ich wurde von Reportern überfallen, als ich herkam. Es wird landesweit bekannt werden, also bin ich auf dem Weg nach oben, um dem Team davon zu erzählen. Ich habe es dem Trainer schon gesagt."

„Geht es dir gut?", fragt sie mit sorgenvoller Stimme.

„Es geht mir gut, weil ich dich und Janelle habe." Mann, das war längst überfällig. „Ich hätte es dem Team schon früher sagen sollen, damit es kein Schock ist, aber ich werde jetzt alles offenlegen."

„Sie werden dich bedingungslos unterstützen", antwortet sie.

Und das glaube ich auch.

„Hör mal", sage ich und lehne mich gegen den Handlauf, „ich weiß nicht, ob wir es Janelle sagen sollten. Was meinst du?"

„Hm", murmelt Veronica und überlegt eine Weile. „Ich glaube, du solltest es ihr sagen. Sie ist fast erwachsen, sie weiß genau, was deine Mutter tut, und du willst sicher nicht, dass sie überrumpelt wird."

„Du hast recht", stimme ich sofort zu. Ich habe den Verdacht gehegt, dass ich das tun sollte, aber Elternschaft ist schwer, es gibt so viel Unsicherheit. Da ist es hilfreich, Veronicas Sichtweise zu kennen. „Kannst du sie aufklären? Ich habe jetzt keine Zeit, und dann geht's an die Spielvorbereitung. Aber wenn du nicht willst …"

„Ich mache es", unterbricht sie mich. „Vertrau mir … ich stehe euch in der Sache bei."

Ich kann nicht antworten, meine Kehle ist eng vor Emotionen. Trotz all dem Scheiß und jetzt auch noch der landesweiten Veröffentlichung alter Traumata, die sicherlich viele Leute glauben werden, steht Veronica mir einfach so bei.

„Ich kann es kaum erwarten, dich heute Abend nach dem Spiel zu treffen", antworte ich, ohne auf ihre Selbstlosigkeit und Großzügigkeit gebührend eingehen zu können.

„Geht mir genauso. Und mach dir keine Sorgen um Janelle. Auch nicht wegen dem Reporter, deiner Mutter oder dem Team. Nachdem du es ihnen gesagt hast, schaltest du wieder in den Spielmodus und trittst heute Abend allen in den Hintern. Janelle und ich werden auf der Tribüne sitzen und dich am lautesten anfeuern."

Ich bedanke mich noch einmal bei ihr. Meine Worte sind völlig unzureichend, aber ich vermute, Veronica kennt mich inzwischen gut genug, um zu wissen, dass ich es irgendwann besser hinbekommen werde.

Ich jogge die restlichen Stufen hinauf und mache mich auf den Weg zum Teambesprechungsraum. Als ich reinkomme, sind die meisten Plätze besetzt, nur ein paar Nachzügler kommen noch nach mir. Ich bleibe vorn neben dem Coach stehen, der unglaublich mitfühlend und verständnisvoll ist. Das ist nicht überraschend. Auf dem Eis mag er ein harter Kerl sein, aber seine Spieler sind wie seine Söhne. Ich habe gewusst, dass er mir den Rücken freihalten würde.

Ich weiß, dass die Mannschaft das auch tun wird.

Der Coach schaut auf seine Uhr und auf die Sitzplätze und stellt fest, dass alle da sind, denn niemand würde es wagen, zu spät zu kommen. Ich bin ein Mal zu spät gekommen, und es war nicht angenehm, den Hintern versohlt zu bekommen.

Das Podium steht mir zur Verfügung und ich gehe zielstrebig darauf zu. Ich tippe auf das Mikrofon, um sicherzustellen, dass es eingeschaltet ist, und verschwende keine Zeit. „Danke, dass ihr euch die Zeit genommen habt, herzukommen. Ich muss mit dem ganzen Team sprechen."

Ich werfe einen Blick auf meine Line-Kollegen Kane, Jim, Jett und Bain. Sie tauschen Blicke aus, was zeigt, dass sie keine Ahnung haben, wovon ich rede.

Baden sitzt in der ersten Reihe, seine Krücken liegen auf dem Boden. Er weiß zwar nichts Genaues, aber sein Blick auf mich ist wissend.

Und wohlwollend.

Er weiß, dass ich jetzt in jeder Hinsicht meinen Platz in diesem Team einnehme.

„Mein Stiefvater – Janelles Vater – war ein gewalttätiger Säufer", beginne ich, ohne etwas zu beschönigen. „Als ich fünfzehn war, brach er meiner Mutter den Kiefer, schlug Janelle, die damals erst vier Jahre alt war, und griff mich an. Ich habe ihn mit einem Küchenmesser niedergestochen, und die Polizei hat festgestellt, dass ich in Notwehr gehandelt habe."

Der Raum wird still. Ich schaue Baden direkt an. „Ich erzähle euch das jetzt, weil meine Mutter beschlossen hat, sich an die Medien zu wenden und die Geschichte zu ihrem Vorteil zu verdrehen. Ich hätte euch das schon lange vorher mitteilen sollen."

Ich erzähle ihnen alles. Jedes schmerzhafte Detail meines Aufwachsens mit einem abwesenden Vater, einem alkoholabhängigen, gewalttätigen Stiefvater, der schließlich wegen seiner Misshandlungen im Gefängnis saß. Meiner Mutter, die ihn zurücknahm und mich wegschickte, weil Bruce wichtiger war als ich, sowie die jüngsten Probleme mit ihrem neuesten Mann, der versuchte, sich an Janelle ranzumachen. Zum Schluss erzähle ich ihnen, was gestern im Buchladen passiert ist. Ich bin sicher, dass Aaron davon weiß, weil er Clarkes Verlobter ist. Ich habe keine Ahnung, ob er jemandem davon erzählt hat, aber das ist egal. Sie verdienen es, die Hässlichkeiten zu erfahren, denn jetzt ist die Katze aus dem Sack und die Öffentlichkeit wird darüber urteilen.

„Es tut mir leid", sage ich abschließend. „Ich hätte das alles schon früher sagen sollen und jetzt wird es ekelhaft werden. Ich werde mich nicht mit meiner Mutter in den Medien auseinandersetzen. Ich habe mit dem Coach gesprochen und werde die PR-Abteilung des Teams eine Erklärung in meinem Namen abgeben lassen. Das wird sich alles legen, vor allem, wenn sie Shep offiziell anklagen. Ich gehe davon aus, dass sich meine Mutter zurück nach West Virginia schleichen wird, wenn sie nicht angeklagt wird, und ich werde nichts mehr davon hören. Aber bis dahin werdet ihr wahrscheinlich von Reportern danach gefragt werden und noch einmal: Es tut mir leid."

„Nichts für ungut“, meldet sich Bain zu Wort, der immer sagt, was er denkt, „aber scheiß auf deine Mutter und ihren Mann.“

Der Rest des Teams äußert so ziemlich die gleiche Meinung, und ich kann mir ein Grinsen nicht verkneifen, wobei mein Blick zu Baden gleitet. Er gibt mir ein Daumenhoch, stolz, dass ich mich endlich geöffnet habe.

In den nächsten fünfzehn Minuten zieht die Mannschaft ab, aber nicht, bevor jeder Spieler stehen geblieben ist, um mir einen Fistbump, einen Klaps auf den Rücken oder ein paar unterstützende Worte zu geben. Baden geht wie ein Profi, und obwohl er die leichteren Beinschienen trägt, hält er beide Krücken in einer Hand und stützt sich überhaupt nicht auf ihnen ab. Er sieht stabil auf den Beinen aus.

Baden nickt und zwinkert mir zu, als er zur Tür hinausgeht. Tacker bietet an, Nora anzurufen – sie ist Psychologin – und sie herzuholen, damit Janelle und ich mit ihr reden können. Doch ich weise ihn darauf hin, dass ich ein Arsch wäre, das anzunehmen, da sie nur noch ein paar Wochen bis zu ihrem Geburtstermin hat. Tacker errötet, aber ich weiß, dass er nur versucht, sofortige Hilfe anzubieten.

Und ich bin stolz auf mich, dass ich diese persönliche Information über Nora und ihren Geburtstermin tatsächlich weiß. Ich habe offenbar mehr aufgesaugt, als mir bewusst gewesen ist, als ich Zeit mit meinen Teamkollegen verbracht habe.

Der Raum leert sich nicht vollständig, und als ich mich umdrehe, sehe ich meine Line-Kollegen auf mich warten.

„Muss diesem Shep eine Lektion erteilt werden?“, fragt Jett.

„Denn wenn ja, sind wir dabei“, fügt Bain hinzu.

Jim schüttelt den Kopf. „Ich habe ein Kind, also tue ich nichts Illegales, aber ich unterstütze alles, was ihr tun wollt. Ich werde dann eure Kaution bezahlen.“

Ich schnaube, gehe zu ihnen hinüber und strecke meine Faust aus, damit jeder von ihnen sie aus Solidarität anstoßen kann. „Danke. Ich weiß es zu schätzen, dass ihr mir den Rücken freihaltet.“

„Immer“, sagt Kane. „Wir wissen, dass du unsere Rücken auch freihältst.“

„Immer“, versichere ich ihnen. „Und jetzt lasst uns Seattle Storm in den Arsch treten, was genauso befriedigend ist und in jeder Hinsicht legal.“

Kapitel 23

Riggs

Mit einem noch nie da gewesenen Selbstvertrauen betrete ich nach dem Spiel das Sneaky Saguaro. Es stört mich nicht einmal, dass eine kleine Gruppe von Reportern am Eingang in helle Aufregung gerät, als sie sieht, dass ich mich nähere. Ich halte Veronicas Hand und Janelle geht auf der anderen Seite von ihr, am weitesten entfernt von den lautstarken Fragen nach unserer Mutter. Wir alle ignorieren sie und gehen hinein.

Meine Zuversicht kommt aus vielen Quellen, nehme ich an. Daher, dass wir heute Abend die Seattle Storm besiegt haben und dass ich mich offenbar noch besser konzentrieren kann, wenn ich weiß, dass Veronica und Janelle mich anfeuern. Mein Spiel war fast fehlerfrei. Und daher, dass ich mich vor meinem Team entblößt habe und sie mich akzeptiert haben – mit all meinen Fehlern.

Vor allem aber hat mir niemand das Gefühl gegeben, dass ich ein schlechtes Gewissen haben muss, weil ich so lange gebraucht habe, um aus mir herauszukommen.

Aus Rücksicht auf Baden hat die Geschäftsleitung unseren Team-Treffpunkt vom ersten Stock ins Erdgeschoss verlegt. Baden kann zwar Treppen steigen, aber an einem belebten öffentlichen

Ort will er das nicht riskieren, und ich kann es ihm nicht verdenken.

Die Geschäftsleitung ist auch sehr bemüht, die Reporter, die mir, Veronica und Janelle ins Restaurant folgen, zu vertreiben. Ich werfe ihnen einen Blick zu und frage mich, wie viele Tage es dauern wird, bis sie aufgeben, weil ich mich weigere, einen Kommentar abzugeben. Ich habe überlegt, meine Mutter anzurufen, um ihr zu sagen, dass sie mit dem Scheiß aufhören soll, bevor ich sie wegen Verleumdung verklage, aber ich habe mich dagegen entschieden. Sie will, dass ich mich auf einen Kampf mit ihr einlasse. Und unter Garantie wird sie versuchen, mich im Gegenzug für ihr Schweigen dazu zu bringen, die Anklage gegen Shep fallen zu lassen oder sogar mehr Geld zu zahlen.

Was sie nicht versteht – vielleicht ist sie zu ungebildet, um es zu begreifen –, ist, dass es nicht an mir liegt, ob Shep angeklagt wird. Das ist allein Sache des Staatsanwalts, und ich werde auf keinen Fall etwas tun, um eine solche Anklage zu verhindern. Shep hat das verdient, seit er es wagte, Hand an meine Schwester zu legen.

Wir finden das Team an mehreren zusammengestellten Tischen in einem abgesperrten Bereich hinten im Restaurant, damit wir nicht von Fans überrannt werden. Nach einem Spiel sind manchmal die besseren Hälften mit dabei und manchmal nicht. Heute Abend sehe ich, dass die meisten Jungs allein sind, abgesehen von den Paaren Aaron und Clarke, Bishop und Brooke sowie Kane und Mollie. Zu meiner Überraschung sind alle Jungs hier außer Erik und Tacker. Erik hat ein Neugeborenes und Tacker eine hochschwangere Frau zu Hause. Ich vermute, dass sie sich alle bemüht haben, heute Abend zu kommen, um mir ihre Unterstützung zu zeigen.

Das wird noch offensichtlicher, als wir uns dem Tisch nähern und jeder mir zur Begrüßung und zu meinem Spiel gratuliert.

Zugegeben, ich habe heute Abend großartig gespielt. Wie gesagt, superkonzentriert. Aber so viele der anderen Jungs auch. Das ist nur ihre Art, mir zu zeigen, dass unsere Kameradschaft längst überfällig ist.

Baden winkt mich herüber, und ich sehe, dass er drei Plätze neben sich freigehalten hat. Ich rücke Veronica einen Stuhl zurecht, während Janelle sich allein hinsetzt. Ich setze mich zwischen Veronica und Baden und stelle sie einander vor.

„Wir kennen uns bereits", sagt Veronica, streckt den Arm an mir vorbei aus, um Baden trotzdem die Hand zu geben.

„Wirklich?", frage ich.

Sie nickt mit einem verschmitzten Lächeln und Baden schmunzelt.

„Was kriege ich hier nicht mit?"

„Nichts, außer dass Kane und ich sie einmal angebaggert haben, als wir mit Aaron in den Buchladen gegangen sind", sagt Baden und grinst.

Ich entdecke Kane, der am Ende des Tisches sitzt und mit Mollie spricht. Dann sehe ich wieder

Baden an. „Ihr habt Glück, dass ich heute Abend friedlich gestimmt bin."

Baden kichert und macht keine Anzeichen, dass er es seltsam findet, dass Veronica bei mir ist. Ich lege einen Arm hinter Veronica auf ihre Stuhllehne, um es ganz deutlich zu machen, dass sie mit mir hier ist. Es fühlt sich ein wenig unbeholfen an, aber ich tue es trotzdem.

Janelle hat morgen Schule, aber das ist mir egal. Wir bestellen ein spätes Abendessen, eine Auswahl an Vorspeisen, und Veronica und ich trinken jeweils ein Bier. Die Gespräche sind lustig und locker. Meine Teamkollegen gehen herum, und diejenigen, die Janelle noch nicht kennen, stellen sich vor. Ich nutze die Gelegenheit auch, um Veronica vorzustellen, wobei ich ihren offiziellen Titel als meine Freundin benutze.

Es wird jedes Mal leichter, vor allem, weil die Jungs vor ihr keine große Sache daraus machen. Ich bin sicher, dass ich morgen beim Training ordentlich damit aufgezogen werde.

Nach dem Essen mischen wir uns unter die Leute. Einige der Jungs unterhalten sich mit Janelle und Veronica, aber am Ende tun sich die Frauen zusammen und reden über Gott weiß was. Nach dem verschmitzten Grinsen von Veronicas Truppe zu urteilen – Janelle, Clarke, Mollie und Brooke –, reden sie wahrscheinlich darüber, wie sie den eingefleischten Junggesellen gezähmt hat.

Diejenigen, die Veronica kennen, wissen natürlich, dass ich sie ebenfalls zähmen musste.

Was sie nicht wissen, obwohl sie es ihnen vielleicht sagt, ist, dass wir gemeinsam einen neuen Weg eingeschlagen haben, den wir mit niemand anderem gegangen wären. Ich weiß, dass das die Wahrheit ist.

Ich bewege mich zwischen unserem Teambereich und den Fans außerhalb der Seile hin und her. Für Fotos posieren, Autogramme geben … das gehört zu meinem Job, aber es hat mir nie etwas ausgemacht. Die Fans sind mein Ein und Alles, und selbst wenn ich mich von meinen Teamkollegen abgekapselt habe, bin ich immer voll und ganz für die Menschen da gewesen, die uns anfeuern.

Eine Hand legt sich auf meine Schulter, als ich einem älteren Herrn sein Autogrammbuch zurückgebe. Ich recke den Hals und sehe Legend da stehen.

Er lehnt sich so weit vor, dass ihn außer mir niemand hören kann. „Hey, Mann … ich war auf dem Weg nach draußen und wollte dir sagen, dass deine Schwester dort ist und mit den Reportern spricht."

„Was?", knurre ich überrascht und schrecke so heftig zusammen, dass ich seine Hand wegschlage.

Er nickt ernst. „Ich bin gleich zurückgekommen, um es dir zu sagen. Ich habe Veronica erwischt und sie ist auf dem Weg nach draußen, aber sie hat gesagt, ich soll dich holen."

„Fuck“, murmle ich, während ich mich zur Tür drehe und ein *Dankeschön* zurückrufe, während ich praktisch hinaus renne.

Meine Schwester … Himmel noch mal.

Sie ist gleich hinter den Türen auf der rechten Seite, mit einer Gruppe von Reportern vor ihr. Sie steht gelassen da, die Hände vor sich verschränkt. Veronica steht neben ihr, aber ein wenig zurückhaltend. Ihr Blick richtet sich auf mich, als ich schlitternd stoppe.

Mein erster Gedanke ist, mich in die Gruppe zu stürzen, um sie zu zerstreuen, aber Veronica schüttelt dezent den Kopf, und ich bleibe stehen, dankbar, dass ich noch nicht bemerkt worden bin. Und ich höre zu.

„… Zeit, die Dinge richtigzustellen, denn die Lügen meiner Mutter können nicht ignoriert werden.“

Mein Gott, sie geht aufs Ganze.

„Welche Lügen?“, fragt eine junge Frau und hält ein Aufnahmegerät in der Hand, um Janelles Antwort aufzunehmen.

„Ich wurde nicht von meinem Bruder entführt“, sagt sie mit hoch erhobenem Kinn. „Er hat mich aus einer schrecklichen Situation gerettet, weil der Mann, den meine Mutter geheiratet hat – Shep Mergeron – versucht hat, sich an mich ranzumachen. Mein Bruder kam und nahm mich mit zu sich, um mich zu beschützen, und meine Mutter unterschrieb Papiere, um das Sorgerecht für mich abzugeben.“

In der Menge gehen Raunen und Gemurmel des Entsetzens um. Hinter mir höre ich Flüche, und als ich mich umdrehe, sehe ich einen großen Teil meines Teams hinter mir stehen und Janelle zuhören.

„Falls irgendeine Entführung stattgefunden hat, dann war es gestern, als meine Mutter und Shep nach Phoenix gekommen sind und versucht haben, mich zu benutzen, um Geld von meinem Bruder zu erpressen. Als ich nicht mit ihnen gehen wollte, hat Shep versucht, mich zu entführen. Er ist jetzt im Gefängnis und wird angeklagt."

Janelle wird nun wild mit Fragen bombardiert, denn ihre Geschichte ist viel spannender als das, was meine Mutter den Medien erzählt hat.

„Was ist damit, dass dein Bruder deinen Stiefvater niedergestochen hat?", ruft jemand.

Ich versuche, die Menge zu durchforsten, um zu sehen, wer diese Frage gestellt hat, aber Janelle antwortet und mein Blick fällt wieder auf sie.

„Meine Mutter verdreht die Tatsachen und reißt die Dinge aus dem Kontext", versichert Janelle. „Als ich vier und Riggs fünfzehn war, hat mein Vater, Bruce Adamik – Riggs' Stiefvater – meine Mutter angegriffen und ihr den Kiefer gebrochen. Er schlug mich und griff dann Riggs an. Mein Bruder verteidigte sich, mich und meine Mutter und stach schließlich mit einem Messer auf meinen Vater ein, um uns zu schützen. Riggs wurde nie angeklagt, weil es als Notwehr angesehen wurde. Außerdem ist mein Vater derjenige, der wegen Körperverletzung im Gefängnis saß. Ich finde es geschmacklos, dass meine Mutter unsere schmerzhafte Vergangenheit auf diese Weise öffentlich macht, aber Sie wollten die Wahrheit ... jetzt haben Sie sie."

„Riggs", ruft ein Reporter und ich zucke zusammen, mein Blick schweift in seine Richtung. „Werden Sie eine Stellungnahme abgeben? Bestätigen Sie die Aussage Ihrer Schwester?"

Bevor ich reagieren kann, kommt es zu einem Getümmel, das ich nicht verhindern kann. Mehrere Teamkollegen stürmen an mir vorbei, andere packen mich an den Armen und ziehen mich nach hinten. Ich sehe, wie andere sich auf Janelle und Veronica zubewegen, sie umzingeln und sie von den Reportern abschneiden.

Bishop tritt vor die Kameras. „Riggs Nadeau bestätigt natürlich die Aussage seiner Schwester, aber damit ist jeder weitere Kommentar von Riggs oder seiner Schwester zu dieser Angelegenheit beendet. Das Team wird eine Presseerklärung herausgeben."

Und damit werden wir wieder nach drinnen und in den abgesperrten Bereich geführt, wo der Rest unseres Teams wartet. Kane drückt mir ein Bier in die Hand.

Ich wende mich an Janelle, Veronica ist direkt hinter ihr. „Bist du verrückt geworden?", frage ich unwirsch. „Die hätten dich lebendig fressen können."

„Das ist übertrieben“, sagt meine Schwester und rollt mit den Augen. „Sie mussten die Wahrheit hören.“

„Und die wäre?“, stichle ich, lege meinen Arm um ihren Nacken und ziehe sie in eine halbe Umarmung.

„Dass unsere Mutter die Psychopathin ist, nicht du“, erwidert sie und schlingt ihre Arme um meine Taille.

„Ich liebe dich, Kleines.“ Ich beuge mich vor und küsse sie kurz auf ihren Kopf. „Es tut mir leid, dass sie keine bessere Mutter ist.“

„Das muss es nicht“, antwortet sie ernst. „Ich bin glücklich, da, wo ich bin.“

Ich lächle sie an. „Ich auch.“ Mein Blick wandert an ihr vorbei zu Veronica, die ein paar Meter entfernt neben Clarke steht. „Sehr glücklich.“

Veronica bemerkt, dass ich sie ansehe, und lächelt errötend.

„Hey, hey, hey“, ruft jemand über das Geschnatter der Gäste hinweg. „Seid mal still!“

Es folgen weitere Rufe, leise zu sein, und wir schauen uns neugierig um. Ein lauter Pfiff erregt die Aufmerksamkeit der Leute, woraufhin der Rest des Lärms abrupt verstummt.

Jemand klopft mir auf den Arm. Es ist Jett und er zeigt auf einen der zahlreichen Flachbildfernseher an den Wänden. Der Bildschirm ist in zwei Hälften geteilt, die linke zeigt eine sehr ernst dreinblickende Reporterin. Draußen ist es dunkel, wo auch immer sie ist, aber hinter ihr leuchtet ein orangefarbenes Licht in der Ferne.

Auf der rechten Seite des Bildschirms ist eine Aufnahme aus der Vogelperspektive zu sehen – vermutlich aus einem Hubschrauber –, die ein großes Feuer am Boden zeigt. Ich habe keine Ahnung, was ich da sehe, denn es ist viel zu dunkel.

„Smitty, mach die Fernseher lauter!“, brüllt jemand und innerhalb von Sekunden ertönt der Ton auf allen Fernsehern.

„Wir haben die Bestätigung erhalten, dass es sich bei dem Flugzeug, das beim Landeanflug auf den internationalen Flughafen von Pittsburgh abgestürzt ist, um das Mannschaftsflugzeug des Eishockeyteams Pittsburgh Titans handelt. Wir wissen nicht, ob es Überlebende gibt, aber wenn man sich dieses unglaubliche Video vom Wrack ansieht, ist es schwer vorstellbar, dass es Überlebende geben wird.“

Mein ganzer Körper wird kalt und dann gefühllos, während ich darum ringe, zu begreifen, was sie gerade gesagt hat. Mein Arm rutscht von meiner Schwester herunter und ich bewege mich wie ein Zombie zu einem der Bildschirme.

Jemand nimmt meine linke Hand, und ich schaue kurz nach unten, um Veronica an meiner Seite zu sehen. Janelle rückt an meine Rechte, legt ihren Arm um meine Taille, und wir beobachten – wie alle anderen im Sneaky Saguaro –, wie der Reporter weitere Details gibt.

Die Pittsburgh Titans hatten gegen die Columbus Hawks gespielt und waren mit dem gecharterten Mannschaftsflugzeug auf dem Rückweg nach Pittsburgh.

Es schien ein reibungsloser Anflug zu sein. Doch als das Fahrwerk zur Landung aufsetzte, kam es zu einem katastrophalen Versagen, bei dem es sich verbog. Zeugen berichteten, dass die Nase des Flugzeugs nach unten ging und es sich auf der Landebahn überschlug, bevor es in Flammen aufging und auseinanderbrach.

Das Video zoomt näher an Dutzende von Feuerwehrfahrzeugen und Krankenwagen um das Wrack herum, aber verdammt, ich weiß nicht, wie sie jemanden finden sollen. Es ist alles in Stücke verstreut.

Glücklicherweise ist das Video nicht nah genug dran oder klar genug, um Opfer zu sehen, weder bei den Rettungsarbeiten noch möglicherweise im Flugzeug.

Eine Welle der Übelkeit überkommt mich und ich würge sie mühsam hinunter. Ein leises Schluchzen ertönt, und ich drehe mich um, um zu sehen, wie Veronica Tränen über das Gesicht laufen. Ich ziehe sie an mich, lege einen Arm um ihre Taille und tue dasselbe mit Janelle. Meine Kehle ist wie zugeschnürt und Tränen steigen in meine Augen.

Das ist entsetzlich.

In dem Flugzeug saßen Leute, die ich persönlich kenne.

Ich bin bei ihnen zu Hause gewesen.

Habe ihre Kinder kennengelernt.

Zwei der Spieler – Brandon Garris und Chase Torrey – haben mit mir in San Diego gespielt, bevor sie nach Pittsburgh gingen. Fuck, ich war auf Chases Hochzeit vor zwei Jahren.

Aber das betrifft nicht nur mich. Jeder der Arizona Vengeance wird eine persönliche Beziehung zu jemandem aus diesem Team gehabt haben.

Und dann dreht sich mir der Magen um.

Ich lasse Veronica und Janelle los und schaue mich hektisch im Raum um.

Da sehe ich ihn, wie er an einem der Tische sitzt und mit ausdruckslosem Gesicht auf den nächstgelegenen Fernsehbildschirm starrt.

Baden.

Sein bester Freund Wes Hollyfield ist in diesem Flugzeug gewesen.

„Ich bin gleich wieder da“, sage ich zu Veronica, die nickt und näher an Janelle heranrückt.

Alle sind wie gebannt von den Nachrichten, die Stimmung ist düsterer als Mitternacht. Die meisten sind näher an die Bildschirme herangetreten, kleine Gruppen von Spielern unterhalten sich mit gedämpften Stimmen, während weitere Informationen eintreffen.

Ich eile an Badens Seite und ziehe den Stuhl neben ihm hervor. Als ich mich darauf niederlasse, lege ich meine Hand auf seine Schulter und drücke sie. „Es tut mir so leid, Mann.“

Er nickt stumm, während seine Augen auf den Bildschirm gerichtet bleiben. „Sie suchen nach Überlebenden."

„Es ist durchaus möglich, dass es Überlebende gibt", sage ich zuversichtlich, obwohl mir mein Bauchgefühl sagt, dass das sehr unwahrscheinlich ist. Aber dieses Flugzeug hat es bis zur Landung geschafft. Es ist ja nicht so, dass es fünf Kilometer vom Himmel gefallen ist. Die Passagiere waren angeschnallt.

Es ist möglich.

Nur sehr unwahrscheinlich.

***

Es ist kurz vor drei Uhr morgens, als wir in die Wohnung zurückkommen. Ich habe darauf bestanden, dass Veronica mit mir und Janelle mitkommt, und sie hat nicht widersprochen. Das Sneaky Saguaro hat länger geöffnet gehabt, um unserem Team entgegenzukommen, während wir die Berichterstattung weiterverfolgt haben. Wir haben uns zu Baden gesetzt, der wenig gesprochen hat, aber sein Gesichtsausdruck hat gequält gewirkt. Ehrlich gesagt, kenne ich die Geschichte zwischen ihm und Wes nicht, aber ich weiß, dass sie sich unglaublich nahestanden. Wes besuchte Baden regelmäßig nach seiner Verletzung und während der Saison, wann immer er konnte. Sie haben nicht zusammen bei den Wolves gespielt, dort waren sie also keine Freunde geworden. Ich frage ihn aber nicht, weil jetzt nicht die Zeit dafür ist.

Er steht zu sehr unter Schock.

Zum Teufel, das tun wir alle.

„Ich bin erschöpft", verkündet Janelle mit einem Gähnen.

Es sind überflüssige Worte, denn Erschöpfung ist eine Selbstverständlichkeit nach der Nacht, die wir hinter uns haben. Sie umarmt sowohl mich als auch Veronica, bevor sie den Flur hinunter in ihr Schlafzimmer schleicht. Ich habe ihr gesagt, dass sie morgen die Schule schwänzen kann, wenn sie will. Ihre Noten sind fantastisch, und es gibt keinen Grund, warum sie nicht ausschlafen sollte.

Veronica begibt sich auf meine Couch. Es ist nicht das erste Mal, dass sie in meiner Wohnung ist, aber zum ersten Mal fühlt sie sich hier wohl und entspannt. Das ist nicht mit der Zeit und der Gewohnheit gekommen, sondern es wurde ein Schalter umgelegt und wir haben uns einfach gut verstanden. Für zwei Menschen, die nicht an ein Happy End glauben, haben wir unsere Einstellung recht schnell geändert.

Natürlich hat die Katastrophe mit den Titans einen Schatten auf die Dinge geworfen und ich fühle mich ausgelaugt. Ich bin sicher, Veronica auch.

Sie lässt sich fallen, zieht ihre Schuhe aus und legt ihre Füße auf meinen Couchtisch. Ich folge ihr und lasse mich auf dem Kissen neben ihr nieder. Als ob wir schon seit Jahren zusammen wären, hebe ich meinen Arm leicht an und sie lehnt sich an mich.

Ich lege ihn um ihre Schultern und ziehe sie näher zu mir. So zu sitzen ist wie Balsam für die Seele.

„Baden tut mir so leid“, murmelt Veronica.

Mir auch. Ich fühle mich ebenso hilflos. „Ich weiß nicht, was ich für ihn tun könnte.“

Sie kuschelt sich an mich und seufzt schwer. „Man weiß nie, wann die Zeit um ist, schätze ich. Was glaubst du, passiert mit der Titans-Organisation?“

„Ich weiß es ehrlich gesagt nicht.“ Was macht man, wenn das ganze Team einfach … weg ist? Als wir das Restaurant verlassen haben, haben die Nachrichten verlauten lassen, dass es anscheinend keine Überlebenden gibt.

Mir ist schlecht. Im Magen und im Herzen. Diese Spieler haben gegen Columbus gewonnen, also war die Stimmung ausgelassen, als sie das Flugzeug bestiegen haben. Der Flug ist kurz, also bezweifle ich, dass sich jemand zum Schlafen hingelegt hat. Wahrscheinlich haben die Spieler sogar vorgehabt, danach noch ein Bierchen zu trinken. Nun, zumindest die alleinstehenden Spieler. Ich bin sicher, dass diejenigen, die verheiratet sind oder Kinder haben, den Weg nach Hause eingeschlagen hätten, um bei ihren Lieben zu sein.

Ich kann mir den Schock, den diese Familienmitglieder erleben, gar nicht vorstellen. Ich bin sicher, dass der Schrecken, den ich in Badens Gesicht gesehen habe, bei ihnen noch tausendfach verstärkt ist.

Wenn ich es wäre, würde ich wahrscheinlich immer wieder unsere letzten gemeinsamen Momente in meinem Kopf durchspielen. Diese letzten Erinnerungen.

Waren es gute?

Haben sie sich übereilt verabschiedet, weil sie dachten, sie hätten alle Zeit der Welt? Dachten sie, ihre Lieben, würden bald zurückkommen? Gab es jemals Zweifel daran, dass sie bewundert und respektiert wurden und man sie vermissen würde? Dass sie geliebt wurden?

Mein Körper spannt sich an, als ich daran denke und an die Frau, die sich an mich schmiegt. Ich denke an meine Schwester in ihrem Bett am Ende des Flurs. Habe ich ihr gesagt, dass ich sie liebe, bevor sie ins Bett gegangen ist? Ich kann mich nicht erinnern.

„Ich bin gleich wieder da“, sage ich zu Veronica, während ich sie sanft von mir schiebe und von der Couch aufstehe.

„Okay“, entgegnet sie.

An Janelles Tür zögere ich. Ich sehe kein Licht darunter hervorblitzen. Sie könnte schon tief und fest schlafen. Ich würde sie nur ungern wecken.

Aber wenn ich im Schlaf sterben würde, würde sie dann wissen, was ich für sie empfinde?

Ich klopfe mit den Fingerknöcheln leicht gegen die Tür und höre sie sagen: „Komm rein.“

Ich öffne die Tür und die Nachttischlampe geht an. Janelle stützt sich auf einen Ellbogen. Sie blinzelt nicht und wirkt nicht schläfrig, also nehme ich an, dass sie gerade erst ins Bett gegangen ist.

„Was gibt's?", fragt sie.

Es gibt eine Million Dinge, die ich ihr sagen muss, aber wir haben nicht die ganze Nacht Zeit, also sage ich ihr die zwei wichtigsten.

„Ich wollte, dass du weißt, dass ich dankbar bin, dass du bei mir bist. Nicht nur, weil es dich aus einer schlechten Situation befreit hat, sondern weil du mein Leben bereicherst und erfüllst. Dass du hier bist, hat mich glücklicher gemacht, als ich es je hätte ahnen können."

Janelle errötet, aber sie lächelt. „Danke. Mir geht es genauso."

„Ich liebe dich." Das war das Zweite, was ich sagen musste, bevor sie ins Bett geht, und ich schwöre, dass ich es nie wieder zu sagen vergessen werde.

„Ich liebe dich auch", antwortet sie.

„Okay." Ich zögere, weil ich mich nun irgendwie peinlich berührt fühle. „Also, gute Nacht."

„Gute Nacht", sagt sie und das Licht geht aus. Ich verlasse ihr Zimmer und schließe die Tür.

Ich bin jedoch nicht ganz zufrieden damit, die lange Nacht auf diese Weise enden zu lassen. Es muss noch mehr getan werden.

Veronica sitzt im Wohnzimmer auf der Couchkante und scrollt auf ihrem Handy. Sie hebt den Kopf, als sie mich eintreten hört.

„Alles in Ordnung?", will sie wissen.

„Ja“, antworte ich und setze mich wieder neben sie. Sie legt ihr Handy auf den Couchtisch und versucht, sich wieder an meine Seite zu kuscheln, aber ich nehme ihren Arm und halte sie mit einem Kopfschütteln fest. Ich will, dass sie mich anschaut.

„Ich liebe dich.“

Veronica zuckt leicht zusammen, aber sie weicht nicht zurück. Ihr Mund öffnet sich vor Überraschung.

„Ich möchte keine Gelegenheit verpassen, es dir zu sagen, denn wir wissen nicht, ob es garantiert ein Morgen gibt. Ich will nicht, dass du jemals raten musst, was ich fühle. Ich möchte, dass du immer die Gewissheit hast, dass mein Herz dir gehört und niemandem sonst.“

„Oh, wow“, wispert sie, und ihre Augen werden ganz klar, als meine Worte einsinken.

„Ich weiß, dass wir uns erst seit ein paar Monaten kennen, und ich weiß nicht, ob es eine angemessene Zeitspanne oder ein Protokoll dafür gibt, wann man jemandem diese Worte mitteilt, denn ich habe keine verdammte Erfahrung damit. Es gab nur eine Frau in meinem Leben, die diese Worte von mir zu hören bekommt, und das ist Janelle. Aber als du dich in Gefahr begeben hast, um sie zu beschützen, da wusste ich, dass du diejenige bist, auf die ich gewartet habe. Ich weiß nur nicht, ob es seltsam ist, dass ich dir das erzähle.“

„Ich glaube nicht, dass es ein Regelbuch gibt", sagt sie mit einem sanften Lächeln. Ich bin froh, dass sie lächelt.

„Ich weiß es einfach in meinem Herzen", erkläre ich. „Ich wusste nicht, dass in meinem Herzen überhaupt Platz dafür ist, aber du hast es mir gezeigt. Und nachdem ich es geöffnet und dich hereingelassen habe, gibt es nur noch eins zu tun, und zwar, dafür zu sorgen, dass du jeden Tag deines Lebens weißt, dass du dort für immer wohnen wirst."

„O Gott, Riggs." Ihre Augen füllen sich mit Tränen und sie blinzelt sie fort. „Wie bist du von dem Arschloch, das du vor zwei Monaten warst, zum romantischsten Mann der Welt geworden? Du solltest dir diese Worte patentieren lassen und sie verkaufen. Totale Höschenschmelzer."

Ich schnaube, während ich ihr eine Hand in den Nacken schiebe. „Ich merke, ich habe dich schockiert."

Sie nickt. „Ein angenehmer Schock. Und ich bin froh, dass du derjenige bist, der den Mut hatte, dieses Gespräch anzufangen. Denn ich liebe dich auch. Ich glaube, ich hatte Angst, es auszusprechen, weil man nie weiß, was der andere fühlt."

„Aber heute haben wir eine unvorstellbare Katastrophe gesehen, die die Dinge ins rechte Licht rückt."

„Ich hasse es, dass es passiert ist, aber ja", sagt sie traurig. „Es macht einem klar, dass man die guten Dinge im Leben zu schätzen wissen sollte. Mir ist klar geworden, dass ich dir sagen muss, dass ich dasselbe für dich empfinde. Selbst im Angesicht dieser Tragödie bin ich immer noch aufgeregt. Ich will unbedingt sehen, wohin uns diese Reise führt. Ich weiß, dass sie nur zu guten Orten führen wird."

„Den schönsten", antworte ich. Ich ziehe sie an mich und küsse sie sanft.

Orte, von denen ich vorher nicht einmal geträumt habe. Orte, die ich jetzt, da ich sie mir vorgestellt habe, nie mehr loslassen werde.

Autorin

Seit ihrem Debütroman im Jahr 2013 hat Sawyer Bennett zahlreiche Bücher von New Adult bis Erotic Romance veröffentlicht und es wiederholt auf die Bestsellerlisten der New York Times und USA Today geschafft.

Sawyer nutzt ihre Erfahrungen als ehemalige Strafverteidigerin in North Carolina, um mitreißende und sexy Geschichten zu schreiben.

Sie mag ihre Helden stark und mit Ecken und Kanten. Wenn sie nicht gerade die Figuren ihrer Romane zum Leben erweckt, ist Sawyer Chauffeurin, Stylistin, Köchin, Putzfrau und die persönliche Assistentin ihres lebhaften Kindes sowie Vollzeitbetreuerin zweier niedlicher, aber ungezogener Hunde. Sie glaubt an das Gute im Menschen und auch daran, dass ein schlechter Tag durch ein Work-out oder ein Stück Kuchen – gern auch durch beides – besser wird.

www.sawyerbennett.com

www.sawyerbennett.com/bookshop/german

Sawyer Bennett
Pittsburgh Titans Eishockey Team Teil 1: Baden
ISBN Print: 978-3-86495-612-6
ISBN eBook: 978-3-86495-613-3

Als Mitglied des Arizona Vengeance-Teams lebte ich meinen Traum, bis die Entscheidung, eine Frau zu retten, in Sekundenbruchteilen alles zunichte gemacht hat. Anstatt meine Schlittschuhe zu schnüren, verbrachte ich meine Tage in der Reha und Physiotherapie. Als sich mir die Möglichkeit bietet, als Trainer bei den Pittsburgh Titans zu arbeiten, finde ich eine Karrierechance vor, die ich nie in Betracht gezogen hatte.
Während meine Verletzungen körperlicher Natur sind, kann man das von der Frau, der ich das Leben gerettet habe, nicht behaupten. Sophie Winters leidet an unsichtbaren Wunden, und hat sich aus Angst und Schuldgefühlen von der Welt zurückgezogen. Ich kannte Sophie vor jener schicksalhaften Nacht nicht, aber ich weigere mich, sie mit ihren Dämonen allein zu lassen.
Durch unser gemeinsames Trauma kommen wir uns immer näher, und was als Freundschaft begann, wird immer leidenschaftlicher. Aber kann eine Liebe, die aus Angst geboren wurde, Bestand haben?